湛影

孙庆丰 著

天津出版传媒集团

百花文艺出版社

图书在版编目（CIP）数据

湛影 / 孙庆丰著 . -- 天津 ： 百花文艺出版社，
2024.1
ISBN 978-7-5306-8700-0

Ⅰ．①湛… Ⅱ．①孙… Ⅲ．①短篇小说－小说集－中
国－当代 Ⅳ．① I247.7

中国国家版本馆 CIP 数据核字（2024）第 039908 号

湛影
ZHAN YING

孙庆丰　著

出 版 人：薛印胜
责任编辑：李　爽
装帧设计：吴梦涵
出版发行：百花文艺出版社
地址：天津市和平区西康路 35 号　　**邮编**：300051
电话传真：+86-22-23332651（发行部）
　　　　　　+86-22-23332656（总编室）
　　　　　　+86-22-23332478（邮购部）
网址：http://www.baihuawenyi.com
印刷：三河市华东印刷有限公司
开本：880 毫米×1230 毫米　1/32
字数：204 千字
印张：11.25
版次：2024 年 1 月第 1 版
印次：2024 年 1 月第 1 次印刷
定价：58.00 元

如有印装质量问题，请与三河市华东印刷有限公司联系调换
地址：三河市燕郊冶金路口南马起乏村西
电话：19931677990　邮编：065201

目 录
CONTENTS

好饭

我说舅舅，你吃，你吃，可舅舅躺在炕上瞪着一双眼睛就是不理我。我说舅舅，你吃，你吃，母亲哭着说你舅舅死了，死人还吃哪门子饭啊。我说舅舅，你吃，你吃，舅妈说舅舅临死前就说了一句话，我外甥还欠我一顿好饭呢。我说舅舅，你吃，你吃，我一边哭，夹着饭菜的一只手不停地哆嗦。

　　是的，舅舅死了，我给他从镇上最好的饭店买了那么多最好吃的饭菜，可他还是饿着肚子带着一腔的失望走了，以至于死后连眼睛和嘴巴都没有闭上。我的舅舅，这个苦了一辈子的典型的中国农民，临死前就想在镇上最好的饭店吃一顿好饭，到死了这个愿望也没有实现。

　　前来帮忙料理后事的邻居"黑善狗"一把夺过我手中的筷子，然后狼吞虎咽地吃了起来。我去抢他手中的筷子，我说这是买给我舅舅的。他说你舅舅没这口福了，还不如我替他了却了这桩心愿。我说你想吃让你儿子买去，我舅舅活着时吃不上，我就给他倒进棺材里，让他带着到阴曹地府去吃，总不能让他做鬼也饿肚子。黑善狗说这么好的饭菜倒进棺材里是糟践粮食，是犯罪。我说我愿意，你又不是我舅舅，凭啥给你白吃。

母亲说让他吃吧，别看他儿女成群，日子比你舅舅好不到哪儿去，一年到头肚子里也沾不上点儿油水。其实我不是心疼那些饭菜，是觉得黑善狗当着我舅舅的面吃我给舅舅买的饭菜，简直就是对我舅舅的大不敬，因为我总觉得舅舅没有死，他就躺在炕上眼巴巴地瞅着黑善狗的吃相默默地咽口水呢。

天哪！若不是亲眼所见，在场所有的人几乎都不敢相信，我给舅舅买了那么多好吃的饭菜，黑善狗居然全部吃进了肚子。一瓶白酒像舅舅一样肚子空空地躺在炕上，不仅菜汤子都被他吸溜地喝了，偌大的饭盆子里居然被他舔得看不到一粒米。黑善狗吃完了，用一只脏兮兮的手抹了抹那张露着黄牙的嘴，紧接着又把那只手贪婪地舔了一遍，然后打着饱嗝满嘴酒气地对舅妈说，弟妹啊，哥今天……吃得……太多了，得……回去……睡觉了，明儿个一早……再……过来……帮你忙乎，你……可要……节哀啊……啊？……弟……弟妹。

黑善狗临走前又龇着一嘴大黄牙把嘴凑到我跟前，拍着我的肩膀说，大外……外甥，今儿个可谢……谢你了，说……真的，吃……了这顿……好饭，死……了都……值啊，看……看来，我……比你……舅舅……命好。黑善狗说完就用双手抱着圆鼓鼓的肚子回家了，看他走路的样子，就像抱着个定时炸弹。

我乜斜了他一眼，母亲说算了，别计较了，好端端的饭菜给活人吃了总比倒进棺材强。我问母亲这黑善狗养了四个儿女，据说日子过得都不错，他咋还能苦成这样。母亲看了一眼一旁的舅妈，没有回答我。是啊，舅舅已经走了快一天了，表哥一家子却还没有赶回来。

母亲打来电话告诉我舅舅快不行了的时候，我正要去县里开会，母亲说你回村时开车把你表哥一家子顺便拉回来。我给表哥打电话，电话响了好久表哥才懒洋洋地问我什么事，我说舅舅快不行了你知道吗？他说舅妈已经告诉他了，刚接到的电话。我说那还不快回家，等着我去接你啊。表哥说没事，都几回了不行了，不行了，回去不是好好的嘛，况且家里正装修房子。我问他回还是不回，表哥说一会儿安装完整体厨房自己打车回去。

我挂掉电话就赶紧去了镇上那家最好的饭店，因为我突然想起我还欠舅舅一顿好饭呢。记得去年春节我去给舅舅拜年，舅舅问我，听说镇上那家最好的饭店做的饭菜特别好吃？我说是啊，您怎么知道的，八成是去吃过？舅舅说拉倒吧，开国际玩笑呢，听你表哥说他往那家饭店送货的时候经常能碰到你，你舅舅我要是能在那儿吃上一顿好饭，吃完就死也值了。我说不至于吧舅舅，我表哥这几年生意不错，他不光

湛影

往那家饭店送货，还经常在那儿宴请客户，哪天让我表哥带你去吃一顿。

谁知舅舅一摆手说，你表哥做的是小本生意，哪能比得上你这个在镇政府吃"皇粮"的大干部，他的钱我可舍不得花，就算真带我去我也不去。我说舅舅此言差矣，现在做生意的比我们这些吃"皇粮"的有钱，我们挣的是有数的钱，人家一单生意就能顶我好几个月的工资，我表哥要是没钱能刚刚买下那么大一套房子？前一阵儿我去看了，那房子大得把你和舅妈接过去外加表哥的岳父岳母住进去都显冷清，可把我羡慕死了。舅舅说，你这小时候挺忠厚老实的一个孩子咋也学会说瞎话了呢，你表哥说了，他这一年辛苦赚的一点儿血汗钱都让你们当干部的给划拉进自己的腰包了，你可要多关照一下你表哥啊。

舅舅这么一说我从心里有些生气了，前年表哥因为偷税漏税被罚款，我没有给他说情他就从骨子里记恨我，在舅舅面前把我说得一无是处，俨然就是个腐败分子。其实舅舅哪里知道，如果不是出于工作应酬，我才懒得下饭店呢，年纪轻轻的就把身体喝坏了，体检结果血糖、血压、血脂一项比一项高，但我敢对毛主席老人家保证，在镇政府大院儿里，我绝对是个廉洁奉公的好干部，至于别人怎么样，我不管，确切地说是管不了，我无非就是个听吆喝的，可表哥愣是把我说成了一手遮天的李莲英。

我说舅舅，别听别人瞎说，这干部们若是都坏了心，不惦着咱老百姓的疾苦，这现在的生活哪能一天比一天好啊。就拿我表哥来说吧，如果没有这么好的创业环境，短短几年他就能发了大财？舅舅说，你有文化我理论不过你，我还听说现在这当官的还找什么陪酒的，说白了就是请人替自己去陪别人喝酒，你要是缺陪酒的，别忘了哪天把舅舅带上，别看舅舅平常不喝酒，其实舅舅酒量大着呢，忘了你结婚的时候舅舅喝了一斤白酒还没醉？我说不行，要说这陪酒的事还真有，只是不能什么人都找，起码也得有点身份。

　　身份？哦，瞧你舅舅这不开窍的猪脑子，忘了自己是个农民，给我外甥去陪酒，不等于丢了我外甥的脸吗？我赶忙说，舅舅我不是这个意思。其实我们都明白，我心里想的就是舅舅刚才嘴里说的。舅舅说没事我不生气，这酒陪不成你把吃剩的饭菜给我带一些回来总可以吧。嘿，我的亲舅舅啊，我从心里说，那样做不更让你外甥有失身份了吗？我说舅舅，干脆这样吧，改天我亲自带您到镇上那家最好的饭店去吃一顿最好吃的饭菜，我哪能让舅舅吃别人的残羹冷炙呢。于是，从此我就欠了舅舅一顿好饭。谁知说者无心听者有意，我说完就把这事给淡忘了，可舅舅却一直在心里惦记着，还在村里逢人便说，我外甥说了，改天要带我到镇上最好的那家饭店去吃饭，让那帮老头老太太们羡慕得直流口水。

　　其实我也不知道在回村的路上怎么就想起了曾经给舅舅

许的那个承诺，如果我不到饭店去买好饭，无形中耽误了最宝贵的时间，我想自己兴许能和舅舅见上最后一面。可是，如果我和舅舅见上了最后一面，眼瞅着舅舅最后也吃不上一顿好饭，张着嘴饿着肚子离开，我的心里或许会更不好受。毕竟，舅舅临死前的最大一个心愿，就是到镇上那家最好的饭店去吃一顿好饭。带舅舅亲自到饭店吃饭已经不可能了，我只能把饭菜给他买回来端到他眼前。当我把饭菜端到舅舅眼前时，舅舅却瞪着一双铜铃大的眼睛不理我，那么好的饭菜就白白便宜了黑善狗了。

我问母亲，村里人咋给黑善狗起了这么一个不雅的绰号，母亲说，那家伙人长得黑，爱骂人，但是心眼子很善良，对人很热心，村里谁家有个婚丧嫁娶的，他都会主动前去帮忙，于是有人就叫他黑善狗。慢慢地，这个绰号就在村里传开了，村里像我这代人，大家都知道黑善狗，但很少有人能叫出他的真名。其实名字就是一个符号，连黑善狗自己也这么说，你若是人，别人叫你狗你也是人，你若是狗，别人叫你人你也是狗。嗬，不曾想到，这庄户人居然也有这样一套朴素却让人觉得言之在理的处世哲学。

我又问母亲，这黑善狗吃了那么多饭菜身体没事吧，活这么大我还是第一次见有人一次吃那么多东西的，那吃白饭的样子看起来简直要豁出老命去了。母亲说应该没事，黑善狗能吃在村里是出了名的。我说那就好。我看看手表，已经下午五点多钟了，天快黑了，却还不见表哥一家子的身影。农村有这样的习俗，父母过世，天黑前必须火化，火化后还要举行一场庄重的祭奠仪式，孝子孝女是必须参加的，否则去世的人灵魂就去不了天堂。

表哥终于回来了，自己回来的，从一进大门口就开始发牢骚，成天嚷嚷着要死，有本事就死给我看，我那房子装修得正在火候上呢，照这样子你死不了把我也得折腾死。爹，我回来了，您不是快不行了嘛，眼睛咋还睁得那么大呢？您老不会是装死吓唬人呢吧？

啪！

我还是平生第一次见身体瘦弱的舅妈打表哥，或许，刚才表哥说的这番话实在是太混账了，连我这个当外甥的听得都心寒，难道那装修了一半的房子比父亲的性命还金贵吗？表哥的眼里除了钱还有什么？就连为人子女最后的一点儿孝心，也被他刚才的一番埋怨给彻底泯灭了。

为什么打我？表哥捂着滚烫的脸感觉有些委屈。你爹死了。舅妈说。咋还真死了呢？表哥有些不相信，摸了一下舅舅，赶紧把手抽了回来。表哥的眼中没有一滴泪水，我甚至都看不到一丝人性的忏悔。真想狠狠地教训他一顿，我刚站起来就被母亲一把拽住了。呀嗬，咋的，连你也想教训我啊？你算哪根葱啊？我说我是你爹的外甥。表哥说，我爹没你这样的外甥，我爹就是一穷酸农民，哪能配有你这镇政府工作

　　　　　　　　　　　　　　　　　　湛影

的大干部外甥？

舅妈说你浑蛋，你表弟给你爹从镇上最好的饭店买了那么多饭菜，你还有脸说人家。表哥问饭菜呢？舅妈说让黑善狗吃了。咋还让黑善狗吃了呢？你表弟来晚了，你爹没吃着。这说了半天我爹不还是没吃着吗，若是真有这个孝心，早干啥去了，他一顿饭吃剩下的就够我爹吃三天了。"你……"我没想到表哥居然能说出这种话。我怎么了，你想说什么，是不是要教训我对我爹抠门儿啊，是，你大方，就知道拿着你那些受贿来的钱财和物品污染我爹，你当我不知道啊，你们当干部的没有一个好东西，告诉你，就算我给我爹花一分钱，我的钱也是流血淌汗挣来的，比你的钱干净。

这回母亲听不顺耳了，侄子你咋能这么说你表弟呢？常言说好吃不过猪肉，亲不过姑舅，你们可是亲表兄弟。是，上次你表弟没有帮你说情，你咋不替他想想呢，你表弟的为人你又不是不知道。姑啊，这人是会变的，就说我表弟，小时候挨欺负哪一次不是我给他出气，为此我也没少挨别人打，可我有过一句怨言吗？上次我这当表哥的好容易向他张一次嘴，谁知他当了干部却六亲不认了。表哥向我母亲诉苦。你那不是让你表弟犯错嘛，今天给你说情，明天给他说情，你表弟欠人一堆人情，到时候拿什么还，只能去犯法了。

姑我跟你说啊，她是你儿子，你儿子就是个十足的腐败分子，你也会向着他说，既然他不认我这个表哥，我也不认他这个表弟。爹啊，您花了人家那么多钱，到时候阎王爷是要跟您清算的，真要这样的话，您可要坦白从宽啊，因为您也是受害者啊。表哥的话越说越混账了，我实在听不下去了，就拉着母亲去了院子里。

妈，我想回镇上，这儿实在是待不下去了，你看我表哥那浑蛋的样子，因为那件事到现在还耿耿于怀。母亲说别跟他计较，他没文化不认人只认钱，咱可不能跟他学，否则你跟他有什么区别？这大学算是白读了。等一会儿祭奠仪式结束了，你再走。正在这时，舅妈哭着跑出来了，他姑啊，这天下哪有这样不孝的儿女啊，如果有，怎么全都投胎到我家了。公公死了，儿媳妇不仅不回来，还不让孙子回来。闺女一进门哭都不哭一声，张口就说反正财产都是哥哥的，丧葬费她一分钱都不会出，况且哥哥还比她有钱。钱钱钱，这俩畜生怎么就只认得钱不认得爹妈呢！

舅妈这一番哭诉，让我的心里很不是滋味。母亲跟着直掉眼泪，如果说之前是对舅舅的怀念，那么现在却是对舅妈的同情。唉，以后你舅妈一个人的日子就更不好过了，你看着吧，俩孩子没有一个会收留她。母亲说的，和我担心的不谋而合，毕竟，我们太了解舅舅的这俩不孝儿女了。

舅舅的祭奠仪式举行得很简单，按常理讲，那种场合孝子孝女一般都会哭得昏天黑地、肝肠寸断、死去活来，但舅舅的祭奠仪式却出奇的静，一双儿女根本就不哭，其他人让他们气得早已哭不出声来。母亲扶着舅妈，我扶着母亲，我们三人看着表哥和表妹在一旁争吵。

表哥说等爹发丧了就把妈接到你家。表妹说财产归我我就接走，否则没门儿。表哥说妈跟着闺女过得好，省得受儿媳妇的白眼，你也知道你嫂子厉害。表妹说你都不孝顺咱妈，还让人嫂子对妈好？表哥说我妹夫人老实，不会给妈脸色看。表妹说爹在世时把钱都贴给你了，你以为我不知道？现在凭啥让我养妈？"你——"我怎么了，没话说了吧？

表哥说……表妹说……唉，这兄妹俩真是让舅妈伤透了心，不承想舅舅死了这个家都不得安宁。我问母亲他们说的是不是真的，母亲说是，你舅舅和舅妈心眼子偏，疼儿子不疼闺女，现在倒好，闺女心眼子硬，儿子成了白眼狼。我说幸亏你就生了我一个，否则咱家没准也会这么不和谐。母亲说儿女不在多少，黑善狗养了四个儿女，个个有钱却个个不孝顺，否则他也不至于成天到别人家混饭吃。母亲这么一说，让我觉得自己对黑善狗的态度有些过分了，没想到他也这么可怜。

说到可怜，我又突然想起了可怜的舅舅。就在两个月前，患脑血栓的舅舅居然一瘸一拐地徒步从村里去了镇上，想去看看表哥的新房。镇子虽然不大，但舅舅不认识表哥家，因为从舅舅患病到表哥结婚的十多年里，舅舅从未离开过村子。舅舅七打听八打听终于打听到了镇政府所在地，于是就到镇政府找我。那天门卫打电话说门口有人找我，出去一看竟是舅舅。我问舅舅您怎么跑到镇上来了，舅妈呢？舅舅说我就想看看你表哥的新房，你舅妈不知道，我是半夜趁你舅妈熟睡偷着跑出来的。

我赶紧给舅妈打电话，告诉她舅舅和我在一起，让她放心。我向领导请了假先带舅舅去了表哥家，表哥不在家，表嫂说他在新房那边看着工人干活呢。我说先让舅舅进家吧，下午让表哥带舅舅去看看新房。谁知表嫂说你先带你舅舅去买身新衣服，再带他去澡堂子洗个澡，没看你舅舅身上有多脏！可是到了服装店，舅舅说什么也不买新衣服，澡堂子就更不去了。舅舅说，庄户人不配穿啥新衣服，骨头缝缝里都是泥，跳进黄河也洗不干净，还得让你花冤枉钱。这样吧，你表哥家我就不去了，趁着新房还没装修好，给你表哥打电话，你带我去新房看一看，看完我就走，要不等新房装修好了我可能这辈子就看不成了。

表哥接电话时先是有些诧异，进而有些不太乐意，我听着他边和我说话边和工人吵嘴，但他终归没有拒绝。真大，比咱村委会的院子还大。舅舅这屋看看，那屋瞅瞅，一会儿摸摸墙壁，一会儿摸摸大理石窗台，那细致爱护的模样，就像表哥小时候，他摸着表哥白皙的脸蛋。舅舅没见过抽水马桶，盯着看了半天，我问他有尿没有，要不要尿一泡体验一下，舅舅说没尿，尿一泡还得废水花钱。可是下楼的时候，舅舅的尿却顺着裤管一直往外流，像一个喷壶，喷了足足五层楼梯。

时间已经到了晌午，我说舅舅，你不是一直想去镇上最好的饭店吃顿好饭吗？走，正好今天你来了，我现在就带你去。哪知舅舅说什么也不去，说等下次在家让你舅妈给我洗一洗，再换身干净点儿的衣服，我再去。我知道尿了裤子的舅舅是嫌在人前给我丢脸，于是我就把他送回家了。现在想起来，天知道我有多么后悔，没承想舅舅走得这么急，让我感觉一辈子都良心不安，因为我欠他一顿好饭。

突然，一阵杂乱的哭声打断了我的思绪，我以为是有村里的本家亲戚来给舅舅吊丧了，但是哭声是从隔壁传来的。接着，黑善狗的老婆娘就带领着儿女们气势汹汹地来到舅舅家问罪，说是黑善狗吃多了撑死了，让舅妈偿命。舅妈说，是黑善狗自己抢着吃的，本来那些好饭是我外甥买给我家死鬼的，他抢饭时我外甥还拦着他呢，可是没有拦住。你外甥买的那就让你外甥偿命！黑善狗的家人立刻把矛头指向我。我不信，跑过去一看，黑善狗的肚子胀得像个充满气的皮球，但他的表情很安详，不像我舅舅死的时候连眼睛和嘴巴都没有合上。

一顿饭咋还吃出人命来了呢？母亲也感到纳闷，但是黑善狗确实死了，对于他是撑死的说法我并不质疑，因为从他抱着圆鼓鼓的肚子离开舅舅家时我的心里就一直不踏实，现在终于出事了。怎么办？一顿饭夺走了一条人命，这可不是小事，总得想个解决的办法，好在没人强迫他吃，我懂一点儿法律，即便在这件事上我有罪，但也罪不至死。我说先报案吧，我们把现场保护好，怎么处理等警察来了再说。

我被带上警车的时候，隔着车窗我看到表哥一副幸灾乐祸的样子，还朝我这个方向狠狠地吐了一口唾沫。舅舅的出殡仪式我没能参加，因为那段时间我一直被关着接受调查。半个月后警方以谋杀证据不足结案，黑善狗的家人一纸诉状把我告到了法院，法院判决我给予黑善狗的家人一部分民事赔偿，毕竟，在这件事上我有着不可推卸的责任，譬如，我不应该让黑善狗把那么多的好饭全部都吃进肚子。我服从法院的判决，没有上诉，一分不少地将赔付款支付给了黑善狗的家人。

第二天，因为争夺赔付款，黑善狗的四个儿女又闹到了法院，至于怎么解决的，我不清楚，也懒得打听。那段时间，我向单位请了长假，把全部的时间都给了母亲，母亲因为我的事一病不起，我怕哪天她也会像舅舅一样说走就走了。我问母亲想吃什么，母亲理解我的意思，她说这辈子有我这么一个孝顺的儿子比吃什么都香。母亲说的是心里话，从舅舅和黑善狗的死，母亲对生活的理解更为深刻了。

母亲在病床前拉着我的手，让我去给舅舅烧个纸。舅舅生前母亲没少接济他，母亲说从姥姥姥爷死后舅舅就是他最亲的人了。给舅舅烧纸的时候，我的眼泪哗啦啦地往下流，不是因为对他有多么思念，而是觉得有一种说不出的疼痛。说实话，我对舅舅没有多深的感情，从小到大也没花过他一分钱，其实我并不欠他什么，但是因为母亲总和我絮叨，小时候家里日子有多苦，一年到头都吃不饱，每顿饭舅舅都会把碗里的饭菜给母亲拨上几筷子，一直拨到舅妈进门，以致成年后母亲总觉得欠舅舅的，母亲欠他，让我也觉得欠他，我欠他的，感觉不仅仅是一顿没有吃到嘴里的好饭。

我的疼痛还远不止这些，舅舅的坟头旁边还有一座新坟，里边埋的是黑善狗。我给黑善狗也烧了些纸钱，权当是向他赎罪吧，希望他在九泉之下不要记恨我，因为那些好饭原本不是买给他吃的。直到现在我还记得他死后的表情，作为一个苦了一辈子的、不孝儿女成群的老农民，他死后的表情居然那么安详，比起舅舅的死，黑善狗是幸福的。真没想到，两个老农民面对一顿好饭，死后的表情差别竟是那么大，但他们对幸福感的认同是一样的，那就是能吃一顿好饭死了也值。

对于黑善狗，我甚至都无法理解自己究竟是做了一桩坏事还是好事。我最深的疼痛是大学毕业后我本应该在村里当村委会主任，带领乡亲们发家致富，可我最终还是自私地选择了逃离，丢下那些和舅舅、黑善狗一样的穷苦乡亲们，去了镇政府工作，从这一点讲，我真的有罪，即使全世界的人都能理解我，原谅我，我也不会原谅自己。

是的，因为我欠舅舅的，我就必须要对他撇下的女人负责。舅妈说什么也不肯和我一起生活，她说自己有儿有女，让外甥养活脸没处搁啊。我说这天下不要脸的只有不孝顺的儿女，做父母的有什么错？

舅妈含泪锁上了院门。到了镇上，路过那家最好的饭店，舅妈突然对我说，外甥，能不能请舅妈吃一顿好饭？舅妈的请求让我感到很为难，不请她吃吧，我怕将来有一天也会像欠舅舅一样欠她的；请她吃吧，从此我必须得二十四小时寸步不离地看着她。

刈二

刘二并非排行老二，他是家中的独子，小时候听村里人都叫他刘二，我也就叫他刘二。但我不明白像刘二那个年纪的人，每家都有兄弟姐妹，怎么偏偏他是独子，还是个光棍。大概到我十几岁时，偶然听村里一些同龄的孩子们从大人的口中得知，因为刘二很"二"，所以就有人给他取绰号叫刘二。

童年的印象中，我只知道刘二家里很穷，三十多岁尚未娶妻，有些神神道道，时常一个人自言自语，但心眼儿不坏，为人也很热情，村里谁家有白事（死人）常去帮忙，谁家有红事（嫁娶）时，村里人嫌他寒酸，就不让他去添乱。

我现在还依稀记得，村里的"五保户"马老汉死了，因为没有孝子披麻戴孝，摔火盆，村主任就找到刘二，让刘二当孝子，前提是马老汉死后户籍暂不申报注销，刘二可以吃一年马老汉的救济粮，刘二就欣喜地允诺了。

马老汉发丧那天，也不知道是谁多事，居然把县电视台的记者请来了，刘二哭得一塌糊涂，感动得村民们直掉眼泪。

当记者问刘二为何和马老汉感情这么深，刘二说深个屁，小时候因为偷他家玉米他还打过我呢。记者又问，那你为什么来当孝子？刘二有些不耐烦地说是村主任让他来的。记者再问，村主任让你来你就来？刘二一把摔碎火盆儿，愤愤地说，村主任答应让我白吃一年马老汉的救济粮。

你个白痴！人群里有人说。有人听到说这话的是村主任的媳妇。原本哭泣的人群顿时笑了起来。

记者把话筒递给村主任，让他解释，村主任一手捂着脸，一手推开记者说，无中生有的事，他是自愿的，是不是啊？

是。村主任的那帮狗腿子们齐声答应。记者也不好再问什么，有些怅惘地上了车。

记者的车子还没有走远，刘二就摔耙子了，问村主任怎么说话不算话啊？

村主任说谁让你嘴欠把秘密泄露出去的？

刘二说，大家伙儿都知道的事怎么能叫秘密呢？反正你得让我白吃一年救济粮。

村主任说吃个屁，你就是个白痴。

是你答应我白吃的。刘二也不让步。

村主任不好和他再理论，真是秀才遇到兵，有理说不清啊，就说回头再说吧，先把马老汉的丧发了。

刘二不干，一屁股坐在地上。难道我白哭了吗？刘二非让村主任当着村民们的面发誓。

村主任一看这架势，赶忙过来哄刘二。好好好，我答应你。

这下刘二又哭了，背起棺材就往前走。在我幼小的记忆中，我想他可能是真哭了。不知道是后悔委屈，还是感觉到白吃这一年救济粮真是不易。

有好一阵子，这件事成了村民们街头巷尾、茶余饭后的笑柄，大家关注了一个月县电视台，那则新闻始终没有播放出来。

更为可笑的是，可能是县电视台记者把电话打到了镇派出所，马老汉的户籍很快就注销了。

没了救济粮，刘二就像断了奶。因为自从马老汉死后，刘二也不到地里干活，成天无所事事在村里闲逛，逢人便说专等着白吃救济粮了。

一个月后，村主任在大喇叭里通知其他的五保户取救济粮，名单中唯独没有刘二的名字，刘二就风风火火找到村委会。

村主任说吃什么吃，年纪轻轻好吃懒做，也不想着自己养活自己，等你七老八十了，再等着政府养你吧。

刘二见村主任变卦了，开始在村委会耍赖。村里的治保员很快就聚齐了，刘二一见这阵势，只好蔫不唧耷拉着脑袋"滚"出村委会。

自此，村民们没人再敢和刘二开救济粮的玩笑，谁开刘二就和谁急。

村主任的媳妇拎着半瓶二锅头去找刘二帮她家种地，被刘二满嘴脏话和唾沫星子卷了回去。

在这里我要说明一点，村主任家本来没有几亩地，但村里被开发的所谓的荒地，都是村主任家的地，所以一年到头都有很多人帮村主任家干活。当然了，村主任很仗义，绝不会像糊弄刘二一样对待大伙儿。

有一年酷夏，村民们都在午睡。刘二突然在村里大喊，不好了，村主任欺负刘寡妇了。

有人好奇地走出来，问刘二村主任怎么欺负刘寡妇了。

刘二说，村主任光着屁股骑在刘寡妇身上，刘寡妇就疼得大叫。

人群哈哈地笑起来。刘二一脸茫然，不知大家在笑什么。

有人提议让刘二操根棍子去救刘寡妇，说起来他还得管刘寡妇叫姑呢！

刘二撅着屁股到一处尿旮旯去捡棍子，被村主任狠狠地踹了一脚，趴在那里半晌缓不过气来。

第二天，有人偷偷看到刘二从刘寡妇家出来，背了半袋粮食，好像还有一瓶酒。刘二鬼鬼祟祟，做贼似的一路直奔家门。

还是有热心的人悄悄给刘二出主意，好歹为了救你姑，你也挨了村主任一脚，你姑真抠门儿，怎么半袋粮食一瓶酒就把你打发了？你姑胸脯上有两个大馍，吃一口三天都不会饿。村主任就是经常到你姑家吃馍，他家的粮食才省下那么多。想想啊，这等好事怎能便宜了外人？

正说着，刘寡妇过来了。刘二一见刘寡妇，立刻就说要吃馍，刘寡妇说想吃馍一会儿姑给你做，刘二说我要吃你胸脯上的馍。

刘寡妇立刻脸红了起来，转身就往家走。刘二在屁股后边追着说，不沾亲不带故的，姑你凭啥白让村主任吃馍？刘寡妇麻利地插上了门闩。

又有人给刘二出道，让他去找村主任的媳妇，告诉她村主任经常到刘寡妇家吃馍，害得她家粮食吃不完都长虫子了，说了肯定给他酒喝。

一会儿刘二捂着脸跑了回来，一边脸被打了五个血红的手指头印。凭啥骗我，害我挨打？

谁让你先说了才要酒喝？你真是二到家了，你就不能先要酒再说？给刘二出道的人笑着说。

夜里，村主任家鬼哭狼嚎，村民们知道母夜叉又发威了。

村口有一个公共厕所，一到夏天就臭气熏天。村主任问刘二，为何不把那些屎尿运到自家地里，还省得买化肥。刘二觉得有道理，开始正眼瞧村主任了。

有一阵村里的妇女们都悄悄议论，每到村口上厕所，男厕所好像总有一双眼睛隔着一条缝偷看。有人怀疑是村主任，说村主任经常上厕所，有时半天待在男厕所不出来。

村主任此地无银三百两，对人说老了，前列腺不听使唤

湛影

了，撒泡尿比女人生孩子还费劲。

有一天，那双神秘的眼终于现原形了，村主任的媳妇当场跑到男厕所把刘二揪了出来。刘二一手拿着笤帚，一手拿着簸箕，有些丈二和尚摸不着头脑，不知大家伙儿在骂什么。

流氓？什么流氓？谁是流氓？这不是村主任的小名吗？怎么大家伙儿都敢当着村主任媳妇的面，公开叫村主任的小名儿了？村主任的媳妇是个悍妇，身材魁梧，壮得像头猪，单薄的刘二怎经得起她折腾，一拳下去刘二在炕上躺了半个月。

让村民足以证实的是，刘二卧炕期间，他显然没有了作案时间，但男厕所那双神秘的眼依旧存在。

刘二一气之下又撂了挑子，臭就臭吧，臭死你们活该，白给你们清理屎尿，还让你们这么欺负。

伤痛初愈的刘二突然来了兴致，跑到镇上一自行车修理摊观摩了半个月，在家摆起了摊开始修理自行车。

大家都说刘二这下子做了件好事，先不说修理费比镇上便宜，关键是很方便，就是半夜去敲门，刘二也毫不含糊，裤子都不穿就去摆弄车子。

可是好景不长，村里丢起了自行车，恰好那段时间刘二对修车也不怎么专注了，听说隔三岔五去看人家阉猪。

有人问刘二是否想去阉猪了？刘二用手一指，小心我先把你阉了。问的人一看刘二贼认真，立刻吓得不敢说话了。

有一天老王在街头大喊，谁看见了我的自行车？谁他娘的敢偷老子的自行车？

赵四推着刚修好的自行车从刘二家走出来，恍惚想起来刘二家院子里有一辆自行车，很眼熟，让老王去瞧瞧。

老王一家子刚进大门，就见刘二在院子里摆弄老王的自行车，可是谁也没有发现，车上多了一把锁。

还未等刘二说什么，老王一家子就劈头盖脸打的打、骂的骂，把个刘二整得晕头转向，一头雾水。

刘二又卧炕了。可让村民们不解的是，村里的自行车隔三岔五仍有丢失，难道刘二有分身术？刘二眼巴巴躺在炕上，隔着窗户，看那些丢自行车的人恨不得把他家掘地三尺，老鼠洞都被掏了，就是找不出赃物。

刘二饿得快要死了，老王的媳妇端来一碗热气腾腾的面条。刘二不知道黄鼠狼为什么会给鸡拜年，但他实在饿得受不了了，吃完面条就一瘸一拐地走出院子。

此时一辆警车从他家门前经过，车里坐着村主任那不学无术的儿子。

妈的，浑球，跟你爹一个德行，害得老子白挨一顿打。偷什么不行，偏偏去偷自行车。

这时老王推着自行车过来，有人问老王，你那破车不是一直没锁吗？怎舍得装上锁了？老王看了刘二一眼，一张老脸红得像猴屁股。

湛影

对了，忘了交代了，刘二的父亲嗜酒如命，有一次醉酒失手打死了老婆，自己就上吊自尽了。农村人介绍媳妇，一般都要打听对方三代人的为人，刘二仅因为父亲这一代，就把十里八村的媒婆子拒之门外了。再加上刘二穷得叮当响，吃了上顿没下顿，所以一年年婚姻大事也就耽搁了。

我记着刘二早先在堂兄家住过一段时间，因为堂兄常年外出打工，堂嫂一个人不敢住，就让刘二去壮胆，顺便给他口饭吃，还能帮堂嫂做些农活。

堂嫂胆小，天黑后不敢上厕所，或许是怕刘二在厕所里，碰个照面难为情。于是堂嫂就蹲在厕所门口撒尿，时间一长，厕所门口就冲出了一个洞。

刘二越琢磨越不对劲，说老鼠洞吧又不像老鼠洞，可这个洞一天比一天深。刘二就想探个究竟。

终于，刘二发现了始作俑者，原来是自己的堂嫂。

刘二跪在堂兄面前，就是不肯承认要对堂嫂非礼。当然了，"非礼"一词说起来比较文明些，至于堂兄如何把刘二骂得个狗血喷头，外人不得而知。那晚刘二趴在堂嫂的屁股底下，只是想看看堂嫂屁股里究竟有什么秘密武器，能把好端端一块土地钻了那么大一个洞。恰好那天后半夜堂兄回来了，刘二就被堂兄半夜揪出屋子受审。

可想而知，第二天刘二就被赶了出来，回到了破烂的老院子里，过起了自由自在的光棍生活。因为那件事，堂嫂觉得没面子，后来和堂兄一起出去打工了，许多年都没有回来。

有人问刘二那晚究竟有没有发现什么秘密武器，刘二说眼睛都让尿水给迷住了，之后就被堂嫂的叫声吓得尿了一裤子。

有一年冬天村里来了一帮耍猴的，晚上八点敲锣打鼓愣是把村民们引到了村中央。他们从村委会架出一盏灯就开始耍猴，反正又不要钱，村民们不看白不看。谁知耍到后来有个人把一把刀"不慎"吞到了肚子里，立刻"死"在地上一动不动了，领头的人还和负责保护演员的人打了起来。村民们哪见过这阵势，一看闹出了人命，立刻作鸟兽散。

第二天早晨，耍猴的人就哭着挨家挨户要钱要粮食，说是为昨晚那个死去的兄弟募集点丧葬费。刘二逢人便说昨晚的那个人没死，大家不要给他们钱和粮食，可是村民们没人相信。

第三天，有一个在邻村住娘家的女人回来，说是晚上看耍猴死人了，一大早就吓得赶紧跑了回来。这耍猴的总不能每晚都死人吧，村民们这才想起来刘二说的话，问他是怎么知道那人没死的。

刘二有个习惯，每逢村中央晚上有人群聚集，比如放电影，第二天一大早他都会跑到那里去捡钱或捡东西，每次都有收获，所以每次他都不会放弃。那天早晨，他亲眼看到那个"死去"的人在和同伙说着什么，然后就用围巾把脸围了起来，其他人动身去募捐。

奈何刘二说得有板有眼，只是因为人太卑微，所以说话也就不具公众影响力与充足的可信度。上当受骗，怨得了谁呢？是怨刘二？还是怨我们自己？因为文化水平的低下，很少有人能检讨自己。

有一次村里来了个算命的，据说算得很准，我母亲也去了，回来说我是文曲星下凡，将来一定能当大官，害得我上初中起因为没能被选上班长，郁闷了好一阵子，一下子觉得将来的仕途暗淡了。

村主任出面把算命的安排到了刘二家住，反正刘二也是光棍一人，多个老光棍也不会出什么事。可偏偏那晚就出事了，老光棍半夜爬到了小光棍被窝里，差点就被刘二给掐死。为了不让刘二声张，算命的把一只用来做法的鸡送给刘二算作补偿。刘二馋得大半夜爬出被窝就烧水拔毛把鸡吃了。

不料隔壁李大妈家正好丢了一只鸡，清晨鸡毛顺风从刘二家刮到了她家院子里，李大妈气势汹汹找刘二赔鸡，刘二不承认，说鸡是算命的给他的。算命的为了报复刘二也不承认，刘二一瞪眼，冲着算命的大喊一声，你他妈的不是补偿我的吗？看，看，刘二瞬即脱下了裤子，裤裆里都被咬破了。

村主任闻讯后跑来，让算命的马上退钱走人，而刘二必须赔给李大妈一只鸡的钱。因为那只鸡是算命的天黑后偷的，原本准备第二天一大早拿到邻村去做法，谁知事情败露了。

有人逗刘二，以后要把两边都看好，别上边贪吃鸡，下边的鸡被人吃了。刘二就没好气。

刘二不知从哪捡来一条流浪狗，为他看家护院。有时候刘二也带着那条狗在村里闲逛，村民们很奇怪，宁愿丢给那条狗半块馒头，也不愿施舍给刘二，想必刘二和狗抢食的情景大家都觉得好看且过瘾。甚至有人说，老远看去，迎面走来的就是两条狗。

我上初中后因为住校，很少回家，关于刘二的事就知之甚少了。

听说后来刘二真的耍起了阉猪手艺，手艺还不赖。每次回家刘二都不忘给家中那条狗带些猪睾丸回来，时间一长，村民们都说那条狗吃睾丸上瘾了，这也是导致刘二死亡的直接原因。

有一天刘二回家，手里拎着一块猪肉直接进门炖着吃了，飘出的香味惹得那条狗很是眼馋。刘二吃完猪肉刚一出门，那条狗一口就咬住了刘二的裤裆，夺去了他的两只睾丸。

当然，这是我后来回村听一些村民们描述的。关于刘二死亡原因的版本很多，也有人说刘二强奸了一个黄花大闺女，事后感到懊悔之至，自己把自己阉了。但我们村至今一直鲜有人养狗这是真的。

白眼狼

塔拉的手有些颤抖，自从那只白眼狼被他亲手射死后，他已经有三十年没开过枪了。塔拉之所以再次扣动扳机，是因为心中突然燃起了一股熊熊的怒火，长生天不公啊，他要替吉雅这个可怜的女孩讨个公道，未曾想子弹却奇迹般地弹了回来，最后射进了塔拉羸弱的身体里。

　　真是作孽啊！三十年前一个阴云密布的清晨，塔拉刚走出毡房就听到邻居乌仁图娅阿妈哭着对大家说，乌日娜的男人死了，昨天夜里被狼咬死了。狼？塔拉一听到"狼"这个字顿时起了一身鸡皮疙瘩，连蓬乱的头发都一根根竖了起来，比马鬃还要坚挺。从哪冒出的狼呢，这片草原上的"狼"不是都绝迹了吗？塔拉瞪着一双惊奇的眼睛问乌仁图娅。

　　那得去问你死去的阿爸。乌仁图娅愤懑地说，是你阿爸临死前亲口对大家说，草原上再也不会有狼了，大家才放松了警惕。否则，乌日娜的男人身高五尺，身上的肌肉比犍牛还要结实，怎会被狼活活地咬死？

　　塔拉被说得哑口无言，乌仁图娅阿妈是个心直口快的女人，尤其是好打抱不平，何况塔拉心里清楚，这些话的确是阿爸临死前亲口对大家说的。阿爸生前既是这片牧区的最高首长，也是一位出色的猎人，说话极具公信力。那些年大家谈狼色变，家家户户都配有猎枪，防狼和捕狼成了牧区的头等大事，每天塔拉的阿爸都要带着青壮年男子外出捕狼，夜里再安排人轮流巡逻。狼一般都在夜深人静时袭击牧区，塔拉记得小时候经常在半夜被枪声惊醒，狼受到惊吓发出的叫声十分可怕，有一次塔拉还被狼嚎吓得尿湿了毡褥，为此阿爸狠狠地打了他一巴掌，说他作为猎人的后代真没骨气。

但是即便牧区戒备森严，牛羊和马匹依旧时常被狼叼走，好在从没有人受到过伤害。在阿爸将最后一窝狼包括一只母狼和两只狼崽子全部杀死后，到塔拉长大成人这十余年时间，再也没有狼来袭击过牧区，因此塔拉的阿爸在突发疾病去世前，把大家召集到一起语重心长地说，草原上再也不会有狼了，以后大家要把全部的精力用于恢复生产，把我们的牛羊和马匹卖到远方，让牧民们也能吃到白面和大米，能听到广播看上电视。

大家都记住了塔拉阿爸的叮嘱，料理完阿爸的后事，家家户户都把猎枪藏了起来，牧民们的生活从此得到前所未有的平静。塔拉是家中的独子，阿妈死得早，可以说是吃百家饭长大的，只要牧区谁家有事有求于他，他从来都是二话不说，热情帮忙。譬如每次牧民代表们出远门进行货物交易，自然都少不了塔拉相随，好像只要有塔拉在，牧民们就不怕白天的寂寞与夜晚的恐惧。塔拉天生一副好嗓子，白天唱歌逗牧民们开心，塔拉还是一位神枪手，夜晚给大家警戒，虽说这些年草原上再没出现过狼，可长时间走夜路大家的心里或多或少都有些惧怕。

说起来，自从塔拉的阿爸死后，牧区也只有塔拉还整天带着枪，那把枪是阿爸留给塔拉唯一的念想，所以塔拉睡觉都搂在身边。冥冥中，塔拉总觉得那把枪仿佛还留存着阿爸温暖的体温，那把枪的使命仿佛还没有结束。塔拉没事就擦拭那把枪，枪身被他擦得黑亮，牧区有很多孩子都爱围在塔拉身边，看塔拉摆弄枪，都说长大了也要像塔拉一样成为一名神枪手保卫牧区。

现在的日子多太平，你们应该把时间用在学习上，将来长大了都到北京去读大学，听说那里有中国最好的大学。每当孩子们围在塔拉身边央求他教他们打枪，塔拉就对孩子们这样说。孩子们纷纷做起鬼脸，然后就失望地跑开了。乌仁图娅阿妈不止一次劝说塔拉，你都二十岁了，怎能成天还和一群小犊子们混到一起，你那清冷的毡房里该有个女主人了，等自家的马驹子下了崽，有你开心的时候。

每当这种情形，塔拉总是回阿妈以微笑，接着就有一张比草原上所有的野花都要美上千倍万倍的脸浮现在塔拉的眼前。她是塔拉自小就爱慕的一位姑娘，也是塔拉做梦都想吻上一口的心上人。那个姑娘红红的脸蛋儿就像秋天熟透的红

——————————————— 湛影

苹果，吻一口就能让塔拉陶醉得不省人事。那个姑娘就是乌日娜，蒙语中意为"巧女"。乌日娜不仅美丽端庄，也的确心灵手巧，经她手缝制出的皮衣，牧区没有第二个女人做的能比得过，所以大家都说，即使乌日娜家没有一头牛羊或马匹，她们一家人也不会饿死，她家毡房前每天前来找她做皮衣的人络绎不绝。

塔拉现在还记得，小时候和乌日娜在一起玩耍的日子是多么开心。他们在草原上像蝴蝶一样相互追逐，累了就躺在绿油油的草地上，享受着煦暖的日光浴，看瓦蓝瓦蓝的天空中洁白的云朵像羊群聚集在一起，偶尔有雄鹰在空中盘旋。每当雄鹰低飞的时候，乌日娜就害怕地躲在塔拉的身后，而塔拉就是乌日娜的守护神，他说，只要有我在谁也不敢伤害你。那时的乌日娜小脸红红的，说不出内心有多幸福。

可是长生天如此捉弄人，到了谈婚论嫁年龄的塔拉和乌日娜，却因为乌日娜父母的阻拦，最终没能走到一起。原因是自从塔拉阿爸去世后塔拉的家境没有一丝起色，牧民们都过上了好日子，几乎家家户户都有了收音机和电视机，可塔拉家依旧一贫如洗。乌日娜的阿爸和阿妈一致认为塔拉整天只知道在一群孩子面前炫耀枪技，家中仅有的几头牛羊被他喂养得瘦骨嶙峋，那是作为牧民的耻辱。一个不懂得珍爱牛羊的牧民，怎能懂得珍爱妻子，也一定不会让她过上富裕和幸福的生活。

旭日干家牛羊和马匹成群，他们家不仅是牧区第一家拥有收音机和电视机的，也是唯一一家拥有摩托车的。据说那个张嘴喝油、一个劲儿放屁的大铁疙瘩，跑起来比草原上最优良的骏马还要快。塔拉不信，他曾亲自借来一匹好马和旭日干比试，不一会儿就被旭日干甩在了身后。暮秋广袤的草原，只见旭日干跑过的地方一片尘土飞扬，场面十分壮观。确切地说，乌日娜的阿爸就是被旭日干的那辆摩托车从心底折服的。那天回到家他就和乌日娜的阿妈商量，牧区里再也没有比旭日干更优秀的小伙子了，你是没看到他开摩托车的那股神气劲儿，多少姑娘的口中都大声喊着旭日干的名字，生怕他驮着别人家的姑娘跑了。并且，旭日干还亲口对乌日娜的阿爸说，如果同意把乌日娜嫁给他，他就会驮着乌日娜的阿爸去北京。

北京是什么地方，那可是中国的首都啊。说起来，全牧区的人到现在一个都没去过，倘若在有生之年旭日干能驮着自己去一趟北京，就算死了也值了。乌日娜的阿爸说这话时掩饰不住内心的兴奋。阿爸您别听旭日干瞎吹，北京离我们这里很远很远，何况他还不认识路，我不喜欢旭日干。乌日娜生气地对阿爸说。不喜欢也得嫁给他，旭日干咋也比塔拉那个穷小子强，阿爸是怕你受苦啊，你看旭日干一家人穿的戴的，和电视机里的城里人有什么两样，你就等着享清福吧。乌日娜的阿爸已经王八吃秤砣铁了心。

婚后的旭日干好像是故意要气塔拉，时常用摩托车驮着乌日娜从塔拉家的毡房前经过，有时塔拉不在毡房外，旭日干就故意摁几下喇叭，吓得牛羊惊恐得直叫。乌仁图娅阿妈看到这情形，就朝旭日干远去的背影使劲地吐唾沫，长生天若是有眼，这小子是要遭报应的，塔拉这孩子已经够可怜了，怎还这样欺负他。就在前几天，乌仁图娅阿妈又对塔拉说，今年用点心，把你家的牛羊喂得肥肥的，不保准明年哪家的姑娘就飞来了，好日子还在后头呢，年轻人一定要有骨气，一片草地被人占了饿不死咱放牧的人，偌大的草原有的是丰美的草场。

塔拉一直对乌仁图娅阿妈心存感激，自从小时候阿妈死后，乌仁图娅阿妈没少对他们父子接济，塔拉曾经暗暗发誓，等将来生活好了一定要报答乌仁图娅阿妈。

可是现在，乌仁图娅阿妈却一改往日的和蔼，因为旭日干的死，把塔拉从头到脚数落了一堆不是。可说来说去就是因为塔拉的阿爸曾对大家说草原上不会再有狼了，而旭日干夜里从外地回来走到半路偏偏摩托车没有油了，就被一只恶狼给活活咬死了。如果不是旭日干的阿爸骑着马去接应他，恐怕连尸休都找不到了。看我这不争气的乌鸦嘴，说什么什么就应验了。乌仁图娅阿妈使劲地给了自己一个大嘴巴，人群中只有塔拉知道乌仁图娅阿妈曾经诅咒过旭日干，其实是因为替自己鸣不平。

阿妈您不要这样。塔拉抓着乌仁图娅的手说，都怪我不好，也信了我阿爸的话放松了警惕，我不想替我阿爸申辩，但前些年草原上的确没了狼。既然有草原就免不了有狼，我咋没想到这一点呢。塔拉觉得自己这二十几年真是白活了，也枉被大家称为神枪手，其实这些年除了偶尔打死几只前来袭击牧区的老鹰，塔拉很少放过枪。如果不是阿爸走得那么急，塔拉也不至于每天都摆弄那条枪。可摆弄归摆弄，塔拉却没有一个猎人应有的敏锐，他应该仔细观察草原的每一丝变化。更多的时候，塔拉背着枪在草原上漫无目的地游走，只是在找寻童年那些美好的旧时光，因为那些旧时光里，有他和乌日娜最温馨的回忆。

乌日娜撕心裂肺的哭声引来了整个牧区的人们，她说谁要是打死那只害死她男人的狼，她就会嫁给谁，绝不食言。这下，整个牧区不平静了，连牛羊也想冲破栅栏。那些未成家的年轻人纷纷跑回家找出了父辈们藏了十几年的猎枪，准备去寻找那只狼。虽然现在的乌日娜守了寡，可她的美色依旧能让年轻男人的心中燃起欲望的熊熊烈火，何况她已经对着长生天起了誓。自古英雄爱美女，仿佛就在一瞬间，牧区所有的年轻男子都成了英雄，他们背着猎枪浩浩荡荡奔赴草原的场面，即使在狼群肆虐的年代也从未有过。

你不去打狼咋还坐在这里发起呆来了？乌仁图娅阿妈问塔拉，难道你嫌弃乌日娜是个寡妇了吗？她为了给男人报仇这样做也可以理解，万一那只狼被别人打死了，到时有你后悔的。然而塔拉有自己的想法，现在的他似乎突然变得成熟了，做事也变得冷静且富于思考。他了解草原上狼的习性，白天一般不敢公开活动。终于熬到太阳落山了，疲惫的人群都失落地回来了，塔拉开始行动了。

其实当年阿爸把那一窝狼包括一只母狼和两只狼崽子的尸体带回牧区，塔拉就曾怀疑过可能有漏网之狼，但他没有充足的理由，只是凭直觉。那种感觉虽然一直持续了很多年，但后来草原上的确没再出现过狼，他就以为那只是自己年少时的错觉了。然而即便有漏网之狼，这件事想起来也是不可思议，如果有，那么这些年漏网之狼去了哪里？或许，也不排除再次出现的狼是从远方流窜而来的。想这些已经没有意义了，现在的紧要问题就是，塔拉要凭着阿爸生前教给他的一些打狼经验，加上自己的思考和判断，来寻找那只狼的蛛丝马迹。

塔拉真是心急如焚，因为整整一个星期他和打狼的人群一样没有丝毫进展，而乌日娜哭了整整一个星期。照这样下去，那只狼一天不死，乌日娜的泪水就会一天不断，用不了多久乌日娜就会哭瞎了双眼。塔拉的心疼啊，比被狼生生撕掉一块肉还要疼，可他说不出来，不打死狼，他也没有勇气去安慰乌日娜。塔拉之所以和牧区的年轻人一样也去打狼，不仅仅是因为乌日娜起誓谁打死那只狼她就会嫁给谁，而是不忍看着他心爱的姑娘再流下一滴伤心的泪水。现在的牧区，仿佛整个都被一条悲伤的大河给淹没了。

砰！借着皎洁的月光，在草丛中又辛苦地潜伏了一个晚上的塔拉，终于在天亮之前打死了那只狼。其实在那千钧一发之际，塔拉的心里也很害怕。夜色中他看到狼那一双绿色的眼睛，就像两道犀利的寒光，看一眼就让人毛骨悚然，如果换作平常人，吓都被吓死了，更别说被狼咬死了。原来活狼远比死狼要恐怖得多，塔拉也不知道哪儿来的勇气，屏息凝神，一枪就把那只狼给打死了。而给了塔拉勇气的力量，并不单是因为一心想帮乌日娜报仇，而是塔拉突然发现那只狼的嘴里叼着一个布袋，布袋里突然传出了婴儿的哭声，瞬间打破了草原空旷的宁静。

阳光下那只狼怒目圆睁，仿佛死得不服气。那是一只白眼狼，夜里发绿光，白天整个眼球都是白色的。塔拉听说过白眼狼，他也是第一次见到死了还睁着眼睛的狼，但他不知道是不是所有的狼都是白眼狼，也不知道老人们为什么要经常用白眼狼来形容那些忘恩负义的人，这白眼狼和忘恩负义有什么关系，或许两者的共同之处就是都没有人性。譬如这只白眼狼，为了填饱自己的肚子连一个婴儿都不放过。

如何确定这只狼就是咬死旭日干的那只狼？人群里有人问，问的人是因为从心里不服输，或者说是羡慕塔拉运气好，因为这意味着乌日娜很快就要成为塔拉的女人了，乌日娜是对着长生天起过誓的，谁打死那只狼她就会嫁给谁，就连乌日娜和旭日干的阿爸、阿妈都无法阻拦。塔拉拿出一把锋利的刀，像宰杀牛羊一样划开了那只狼的肚子。狼的胃里有旭日干的碎衣服，上面还有一粒纽扣，是乌日娜亲手缝的，她一眼就认了出来。咬死她男人的那只狼就是这只狼，这只被塔拉打死的狼。

乌日娜的阿爸一改往日的鄙夷，亲自来到塔拉的毡房里，看到塔拉在独自喝着马奶酒，边喝边流泪。塔拉，你怎么看起来不高兴呢？你不是做梦都想娶我女儿吗？难道你嫌弃她是个寡妇？告诉你，牧区里想娶我女儿的好男人有的是，到时你可别后悔啊。正在这时候，乌仁图娅阿妈抱着那个婴儿走了进来，放在了塔拉身边，孩子刚吃完羊奶，睡得很甜。真悬哪，长生天保佑这个孩子也是福大命大造化大，差点就被狼吃了，若不是塔拉，以后还不知道要死多少人呢！

你这个老东西看到了吧，乌仁图娅没好气地对乌日娜的阿爸说，看看我们的塔拉多勇敢，多优秀，和他死去的阿爸一样，都是我们草原的巴特尔。你的眼睛被乌云遮盖了，你的灵魂被魔鬼附体了，当初非要拆散这对从小就青梅竹马的有情人。现在呢，不仅女儿守了寡，听说还刚刚早产了一个女婴，真是作孽啊，你应该向长生天去忏悔，怎还有脸坐在这里。乌仁图娅的一番话把乌日娜的阿爸骂得狗血喷头，可是事到如今，也只能往前看了，他硬着头皮来就是想听听塔拉内心的想法。

现在，塔拉和乌日娜的婚姻明显遇到了很大的瓶颈，一是塔拉捡回了一个男孩，在附近的牧区打听了好几天也无人认领，无奈只好又抱了回来，二是乌日娜刚刚生下了旭日干的女儿，说什么也不愿送人，他们每人都带着一个不足月的孩子，这该咋办？

咋办？乌日娜说，先把塔拉捡来的孩子抱过来，总比羊奶喂养好，等两个孩子过了周岁再说吧。塔拉同意了。等两个孩子过了周岁，乌日娜的阿爸又向塔拉提出尽快把乌日娜娶过来，塔拉却反悔了，这一反悔也深深伤了乌日娜的心。牧区的单身青年听说了此事后，有不少到乌日娜家来提亲的，都说不嫌弃乌日娜带着孩子，可乌日娜全都拒绝了，她说这就是命。

如今的时代可不比从前了，还信什么命？乌仁图娅阿妈劝说塔拉，你一个大男人带个孩子总不是办法，我也活不了多久了，最近总在梦里见到我死去的男人，所以可能我也帮不了你多久了。塔拉忍着泪说。我不是信命，阿妈，我是为了这个孩子好，如果之前曾埋怨长生天不睁眼，让我与自己最心爱的女人没能走到一起，可是现在长生天又偏偏睁眼了，把这个没有一丝血缘关系的孩子给了我，我要珍惜这个缘。乌仁图娅接着劝塔拉说。乌日娜是个好女人，心灵手巧，忠厚善良，这个孩子跟着乌日娜不会受委屈的。

问题是我不敢保证自己一定会对乌日娜的孩子好，因为那个孩子是乌日娜亲生的。这个孩子长大了不听话我可以打他骂他，但如果换作乌日娜的孩子我这样做她一定不会高兴。旭日干不是曾经说要骑着摩托车驮着乌日娜的阿爸去北京吗？我要让我的儿子将来到北京去读大学，让乌日娜的阿爸看一看，我塔拉家的人并不比旭日干家的人没出息。塔拉的这番话让乌仁图娅听着很生气，你这不是存心怄气嘛，怎么能拿自己和乌日娜一辈子的幸福作赌注呢？乌仁图娅的话还没说完，只觉得眼前一黑就倒在了地上。

　　乌仁图娅的去世让塔拉很伤心，他一直想报答的这个女人说走就走了。此后塔拉把全部的心思都用在了培养儿子阿木尔身上，乌日娜也一心教育自己的女儿吉雅。阿木尔和吉雅是同班同学，连他们自己也不知道，为什么从第一次见面就对对方都有好感，小时候因为父母阻拦，他们放学后只好偷着在一起玩耍。长大一些后当他们听说了父母的故事就公开在一起玩耍了，就像小时候的塔拉和乌日娜，也可谓是青梅竹马。

　　吉雅曾不止一次悄悄对阿木尔说，她的阿妈心里其实一直装着阿木尔的阿爸，只是阿木尔的阿爸像一头偏牛，从来都不会正眼看她的阿妈。阿木尔也曾不止一次悄悄对吉雅说，长大了我要到北京去读大学，北京，你知道吗？知道，那是中国的首都，特漂亮，特繁华。吉雅眨着一双纯真的眼睛说。

你知道北京？怎么知道的？阿木尔有些惊奇地问吉雅。电视里看到的啊。吉雅说。哦，《新闻联播》里每晚都能看到北京，我给忘了。阿木尔有点扫兴。

阿木尔，功课做完了吗？如果你敢抛下功课去和吉雅玩耍，小心我打断你的腿。塔拉的脾气越来越暴躁，可每次刚骂完阿木尔，塔拉就心痛得要命，天知道他有多喜欢这个聪明伶俐的孩子，阿木尔是他活在这个世界上最大的精神支柱。不对，还有乌日娜。可是塔拉不敢说出来，于是就时常对阿木尔发脾气。其实在乌仁图娅死后塔拉就后悔了，唯一一位可能使塔拉和乌日娜走到一起的月老没了，要面子的塔拉也不肯轻易向乌日娜低头，确切地说是不想看到她阿爸那副得意的嘴脸，塔拉就彻底打消了和乌日娜走到一起的念头。

阿木尔，你要好好读书，当初阿爸把你从狼嘴里救下来，就知道你今后会有大出息，为了你，阿爸到现在都没找女人。乌日娜当年曾经当着整个牧区的人向长生天起誓，谁要是打死那只咬死她男人的狼她就嫁给谁，到最后阿爸也没有答应。塔拉感觉自己就像是一个受委屈的孩子在向另一个孩子诉说心中莫大的委屈。阿爸，这些我都听说了，放心吧，我一定会好好读书，一定会考到北京。阿木尔看起来很有信心，其实连阿木尔的老师也经常说，这孩子照此发展下去，将来一定能考到北京。

北京，北京！为什么一定要去北京呢，北京有草原吗，北京的天有这么蓝吗？每当吉雅听到阿木尔说起北京，就不解地问他。你们女孩子就是头发长见识短，说了你也不懂。阿木尔对吉雅说。好，我不懂，等长大了你去你的北京，我就守着我的草原，遇到个好男人就嫁给他，我可不学我的阿妈，婚姻大事一定要听家长的，害得自己一辈子都不幸福。吉雅噘着嘴对阿木尔说。吉雅，这可不行，长大了你得嫁给我，你是我的女人，我阿木尔的女人，你不是曾经说过要嫁给我吗？怎么又改变主意了，难道你要学你阿妈？阿木尔一听立刻生气地对吉雅说。

　　你怎么还扯上我阿妈了，我们的事和我阿妈有什么关系？是你阿爸不要我阿妈，我阿妈现在才这么痛苦的。谁让你一心想着要去北京，你去了北京不回来我怎么办？吉雅也生气了，她最讨厌别人说她阿妈的不是，尤其是阿木尔。对不起，吉雅，我不是成心要说你阿妈，是我们两家的渊源太深了。其实也不是我非要去北京，是我阿爸逼着让我去，我不去他就会不高兴，我可不想让阿爸生气。阿木尔赶忙向吉雅解释。那你就愿意让我生气呗？吉雅认真地问阿木尔。吉雅，我现在就向长生天起誓，我阿木尔去北京读完大学一定回来和你结婚，你可一定要等着我啊。这下吉雅高兴了，好吧，我相信你，阿木尔，你是我们牧区最有出息的男子汉。

　　阿木尔收到北京一所名牌大学录取通知书的那一天，塔拉第一件事就是去了乌日娜家，原本他是想气一气乌日娜的阿爸，未曾想乌日娜家哭作一团，她的阿爸刚刚去世了。塔拉没敢把阿木尔的录取通知书掏出来，而是向乌日娜的阿爸磕了三个响头，他突然感觉自己就像个孩子一样幼稚，好歹也活了大半辈子，和一个老人怄什么气呢？他想安慰一下乌日娜，可是乌日娜始终没抬头，泪珠吧嗒吧嗒地往下掉。乌日娜每掉一颗泪珠子，都像一块石头重重地砸在他的心上。

其实乌日娜是不敢抬头，她不知道塔拉来的真正目的，只知道自己的阿爸生前愧对塔拉，而塔拉却不计前嫌前来吊丧，这也是她为什么一直深爱着塔拉的原因。善良的乌日娜、惭愧的塔拉，一对近在咫尺却又远在天涯的苦命人，直到此刻，依旧从内心彼此深爱着对方，却谁也不肯第一个把那个"爱"字先说出来。

阿木尔要去北京读大学了，这个消息是吉雅第一个传出去的，像飓风一样瞬间刮遍了整个牧区，连牛羊和马匹也跟着欢跳起来。人们都说阿木尔给牧区争光了，这塔拉也不知道上辈子积了多大的德，长生天赐给他这么一个优秀的儿子。当牧民们纷纷向塔拉祝贺的时候，按理说塔拉应该高兴，可他却耷拉着一张苦瓜脸，怎么也高兴不起来。是啊，阿木尔要走了，要去很远很远的北京，塔拉不知道自己以后见不到自己疼爱的儿子心里该有多难受。

阿木尔临走的那天，牧区的人都来送他，毡房外边挤满了人，塔拉却始终没有出来。只有吉雅在草原上拼命地奔跑，像一只受伤的小羊一样，她边跑边对阿木尔说，亲爱的阿木尔，记着你曾经起过的誓，我等你回来。

高考落榜的吉雅没有选择复读，而是陪在阿妈身边放牧，给牛羊挤奶，给马儿刷毛，和阿妈一起伺候这些草原上可爱的生灵。

不久，阿木尔来信了，他把信件寄给了吉雅，因为阿爸不识字，吉雅就拿到塔拉家一个字一个字地念给他听，念着念着塔拉的泪水就流了出来。阿妈，自从阿木尔走后，塔拉大叔的状态看上去很不好，我怀疑他身体里患了什么病。吉雅回去对阿妈说。吉雅，明天你去请个医生给你塔拉大叔瞧瞧。乌日娜担心地叮嘱吉雅。牧区的医生郑重地告诉塔拉，他患有严重的风湿病，如果不尽早治疗很有可能会瘫痪。塔拉说不碍事，我的身体壮着呢，我的钱得留着给我的儿子交学费。吉雅告诉了阿妈塔拉的病情，乌日娜急匆匆地第一次走进了塔拉的毡房。

塔拉，你必须马上治疗，虽然这样一来会花掉一笔不小数目的钱，但这是为阿木尔好，听我一次劝行吗？乌日娜关切地对塔拉说。不行，读大学的费用很高，除了交学费我的儿子还要吃饭穿衣，虽然进了大城市，我可不想我的儿子被别人瞧不起。塔拉坚决地说。可是身体一旦垮了你还怎么继续给阿木尔挣钱，你的那些牛羊谁来喂养？乌日娜用恳求的语气对塔拉说。塔拉说，我知道你是为我好，这么多年，其实……我……塔拉话到嘴边又咽了回去。这么多年你怎么了，还在恨我吗？为什么不向长生天诅咒我，让我这个懦弱的女人也被草原上的恶狼给咬死了，该死的是我啊，是我克死了旭日干。

吉雅听到阿妈这么一说，立刻在旁边哭了起来。塔拉大叔，求您了，您不知道我阿妈对您有多担心，昨天一晚上她都没睡，想着见了面该和您说什么，看在我阿妈心里一直装着您的分上，求您赶紧治病吧。吉雅，好孩子，大叔心里什么都清楚，请你不要再说了，是我对不起你阿妈，我有罪，我有罪，所以长生天才用病魔来惩罚我。塔拉边说边用拳头狠劲地捶自己的双腿，乌日娜立刻抓住了他的双手，两个人抱着哭成一团。

塔拉年轻时就是一头偏牛，这脾气到死恐怕也不会改。乌日娜回到家叹着气对吉雅说，吉雅，你以后多去塔拉大叔家帮他干点活，每个月偷着多给阿木尔寄些生活费，我们能做的只有这些了，你的旭日干阿爸如果在天有灵，也会支持我们这么做的。毕竟，是塔拉给他报了仇，塔拉的风湿病，很可能是他当年打狼时，整夜整夜地潜伏在草丛里落下的病根。吉雅和她的阿妈一样，是个懂事乖巧的女孩，每个月阿木尔的生活费都是由塔拉交给吉雅去寄，吉雅就顺便多寄一些，而阿木尔也以为都是塔拉的钱。

整整四年，阿木尔都没有回过家，他舍不得花来回的路费，利用寒暑假在校外打工。四年后，当阿木尔突然出现在牧区，整个牧区都沸腾了。是阿木尔回来了！吉雅激动地跳了起来，然后一头扎到阿木尔宽阔的怀抱里，满脸喜悦的泪水。塔拉拄着拐杖走出毡房，感觉草原的阳光从来没有如此明媚，他日夜思念的宝贝儿子回来了，仿佛是草原上升起了不落的太阳。阿木尔带回了一个好消息，也可以说是一个坏消息，他还要走，而且这次将走得更远，是美国。他考取了美国一所大学的硕博连读专业，有全额奖学金。塔拉仅在收音机和电视里听说过美国，没想到自己的儿子要去美国读书。

不要再读了，马上和吉雅结婚吧，吉雅都等了你四年了，四年来她一直无微不至地照顾着我，吉雅对咱家有恩啊，这件事你必须听阿爸的。塔拉郑重地对阿木尔说。可是阿木尔已经长成大人了，他不再是当年那个听到塔拉咳嗽一声都战战兢兢的小孩子。阿木尔说，我这四年吃了那么多苦，就是在为出国做准备，许多学习成绩不如我的同学都选择了出国深造，何况还没有全额奖学金，阿爸不是一直希望我有更大的出息吗？您应该支持我啊。

塔拉阴沉着脸，沉默起来。许久，他才语重心长地对阿木尔说，儿子，阿爸知道你有比雄鹰还要远大的志向，可是雄鹰飞得再高再远，心中依旧恋着草原，阿爸听你话里的意思，怎么对这片生你养你的草原没有一丝眷恋呢？阿爸，儿子去美国是为了深造，不是去享受，是为了学习更加前沿的知识，等将来学成后一定会回来，不仅要报答您的养育之恩，还要报效祖国呢。阿木尔的话还没有说完，吉雅就立刻打断了他，那我呢，你就不想我？想，天天在想，夜夜在想，可是想归想，我必须把学业完成了才能娶你，吉雅，你还得再等我几年，我阿爸就托付给你了。

草原的太阳刚刚升起，转瞬之间就阴云密布，大雨倾盆。吉雅再一次流着泪水，目送着阿木尔越走越远，直到消失在茫茫的雨幕中。

真是奇怪，阿木尔不知道在美国获得了多少奖学金，好像很有钱，他先是从大洋彼岸给塔拉寄来了一部手机，不久又寄来了一部笔记本电脑。现在的草原可不比从前了，牧民们不仅用上了风力发电等清洁能源，家家户户都安装了无线上网的电脑。

塔拉的腿因为错过了及时治疗的良机，已经走不动路了，他每天坐在毡房里，看着吉雅从网上给他下载的电影、小品或戏曲来打发无聊的时光。有时赶上阿木尔不忙，就会打来越洋电话，两头电脑一连接网络，阿木尔就立刻出现在电脑屏幕上了。嘿，现在的科技真是发达，塔拉高兴地说未曾想儿子离自己那么远，居然能在电脑里说话，还能看到真人，吉雅说这叫视频聊天，但塔拉总也记不住。

记得住记不住无所谓，虽然身体每况愈下，但有吉雅在身边照顾自己，塔拉的生活并不寂寞。有几次，吉雅想劝说塔拉和阿妈乌日娜一起住，都被塔拉拒绝了。塔拉说我老了可以不要脸了，可你还是个未出嫁的姑娘，总不能让人在背后说闲话。吉雅说我不怕，反正早晚我都是这个家的人，人们都说若是没有阿木尔，我阿妈早就和您生活在一起了。不对，若是没有阿木尔，我该怎么办，若是没有我呢，塔拉大叔，您会和我阿妈结婚吗？

不会，塔拉肯定地对吉雅说。长生天给人苦难也给人幸福，给人绝望也给人希望，如果没有阿木尔，或者没有你，我不知道现在会过着怎样的生活，我的灵魂可能早就被草原的雄鹰给叼走了。唉，干吗要说这些不高兴的话题，吉雅说，阿木尔走了已经五年了，咋还没有要回来的意思呢？塔拉也正想问阿木尔，未曾想电脑屏幕中阿木尔的身边突然多出了一个女孩，那个女孩喊塔拉爸爸，一听就是个汉族姑娘。

阿木尔，究竟是怎么回事？快给我回答！塔拉几乎是竭尽全力，怒吼着对电脑里的阿木尔说。对不起，阿爸，我欺骗了您，其实我没有获得全额奖学金，到美国深造的费用都是我的岳父资助的，前提是我必须和他的女儿结婚，然后一起到美国去留学。阿爸，您不知道，美国有多好，比我们的草原可漂亮多了……

不要再说了，阿木尔，我怎么会有你这种没出息的儿子，你丢尽了我们家族的脸，长生天不会原谅你，你祖父在九泉之下也不会原谅你的。你可以不管我的死活，可你结婚了吉雅该怎么办，上次回来为什么不告诉她，害得她一直在苦苦等你。塔拉不知该如何面对身边早已泪如雨下的吉雅。

对不起，吉雅，其实上次回来我想对你说，可是我又想如果再等上一年半载我不回来你兴许就找个人嫁了，没想到你这么痴情。要知道这世上比我优秀的男人有的是，吉雅你一定要放宽心啊。阿木尔祈求吉雅能原谅他，仿佛他有着天大的苦衷。阿木尔，你说谎，你骗人，你向长生天起过誓的！你……你……吉雅哽咽着跑回了家。

塔拉用尽了浑身最后一点力气，颤抖地端起了身边的那把猎枪，像当年射死那只叼着阿木尔的白眼狼一样，将一颗愤怒的子弹朝着电脑果断地射了出去。因为就在那一瞬间，塔拉分明又看到了一只披着人皮的白眼狼。如果说当年那一枪塔拉是在帮自己心爱的女人报仇，那么这一枪，他是为了给吉雅这个可怜的女孩讨个公道，未曾想子弹却奇迹般地弹了回来，最后射进了塔拉羸弱的身体里。

微缩的刘二

呸，真他妈不是味儿。刘二吃着海鲜市场出售的从外地运来的皮皮虾，边吐唾沫边骂娘。这海他妈的怎么了，死了吗？刘二瞅了一眼地上摆着的空鱼篓，看上去就像个骨灰盒。

还不如死了呢，活着更遭罪。刘二的娘接过儿子的话茬，叹着气说。现在的海和现在的我有什么区别，真是生不如死啊！

娘，您别总说这丧气话好不好，我这心里正烦着哪，打不来鱼拿什么给您看病买药啊。咕咚，咕咚，刘二不吃菜举起酒瓶子干喝起来。说实话，作为一个土生土长的渔村人，他自小就是吃着本地的海鲜长大的，门前那片海，不仅喂养着整座渔村，养大了刘二兄弟俩，刘二的父亲还用打渔换来的钱，给他们兄弟俩每人盖了一处新房子，娶了媳妇。

刘二对这片海是有感情的，爱之深，不亚于对他的父母和妻儿。可是除了疯长的赤潮，现在的海里的确打不出鱼了。这让刘二很纠结，在渔村，他可是个出了名的孝子，他总不能眼睁睁地看着卧床的老娘一天天因没钱买药等死吧。虽然说，这些年打渔刘二多少也有些积蓄，可他刚买了一条新船，所有的家底都投到船上了。把船卖了，他还有些于心不忍，新买的船还没下水呢。渔民对船的感情，就像骑士对骏马的感情，毕竟，一家老小的吃喝拉撒都维系在那条新买来的船上。

一定是老爷子把海神得罪了，现在全村人都遭了报应。刘二的妻子在旁边插话。你……我怎么了？说错了吗？出去听听，村里三岁的小孩都这么说。夫妻俩正争吵着，刘二六岁的儿子哭着跑回来了。刘二一问，儿子又挨打了。为什么挨打？村里的小孩骂孩子的爷爷，孩子气不过，单枪匹马和一群孩子厮打起来，最后被打得鼻青脸肿。

妈的，干吗和一个孩子过不去，有本事就冲我来。刘二心疼地给孩子擦着伤，边擦边咧咧。可咧咧归咧咧，又没什么好法子，他一个大男人总不能跑出去扇小孩子们耳光吧，可是儿子死活都不敢去上学了，说放了学就会被同学团团围住，已经不止一次了，前几次没打出伤，也就没敢告诉家人，以为他们打几次出出恶气就罢手了，谁知还是不肯放过他。孩子睁着一双天真而委屈的眼睛，问刘二爷爷生前究竟做了什么伤天害理的事，让他们这么欺负他。

刘二不知该怎么对孩子说，三言两语也说不清，索性就蒙着头，红着眼睛拼命往肚子里灌酒。第二天一大早，刘二亲自把儿子送到了学校，一路上总有小孩朝他的身后吐唾沫。

以前刘二没事总爱在村子里转悠，现在他突然有些反感，不想回村了，尤其是讨厌那些死鱼烂虾的腥臭味儿，闻着就让他感到恶心。他去海边看了看新船，越看越觉得难过，仿佛一匹千里马被困在泥潭里，夺去了驰骋沙场的本领。

刘二跪在父亲的坟头，开始和父亲唠叨。爹啊，您看看现在的渔村，乱成了什么样子，因为打不到鱼，全村人都怪罪到咱家头上了。您老倒好，一闭眼走了，留下个烂摊子，让儿子怎么收拾？现在全村人都在戳儿子的脊梁骨，儿子有什么错啊？购石填海，全村人都被您拖穷了，这海不是还没生气儿吗？

说起刘二的父亲，不仅在渔村，就是方圆几十里之内，也是无人不知无人不晓，那可是有名的"渔王"。每次出海，只要跟着刘二的父亲，所有的船只一定会满载而归。刘二的父亲还会看云识天气，预测风浪。其他的村子总有翻船的，而渔村多年来一直平安无事。慢慢地，渔村的人就称刘二的父亲为渔王，也就是渔民们的头儿，还有人搞笑地称他老人家为"总舵主"。搞笑归搞笑，但大家都对刘二的父亲心存敬重，他可是渔村的"大财神"。

可是到后来，这片海渐渐没有了生气，刘二的父亲就感觉不对劲。也不知从哪打探来的消息，说是用石头填海可以让海休养生息，于是刘二的父亲就发动村民们集体捐资买石头填海。然而，总有一些人要小聪明，明着同意买石头填海，暗地里却偷偷打渔，所以，填了三个月的海，此事就半途而废了。要知道购石填海需要巨资，也不是一座渔村力所能及的事，这个村填海，那个村打渔，渔王只是渔村的渔王，出了村发号施令就不好使了。渔王的这一举动，非但没有达到理想的目的，渔村的经济也被拖垮了。一些人看着势头不对，再也不肯掏一个镚子儿，赶紧把钱投到船上了。于是，短时间内，渔村的船只几乎全部更新。

刘二的父亲因与其他村的渔民们发生争执，说不动他们购石填海，劝阻他们不要滥捕也不成，一气之下吐血身亡。海就是海，填什么石头，填了石头鱼虾怎么活啊？这个老东西，光他妈的穷折腾，折腾得海神都愤怒了，别说皮皮虾，连只狗虾都打不着了。刘二的父亲在渔村高高在上的地位，随着他的死去一落千丈。一夜之间，渔王从英雄变成了狗熊。

刘二的母亲呢？早些年患有糖尿病，因为老伴的离去，心情抑郁，出现了严重的并发症，不久便患脑梗死瘫痪在床，一病不起。医生早就说过，糖尿病不可怕，可怕的是并发症。刘二突然想起了医生曾对他的叮嘱，怪不得娘一直说活着还不如死了，可见现在的海与娘的病多么相像，这海病得不轻啊，爹生前的做法是对的，只是渔民们不理解。现在看来，继续购石填海已经不可能了，因为渔民们的手中都没什么积蓄了，大家都把钱砸到了新船上，必须再想个新法子，让这片海尽快摆脱病魔。

刘二一伸手，就从海水里抓到了一把赤色的水草。唉，刘二叹了口气。时间已近中午，日头爬得老高，刘二就到学校去接儿子。接回儿子，刘二开始和妻子商量卖船。啥？你是被村里人骂傻了，还是气晕了，这刚买的船还没下水呢，怎能说卖就卖了？妻子一脸的不解。你没看娘的病越来越重吗，我总不能守着一条没用的废船看着娘等死吧。刘二这么一说，妻子也就闭了嘴，不管怎么说，刘二娶了个好媳妇，对婆婆很孝顺。

刘二把新船卖了。这个消息在渔村不亚于日本大地震，大家都知道，刘二自小天资聪颖，他爹那一套打渔的本事几乎都传给了刘二。大家对刘二家恨归恨，骂归骂，可刘二一旦不打渔了，村民们的生活就更没指望了。一时间，刘二家的院子里挤满了人。

刘二，你不知道靠山吃山，靠海吃海的道理吗？把船卖了，你今后喝海风啊？有人瞪着眼珠子问。吃个屁，过不了多久恐怕海风都没得喝了，有船没船一个屌样，反正海里也捞不着活物，空守着一条废船干啥，卖了好，眼不见还心不烦呢，早晚你们都得把船卖了。刘二的一席话把大家都说蒙了。有人说，刘二你能不能说得明白一些，我们知道你读过几天初中，肚子里的墨水比我们多一些，你是不是跟你死去的爹一样，看出了什么名堂，或是又想出什么鬼主意，告诉

湛影

你，再办捐钱买石头填海的蠢事，我们可不干。

还别说，我还真想出了一个好主意，其实也不是我想的，是我爹昨晚给我托梦了。

打住，打住，停，停，停。刘二的话还没说完，就被人突然打断了。别说了，你爹给你托梦绝对没好事，肯定又想祸害大家。

对，对，对。村民们开始跟着附和。

一群不开窍的王八犊子，有事就知道把头往壳里缩。我最后再说一句，听还是不听，我刘二以脑袋担保，绝对是好事。

人群顿时鸦雀无声。

我爹说了，购石填海一事对不住大家，让我替他赎赎罪，因为活着的时候打渔太频，他把海神惹怒了，现在他老人家正在海神那里当差受苦呢。我爹说了，只要这海休养一段时间，然后再有节制地捕捞一段时间，光要大的，小的放生，大家就一定能打到鱼，而且越往后鱼的分量越重，保证这海里还能像前几年一样出大鱼。

不下海我们吃什么啊？有人接过刘二的话茬。

吃我啊。

吃你？把你活吃了，还是红烧或清炖了？这么大个村子，几百张嘴，你那点干巴肉够几个人吃啊。

我爹不是让我替他赎罪吗？问题就在这，好事出场了。

不用太长，大家就歇半个月，这半个月不仅渔村，包括附近几个村子男女老少的吃喝拉撒我都管，好歹这条船也卖了几十万，我的经济能力大家总不能怀疑吧。但有一点，半个月后，如果海里出现了半斤大的鱼，说明我爹托的梦灵验了，大家吃了我的喝了我的都要给我还回来。

要是捞不着半斤大的鱼呢？有人继续问。其实别说问的人，在场的人谁也不相信，短短半个月，这海里要是能捞着半斤大的鱼，除非那鱼吃了激素。

捞不着我就陪我爹到海神那里一块受苦去。说完，刘二就拿出本子挨家挨户登记，谁家每天每人多少肉、多少蔬菜、多少米。登记完了本村的，刘二又去登记邻村的，他已经和邻村的渔民们达成协议。刘二的此举不像他爹，他爹是让本村人掏钱买石头，无异于从大家身上割肉，让外村人禁捕却没有补偿，傻子才会听他的。刘二这次却不一样，反正硬着头皮出海的话，捞回来的也是一篓篓死鱼烂虾，除了挑出几条一二两重的小鱼，剩下的都得倒掉，搞得村里还臭烘烘的。

娘，别怪儿子不孝，儿子如果不这么做，我爹九泉之下恐怕也不肯瞑目。刘二跪在母亲的床前，看着病恹恹的母亲泪如雨下。

娘知道你和你爹一样，都是好人，都是为了这片海和这帮乡亲，要不你爹也不会把那套打渔的本事都教给你，不像你哥，只认得钱，没出息。刘大在父亲死后，因为分家产觉得不公，就再也没来看过老娘。刘二并不计较一个人养着娘，只是他把本该给娘看病的钱用来救海了。刘大手里有钱，可是吝啬得锱子儿不出，刘二看着娘痛苦地呻吟，心里就像刀割般疼。

娘，挺过这半个月我一定把您治好。书上说了，人对海好，海也会对人好，半个月后，这海里一定会出大鱼，到时大家把钱还了，您老就有救了。

儿子，把海救活了，就等于挽救了好几个村子、几千人的命，娘就是死了也值了，这是你对娘最大的孝顺，娘支持你，娘不怪你。

刘二的妻子听婆婆这么一说，再也忍不住放声痛哭了起来。刘二骗了她，因为说卖船给婆婆治病，她才同意了刘二的做法，早知刘二这么做，打死她也不会答应卖船。这个榆木疙瘩脑袋的刘二，真二，和他爹一样认死理，想好了的事就一定放手去做，为了门前这片海，这片关乎大家的海，他居然连亲人的死活都不顾了。都说自古忠孝不能两全，现在看来一点儿不假，大忠之人未必都能做到大孝啊。尽管刘二是个孝子，可是这种"孝"付出的代价未免也人沉重了。

出大鱼了！出大鱼了！娘！娘！您快看啊。刘二抓着一条半斤多重的鱼放到娘的眼前，娘的表情却没有任何反应。

娘死了。

娘，儿不孝啊，儿对不起您。一天之内，刘二经历了人生最大的悲喜，他的精神受到了极大的刺激。

刘二疯了。

刘二疯了，欠刘二的钱就不用还了，人们不买刘二妻子的账，因为疯了的刘二竟然把账本给烧掉了。大家吃了半个月的白食，还打回满满的一船鱼虾。看来这海里真的有海神，这不刘二他爹托的梦应验了吗？

捞啊捞，捕啊捕。渔民们似乎比以前更疯狂了，不捞白不捞，谁捞着是谁的，反正这海是大家的。喝着烈酒，吃着本地产的鲜嫩可口的海鲜，人们都说，还是咱海里的海鲜有味道，比外地运来的香多了。

疯疯癫癫的刘二，总是在海边阻挠渔民们出海，要么被大家骂一顿，要么屁股上被踹几脚。有一天，刘二看到渔民们把渔网的窟窿越织越小，就张口大骂起来，作孽啊，作孽啊，人作孽，不可活啊。刘二拿着一把剪子，把渔民们晾在海边的渔网都给剪破了。渔民们你一拳我一脚，打得刘二卧床不起，没过多久就死了。

刘二死了，海仿佛也死了，赤潮比先前还要泛滥，有的船陷在海里出也出不来。有人说可能是刘二的鬼魂在作怪，刘二和他爹一样，是咱渔村的灾星，应该把他的老婆孩子撵出渔村。

刘二家被围了个水泄不通。

你们还是人吗？你们还有没有良心？那半个月让海休养生息养活你们的钱，原本是要给我婆婆治病的，为了救活这片海，救活大家，我们家搭上了两条人命，不，还有我同样含冤死去的不被你们理解的公公。我们家献出了三条命，你们还想怎么样？说好了打到半斤大的鱼就还钱，虽然刘二把账本烧了，你们心里就没本账吗？

人群瞬间沉默了。

第二天，刘二家门前出出进进的人络绎不绝，有本村的也有邻村的，都是来还钱的。刘二的妻子一分也没要，她说刘二精神上虽疯了但心却没疯，因为娘死了才烧掉了账本，他就没打算和大家要钱，只要大家对海好，刘二到死都牵挂着这片海，牵挂着乡亲们啊。

之后，人们仿佛商量好了似的，谁也不再私自出海。一段时间后，渔民们惊喜地发现，海里又有了鱼。渔民们捕鱼开始有了节制，打一段时间就休息一段时间，渔网的窟窿织得也比以前大了，偶尔打到小的就会放生。后来，海里的鱼一天比一天大，有人提议应该给海神立个塑像，大家出海前拜一拜，让海神保佑大家有打不完的鱼，每次出海都能平安归来。

提议虽好，可这海神长什么模样呢？大家谁也没有见过啊。村主任给每个人发了一个萝卜，让大家拿回家刻，想象着海神是什么样，那就刻成什么样，最后把刻得比较相像的就定为海神的模样。

　　大家的海神都刻好了。咦？人们居然惊奇地发现，大家手中的海神几乎一个模样，怎么看都像微缩的刘二。

燃烧的雪

若不是 1976 年的那个雪夜……

当着孩子的面你给我闭嘴，怎么这么不长记性？

爹的话还没说完，就被娘劈头盖脸地给打断了。娘的表情很难看，眼睛里像着了火。

我有罪。说完这三个字爹就长长地叹了口气。

还说，你个……若是时光倒退几年，雪生知道娘接下来要说什么。你个挨千刀的。这句话，娘不知说了有多少遍，雪生的耳朵都快磨出茧子了。

可是现在，雪生长大了，已经大学毕业参加工作了，娘就不再像以前对爹那么蛮横了。其实在雪生的记忆里，娘并不是个蛮横的女人，只要爹不提 1976 年的那个雪夜，娘一般是不会冲爹发火的。

1976 年的那个雪夜怎么了，那天晚上究竟发生了什么事？其实这个疑团已经困扰了雪生很多年。打雪生记事起，爹的嘴里偶尔就会迸出那句话，尤其是醉酒的时候，然后就是在娘的训斥中，爹的话像突然断了弦的琴没了尾音。

说白了，娘不让爹往下说话，就是怕雪生听到。可娘越是这样，雪生的疑心就越重。小的时候，雪生也不止一次问过娘，爹说的 1976 年的那个雪夜，究竟想说啥？每每那种时候，娘总说小孩子家的别瞎打听，把你的心思都放在学习上，不是和你说过了吗，1976 年的那个雪夜你出生的，所以就给你取名叫雪生。

没了？雪生瞪着一双好奇的眼睛等着娘往下说。没了。娘说，去写你的作业吧。那你怎么还骂我爹？雪生不依不饶，他知道娘在骗他。你爹他该骂……好了，快去写你的作业。娘的语气一加重，雪生就从心里害怕了。

娘是这个家的大当家的，生气时教训爹就像教训手下的小喽啰，根本没把这个二当家的放在眼里，爹对娘都如此唯唯诺诺，雪生怎能不害怕。

这些都是陈芝麻烂谷子的旧事了，现在的雪生已经不是当年那个胆小的雪生了。现在的雪生对娘更多的不是怨恨，而是感恩。如果不是娘从小对他严厉的管教，或许雪生也考不上大学，当不上县政府的公务员。

娘，您知道我不再是小孩子了，刚才我爹想说啥，我想听爹说下去，希望你不要打断爹的话。这二十几年，爹在我面前就没和你说过 句完整的话，你不能这样对爹。

雪生，你应该到你舅舅那看看，你舅舅每天都向我打听你啥时候回来。娘对雪生转移了话题。我不去，我干吗要去看那个傻子，你嫌他给咱家丢的人还不够吗？雪生的话还没说完，娘伸手就给了雪生一个嘴巴，打得雪生脸上火辣辣的。

小时候都没打过孩子，长大了怎么还对他动起手了？爹从炕上爬起来，那样子，像是长工要向地主老财造反。让你住嘴你就住嘴，没人拿你当哑巴，就是因为他长大了，更不该说出这种混账的话。

我怎么就混账了？全世界的人都知道我舅舅是个傻子，就因为有这么个傻舅舅，小时候同学们总是取笑我，你知道我受了多少委屈吗？

委屈？这个世界上谁有你舅舅委屈？他想他外甥有错吗？他再傻全世界的人也都知道他是你舅舅，你去看他一眼能缺条胳膊还是少条腿？你个没良心的混账东西。娘说着就哭了起来。

这么多年，因为舅舅娘没少哭。雪生以为娘的眼泪都快流干了，可一说起他的傻舅舅，娘的泪水还是像早春融化的雪水，流起来就止不住。

雪生不愿再跟娘理论，他知道这天底下再有理的儿子也理论不过没理的娘。何况，清官都难断家务事，这人世间的家事，就算有神仙来主持公道，恐怕也难分出个谁对谁错。作为父母，没理也有三分犟理。

雪生躺在西屋的炕上，听着娘在东屋小声哭泣，那声音，就像早春房檐上掉下的雪水，砸到脸上刺骨透心的凉。想想这些年，雪生几乎是听着娘的哭声长大的，而娘每一次流泪，都是因为那个让他在人前抬不起头的傻舅舅。

雪生想着想着，脑海中的日历就从后往前翻，似乎每一页都有与傻舅舅有关的印记。是啊，用娘的话说，全世界的人都知道傻舅舅是雪生的舅舅，那些印记岂是轻易就能抹去的。雪生记得从懂事起，傻舅舅就和他们一家人住在一起，傻舅舅因为丧失了劳动能力，雪生的爹娘下地干活，傻舅舅就成了雪生的全职保姆。

雪生现在还记得，如果时光能一直停留在他四五岁时该多好。那时他还不知道傻舅舅发傻，还不知道这世间傻为何物，他只知道傻舅舅很爱他，像爹娘一样疼他。一张长满络腮胡子的脸，时常扎得他小脸红红的，雪生一哭，傻舅舅就赶紧自责地朝自己脸上打巴掌，雪生立刻就破涕为笑了。傻舅舅看外甥雨过天晴了，也就傻呵呵地笑了起来。

想到这里，雪生突然笑了一下，可这快如闪电的笑瞬间就被雷声般的气愤给覆盖了。雪生叹着粗气，他记不清是哪一天，那些一起玩的小伙伴都开始嘲笑他，说他是傻子的外甥，一定聪明不到哪去。小伙伴们集体孤立雪生，委屈的雪生就哭着告诉了娘。

傻舅舅一听气势汹汹地就要往外冲，被雪生娘一把拽住了。看到了吗雪生，别人都说你舅舅傻，可你一被人欺负你舅舅一点儿都不傻。别人说你舅舅傻，嘴长在人家身上咱管不住，可咱家人不能说你舅舅傻，记住了吗？

记住了。可记住又有什么用，只要雪生一出门，小伙伴们照样说他是傻子的外甥，一句话，把雪生和舅舅两个人都骂了。有一天雪生实在气急了，就像一头发疯的雄狮冲进了狼群里，结果可想而知，雪生被人群殴了，鼻青脸肿地回了家。回了家的雪生并没哭，他知道哭了只能让娘更伤心。

娘一看这情形，竟然情不自禁地说了一句，真是你舅舅的外甥，然后就心疼地抱着雪生痛哭。爹下地回来，一进门还未歇上一歇，就被娘咆哮如雷地骂了一顿，都是你做的孽，害得孩子被人瞧不起。

爹不反驳，也不辩解，像个做了错事的孩子，蹲在墙角抽起了闷烟。一会儿，爹起身摸摸雪生受伤的脸，关切地问了一句，疼吗？雪生摇摇头。爹说真是你舅舅的外甥。雪生糊涂了，爹和娘今天怎么说了一样的话，他们很少能说到一块儿去，一般情况下，说不上三句话就得吵架，最后，都是以爹的沉默而收场。

雪生不知道爹为什么怕娘，那种叫"母老虎"的女人雪生见过，隔壁本家大娘就算一个，比娘可厉害多了，举着大铁锹追着大伯打，一口气能追出二里地，脏话日常都不离嘴边。有一次娘说，嫂子，以后当着雪生的面能不能说话别带那个？大娘说，好，看在咱稀罕你家雪生，不带就不带，他奶奶的。

没了玩伴的雪生只好每天待在家里，和傻舅舅一起玩，直到上小学。第一天上学正好赶上家里有农活，娘就让傻舅舅把雪生送到了学校。可谁知傻舅舅送完雪生没走，一直在校门口等到雪生放学。一出校门，一群高年级的孩子就围着雪生的傻舅舅取乐，雪生像是受了极大的侮辱，生气地跑回了家。

以前那个吃馍不计数的雪生开始长记性了，第二天说什么也不让傻舅舅去送他，一个人去了学校，娘被远远地甩在了身后。中午放学雪生一看到娘在学校门口等着接他，心里原本还算高兴，可谁知傻舅舅突然从娘身后冒了出来，惹得一帮孩子们又开始围观。幸好有娘在，那帮孩子们没敢再逗傻舅舅。

雪生说娘以后若是再带着舅舅上学校，他就不上学了。娘说，是你舅舅偷着跟娘去的，娘根本就不知道，其实你舅舅一点都不傻。他是你弟弟你当然不说他傻，可除了咱家人村里没人不说他傻的，就连隔壁的大娘都说他傻。娘你就别骗我了，傻舅舅每天跟着我，我都没心思上学了。

好，娘说，娘不让他去，你好好上学，将来给娘考个好大学计村里人瞧瞧。娘边说边抹泪。雪生忍着泪没让它们流出来。不知为什么，雪生就是见不得娘哭，娘一哭，雪生的心里就像被针扎一样。

可是好景不长，娘毕竟不能整天都看着傻舅舅，娘在地里有很多的农活要干。有一天娘给大门上了锁，傻舅舅还是跳墙跑出去了，一出去就去了学校。这次的性质十分恶劣，傻舅舅居然跑到了雪生的教室外边，隔着玻璃冲着雪生傻笑。同学们一看立刻哄笑起来，老师出门怎么赶也赶不走，于是就对雪生说，马上回去找你爹娘，把你舅舅带走。

雪生知道傻舅舅是来看他的，找什么爹娘，雪生一走傻舅舅就跟着走了。娘一看雪生生气地回来，屁股后边跟着他舅舅，就知道发生了什么事。娘，今天老师都批评我了，好像傻舅舅是我带到学校去的。雪生，娘不是和你说过别说你舅舅傻吗，你怎么又忘了？我没忘，娘，别人的舅舅怎么不都跟着外甥，难道是他们的舅舅不喜欢他们吗？我舅舅每天都跟着我，不是傻是什么？

那你说咋办，雪生？

把舅舅拴起来。

别人家拴狗，咱家拴你舅舅？

别人家为啥要拴狗？不拴着狗就会咬人，我舅舅总跑到学校，让我比被狗咬了还要难受。雪生说着就扑通一下给娘跪下了。娘，求你了，把我舅舅拴住吧。

娘和爹在东屋说了一夜悄悄话，雪生的耳朵里嗡嗡地响了一夜，打他生下来，爹和娘从来没有说过这么多的话。第二天，雪生一天都担惊受怕，时而望望窗外，生怕傻舅舅又跑来，害得他上课听讲注意力都不集中，因此还被老师训斥了一顿。

一天，两天，一年，两年。上小学的那些年，每天雪生一放学回家，傻舅舅就乐得叫了起来，就像一条听话的狗，听到主人回来了，就不住地摇尾巴。因为只要雪生一放学，拴在傻舅舅身上的绳子就可以暂时解开了，等雪生一上学，傻舅舅就又得被绳子牢牢拴住。

雪生上初中了，学校在乡里，离家有五里地，傻舅舅不认识路，就不用再拴着了。雪生每天一走就是一天，中午饭在学校吃，傻舅舅在家门口一坐就是一天，直到雪生放学回来。上了初中的雪生功课紧了，没有时间再陪傻舅舅玩，可傻舅舅一到放学就缠着雪生陪他玩。

娘，能不能把舅舅的老屋收拾一下，让他搬过去住，反正离咱家也不远，你每天给他送饭，你看这样行吗？雪生问娘。

你这孩子，你舅舅刚不拴着没多长时间，他好容易解放了，也碍不着你啥事了，你怎又忍心赶他走呢？娘不同意，爹也不同意，爹还第一次骂了雪生一句混账。

不走也行，那这书我不读了，舅舅每天都缠着我陪他玩，我的作业根本就做不完，这书还怎么读？读书十雪生来说就像一把御赐的尚方宝剑，只要雪生一亮出来，爹娘立刻就臣服了。

三年初中，三年高中，四年大学，时间越往后，雪生离家越远，与傻舅舅见面的机会也就越来越少，只有寒暑假偶尔去老屋看看他。尤其是雪生大学毕业以后，傻舅舅明显已经老了，老得都快走不动了。以前，听到外甥回来的消息，傻舅舅还会跑来看雪生，可现在，傻舅舅就像一只笼中困兽，独自寂寞地在老屋里，慢慢消耗着人生中越来越短的光阴。

下雪了，雪生起身去院子里解手，发现有零星的雪花飘落下来。下雪了，他的生日也该到了。娘说过，雪生是在一个雪夜里出生的，所以就取名叫雪生。雪夜，1976年的那个雪夜，那个雪夜除了自己出生，究竟还发生了什么事？

雪生一看到雪，立刻又想起了爹的话，尤其是爹还说自己有罪。对了，雪生突然想起来了，隔壁的大娘早些年曾无意中和他说过，傻舅舅其实以前并不傻，自从他出生后就开始变傻了。也就是说，傻舅舅极有可能是在1976年的那个雪夜，雪生出生的那个夜晚才变傻的。

为什么自己出生了，舅舅却变傻了？雪生怎么想也想不明白，越是想不明白，他的心里就越难受。事实已经很明确，傻舅舅的傻必定与自己的出生有关，只是雪生苦于爹娘都不肯把这个疑团给他解开。

不行，我得亲自找舅舅去问问。雪生知道舅舅偶尔也有清醒的时候，还没有傻到不可救药，譬如雪生考上大学那年，舅舅就突然清醒了几分钟，说了几句让全家人都震惊的话，其中有一句"我外甥真牛"让雪生愣了半天都缓不过神来，待他缓过神来舅舅就又开始犯傻了，直接下手到酒桌上的盘子里去抓菜吃。

雪生回屋穿好衣服，踩着咯吱咯吱的雪就出门了。下雪的夜晚，夜色出奇的亮，可今晚的亮让雪生感到有些刺眼。雪生越走觉得夜色越亮，先是白亮，继而是红亮。不好，雪生刚走到舅舅住的老屋，就发现屋里一片火光。

邻居们闻讯都跑了出来，雪生叫人赶紧去给他爹娘报信，自己则脱下衣服救火。大火被扑灭的时候，雪生发现了躺在炕上的舅舅，已经被烧得没了人样。舅舅，舅舅。雪生往前扑，爹娘怕吓着他，把他拽到了屋外。

好端端的怎么会失火呢？娘说，给他送晚饭时还好好的，我告诉他雪生回来了，他听了高兴坏了，一顿饭吃得比平常一天都多。雪生和爹娘猜测有可能是舅舅用柴火烧炕时不小心失火了，也有可能……虽然一家人宁愿相信原因是前者，但既然雪生的舅舅发傻，后者又有什么不可能呢？

我有罪，都是我作的孽。爹哭着说，孩子他娘，别再打断我的话，否则我也不活了。雪生，你不是一直想知道1976年的那个雪夜到底发生了什么事吗？我现在就告诉你。那晚，爹嫌你娘事事总管着我，就把你娘赶回你舅舅家了，打算和你娘离婚。你娘挺着个大肚子，路上还摔了好几个跟头，一路连爬带哭回到了你舅舅家。

你舅舅带着你娘半夜气愤地找到咱家，说我外甥的爹还活着，你就忍心将来孩子生下来管别人叫爹吗？你舅舅在我面前以死相逼，敢不要我妹子我就死给你看，说着，你舅舅一头就撞到了墙上，顿时鲜血直流。你娘一看到血立刻就吓瘫在地上，你也就早产了。从此，你舅舅就傻了，那时咱家穷，也没钱给你舅舅治病，否则不会落下后遗症，好好一个人就这样给毁了。

雪生，你姥爷和姥姥死得早，你舅舅和你娘一直相依为命。因为你姥爷家成分不好，你舅舅的婚姻就耽搁了，那件事出了以后，就更没人肯嫁给他了，只能咱家养着他，咱家也必须得养着他。应该说是你的出生，才让爹彻底打消了离婚的念头，加之把你舅舅害成这样，爹这大半辈子为了赎罪，就只能事事都让着你娘。你娘说东，爹就不敢说西，爹有罪，把她亲哥哥害成这样，这么多年，你娘的心里苦啊。

苦？谁有我舅舅的心里苦？可怜他苦得连苦都说不出来，成天还对我乐呵呵的。雪生转头对娘说，娘，你好自私，为什么不早让爹告诉我这件事？

你娘是怕你受到伤害，怕你恨我。爹说。

可我舅舅受到的伤害呢？你们叫我怎么弥补他？雪生仰天痛哭，雪越下越大。雪生以前很喜欢雪，因为他是雪夜出生的。可今晚雪生突然从心里那么讨厌雪，他感觉纷纷扬扬的大雪一片一片落在他的脸上，就像一片一片燃烧着的纸钱，烧得他脸疼心更疼。

魏老三的"新房"

魏老三终于住进了"新房"。只是新房没有他梦想中的宽敞明亮，且偏于一隅，孤寂冷落。

1

魏老三是江西老表，八年前来到我们这座滨海小城，在我家小区附近租了一间门市房，做起了塑钢门窗制作安装的营生。魏老三活儿好，服务热情，从不宰客。前几年我家装修房屋，门窗都出自他手，从那以后就熟悉了，渐成朋友。既然是朋友，就得相互帮衬才是，我便时常在亲戚朋友中帮魏老三招揽些生意，每逢做成一笔生意，他差不多都要请我一顿酒喝。

魏老三其实很抠门，每次请我，都是在他家的小门店，下酒的东西无非就是些青菜、豆腐、花生米之类，喝的总是最便宜的散装酒，哪怕是档次最低的小酒馆一次都没去过。魏老三请我喝酒，也是因为他知道我在当地人脉比较广，能为他的生意可持续发展助一臂之力，否则从他身上拔根毛都别想。

不过我并不计较这些，魏老三并非只是对外人抠门儿，对自己和妻女更为吝啬。每次只要魏老三招呼我喝酒，他的老婆孩子就像过年一样高兴，因为我一去，就意味着她们也能改善一下伙食。这让我很心痛，看着母女俩那副吃相，有时我甚至都会眼中含泪，但我很少公开表示同情，很少谦让她们。她们母女也不敢对我公开表示热情，因为这样可能会惹出事端，保不准我前脚一走，后脚这娘儿俩就得挨揍。

　　我的担心不是没根据的，我曾亲眼看到魏老三因为不满老婆没和他商量，偷着从夜市地摊上买了件衣服，就被魏老三狠狠地打了一巴掌。我也曾亲眼看到魏老三年仅四岁的小女儿缠着他买巧克力，被他一脚踹倒在地上。因为这两件事，我没少数落魏老三。我一数落，他就会跟我说起他的梦想，说他大哥二哥都在老家盖起宽敞明亮的新房，唯独他最没出息。兄弟三人并排一站都是堂堂五尺男儿，他魏老三也不缺胳膊不少腿，背井离乡跑到这来没黑没白地干，一家人省吃俭用，还不就是为了争这口气，为了圆这个梦。等到挣足钱回家，也盖一座两个哥哥家那样的大瓦房，他就可以狠狠扬眉吐气一把了。

　　魏老三的梦想似乎无可厚非，但一个人若是为实现某种梦想，对自己的老婆孩子这般苛刻，又有什么意义呢？我不由得想到我自己，想到我父亲。我的童年也是在偏远农村度过的，那时候我们家里也很穷。暗夜里我时常会听到父亲深重的叹气，也无意中看见过父亲为某件愁事偷偷落泪，但他从不打骂我和母亲，在妻儿老小面前总是乐呵呵的。父亲说一家人只要和和睦睦就是最大的快乐和福气。我认识魏老三这么多年，从未见过有一丝快乐和睦的光芒照耀过他们那间小屋。魏老三就像一台冰冷的机器，钱，钱，钱，眼里只认得钱。当然，除了钱他还认得我，但如果哪一天我不再给他招揽生意，不知道他是否还会认得我。

这个充满铜臭味的世界，这种被物欲蹂躏的生活，这个被金钱扭曲的灵魂。很多时候我观察魏老三，感觉他又像一个被梦想挤压着的空壳，不知道哪一天会突然被挤压碎。活着就是为了挣钱，挣钱是为了更好地活着，有个好住处才是活得好的最好标志，这是魏老三的口头禅。对他这口头禅我不想做什么评判，每个人都有自己的活法，那是他的人生观和价值观，也是他的梦想，我的评判也许会浇灭他心中最美好的梦想。魏老三贫贱低微，也有追逐梦想的权利，他觉得自己的梦想也同样很伟大。他的两个哥哥都是白手起家，现在终于梦想成真，他只要憋足一口气，同样也可能会梦想成真的。

魏老三在这座滨海小城已打拼五年了，谁也不知道他究竟攒了多少钱，也许银行能知道？他是银行的老顾客，只要攒够三百五百的他就要存到银行去。魏老三吃得差，穿戴更差，身上整天脏兮兮的，初去银行存钱时工作人员都以为他是个乞丐。这家伙，为攒钱回家盖新房，简直到了不知羞耻的地步，人活到这个份儿上，也枉投胎做一回人哟。

2

春节去领导家拜年。领导家的窗户有些陈旧过时，我有意识地问领导为什么不换换。领导说正考虑要换，这不天冷嘛，等四五月份再说吧。领导也知道小城里做塑钢窗的门市不少，只是不知道哪家手艺好些。我一听赶紧向领导推荐魏老三。

魏老三？这个名字听着有些耳熟。领导说。

我接过领导的话，咱们单位不少人家的窗户都是魏老三给换的，他手艺好，服务好，价钱也不贵，不然不会有那么多家子找他。对了，王处长家的窗户就是魏老三入冬前给换的。我特意多了这么一嘴。

哦，想起来了，前段时间我听王处长说起过魏老三，也说他手艺不错。小黄，我家这件事就烦劳你了，到时候你负责找他。

我说领导太客气，区区小事何谈烦劳，您这么说不是见外了吗？我心里美滋滋有点找不着北，这可是件两全其美的好事，一来我帮魏老三招揽了笔生意，二来我也给领导献了殷勤。

领导的问话忽然打断我的美好想象。哎？听王处长说他家换门窗也是你推荐的魏老三，这魏老三是你亲戚？这误会可不怎么好，我忙说不是，是我家装修房屋时认识的，看他手艺好，不宰客，给他招揽了几单生意，后来慢慢就熟起来。其实也是看他可怜，一个外地人在这座塑钢门窗店铺林立的滨海小城打拼，很不容易。

领导"呃"了一声，说我这人心眼软，心眼软有时未必是件好事。我一时琢磨不透领导这话是什么意思。

时令进入四月，我又向领导提起他家换窗户的事。领导说，正好单位有栋旧楼也准备更换窗户，这样吧，你先让魏老三给我家窗户做个样板看看，如果手艺确实好，工程也交给他干。我说领导您尽管放心，魏老三的手艺包您满意。

从单位回来，我立马就去找魏老三。魏老三见我给他揽了个这么好一笔生意，乐得胡子直颤。但是我万万没想到，魏老三这厮太不会做人了。给领导家里安装塑钢窗户那天，我也赶了过去。魏老三干着活儿，我和领导夫人站在一旁闲聊，无意中我说到魏老三的妻女生活处境有多么多么可怜。领导夫人听后心生恻隐，翻找出一堆衣服包好，一些衣服还新得没上过身呢，让魏老三干完活儿拿回家去。没想到被魏老三冷漠拒绝了，他不仅一句感谢的话都没有，干完活儿后居然张口就朝领导夫人要钱。

我急了，魏老三你怎么回事啊？我不是跟你说过工钱等我们单位门窗换完一起算吗？

魏老三不知拧了哪根筋，还看不出个子丑寅卯，仍一个劲催着领导夫人拿钱。我说，魏老三这钱我出还不行吗？拿着衣服你赶紧给我走人！魏老三说我又没给你家干活儿，凭啥要你的钱。把手又伸向领导夫人。

我也没说不给你钱啊。领导夫人气得脸通红，怪不得这年头学雷锋也害怕，好心没好报，做件好事也难啊！领导夫人把衣服往地上一扔，拿钱去了。

我赶紧让魏老三把衣服收捡起来拿走。魏老三不屑地看一眼说，你要稀罕你拿家去，我老婆可不要，一个穷娘们儿家穿好衣服给谁看哪，她来这座城市是为挣钱，不是招蜂引蝶来的。

我说魏老三你真混账不识好歹，脑子里除了钱，还有这些歪心眼儿，怪不得你老婆从地摊上买件衣服都得挨你巴掌，原来是怕她出轨啊，嘁，也不拿镜子照照你那张脸！

领导大人走过来，把一沓钱往魏老三手里一塞说，好好数数，完事赶紧走吧。

魏老三一不小心把钱散落到地上，撅着屁股一张一张捡起来，蘸着唾沫一张张点着。这是他最开心最幸福的时候，可我却像吃了一肚子黄连，一阵阵苦涩直往嗓子眼儿里钻。

回到单位，我赶紧去找领导请罪。领导说没什么，只说不要把这件事放在心上，好好干你的工作。我问，那咱们单位更换门窗的事……

领导打断我的话，听你嫂子说，那魏老三手艺也不怎么样嘛，等找到手艺好的师傅再说吧，以免花了冤枉钱让员工们背后戳我脊梁骨。

多么好的一件事，就这样生生让魏老三给弄砸了，他没挣到大钱，还让我在领导面前弄巧成拙。领导夫人说这年头做件好事也难，我想说的是，想拍领导个马屁咋也这么不顺当呢。魏老三啊魏老三，你真是一根筋，照你这样做生意，你那梦想猴年马月才能实现啊？盖新房，你盖个屎吧你！晚上我跟魏老三在小门店里喝酒，借着酒劲把他好一通数落。

魏老三还不开窍，说，你们领导不就是想借机会贪占公家便宜吗，我偏就不成全他。

我骂魏老三猪脑子，我们领导真要想贪占便宜，你不成全他就贪不成了？从你这儿贪占不成他还可以从别人那里贪占，单位花钱的事都是他一个人说了算，花多花少没人知道，你这是自己跟自己过不去，肉到了嘴边都不吃，你纯粹就是个大傻帽！

你才大傻帽呢！我就是不想挣那昧良心的钱，谁爱挣谁挣去。我是爱钱，但我挣的每一分钱都干干净净。这年头大大小小的硕鼠可真够多的，硕鼠硕鼠，无食我黍。

魏老三这大字不识的文盲，竟然还知道硕鼠，还知道这句古词。这时他告诉我，当年他曾在他们镇粮库做过临时工。粮库管理松弛，老鼠很多，有些正式工还经常偷偷往外倒腾粮食。年底上边来人检查发现亏空，粮站领导总是往老鼠身上推。魏老三看不下去，忍了两年就辞了职，跟别人学起制作塑钢门窗的手艺，后经一同行介绍才来到这座小城。

我一时不知说什么好了。魏老三，一个生活在社会最底层的人，一个为实现某种梦想含辛茹苦且视钱如命的人，竟然还有这么一种境界。我脸上火辣辣的，像被打了一巴掌。魏老三坏了自己的好事，也坏了我的好事。我也是个有梦想的人。魏老三的梦想是挣钱盖新房，我的梦想是能找机会巴结上领导，以便得到关照，谋个一官半职。魏老三不怕任何人知道他的梦想，有天生意冷清，门前来了个乞丐，他竟然跟乞丐叨叨起他的梦想。这说来有些可笑，却光明正大。而我呢，只能将自己的梦想隐藏在心底，生怕被单位同事窥视出来。从这一点上说，我活得比魏老三滋润，却不如魏老三磊落。

3

两天后的傍晚，我又来小门店找魏老三。这回是我借他的窄巴小地儿请他喝酒，酒和熟食都是我带来的。因为天下小雨，后晌才放晴，魏老三没活儿可干，正闲得浑身难受。

魏老三女儿跟在我屁股后面走进小屋。我把熟食放下，掰了只鸡腿给她。魏老三恶狠狠地咳嗽一声，小女孩惊恐万状，忙把鸡腿放回桌上，吮吸着手指眼巴巴望着我。魏老三仍横眉立目像庙里的金刚。我说你这是干什么？东西是我买的，我喂猫喂狗你也管不着！这孩子不是嘴馋，是因为你啥也舍不得给她吃。孩子正是长身体的时候，看她黄皮寡瘦的样子，外人见了都心疼，摊上你这种爹她真是倒血霉了。

我把鸡腿又拿给了小女孩。小女孩怯怯地望着魏老三。魏老三手一挥，滚一边吃去吧，赔钱的货。

我是有目的而来。我们单位更换窗户的事还没见有什么动静，不知领导是没找到合适的人干，还是在等待什么。我的意思是魏老三把那三千块钱赶紧给领导家退回去，再给领导买两瓶好点的酒买条好点的烟，赔个不是把话说开，跟领导笼络笼络感情，我们单位那项工程也许还有希望让他干。

话我已经说得很透了，再一根筋的人也能掂得出哪头轻哪头重，可魏老三还是冥顽不灵，冲我瞪着两只兔眼说，他家是他家，单位是单位，两码子事。我为他家制作安装塑钢窗，就应该给我那些钱，我为什么还要给他们退回去？为什么还要溜须拍马讨好你领导？你出的这是什么破主意。

　　压抑着火气，我说我这还不是为了你的生意着想，你人格高尚、你伟大正确、你不愿意挣不干不净的钱也可以，就算帮我个忙行不行？

　　一时气急，我向魏老三说出自己的梦想，近期我们单位要重新竞聘中层干部，对我来说这是个难得的机会。我又说我当干部并非想借机捞油水，也未必能捞到油水，人往高处走，水往低处流，能混上个一官半职，那也是我事业成功的标志，机关单位里的人大概没有哪个不是这样想的。为圆这个梦，这些天里我一直拉屎攥拳暗使劲，好不容易捞到一个与领导套近乎的机会，没想到魏老三竟闹出那么一出，我好事没办好，反倒让领导对我有了看法，不想办法挽回回来，我那梦想岂不成了白日梦？

　　我又换个角度劝起魏老三，让他别把钱看得太重，多交几个朋友，多个朋友多条路，以后他们家要是在我们这城里扎根落户，遇到什么事也有个照应。

　　魏老三叫起来，说他从没想过要在城里买房，也买不起，买得起也住不起，住得起也成不了城里人。他还是要回老家盖房去，盖得漂漂亮亮，让全村人都能看得到，都伸大拇指。魏老三脸上红光四射，又提起他两个哥哥和他们的新房，仿佛他自己的新房已经盖起来，比哥哥们的房要高大要宽敞很多，在家人村人面前赚足了面子。

魏老三又把我噎回来，然后埋头啃着鸡骨头，看那副架势，恨不得把骨头嚼成渣都咽进肚子里，半天不见他再吭一声，也不再瞅我。我知道，我再怎么说也是对牛弹琴了，钱到了他兜里再想让他掏出来，无异于扒他的皮抽他的筋。事后想想，或许我根本就用不着请他帮忙，他能帮我什么忙呢？是我把事情想得过于复杂了。

这以后的一个多月时间里，我再没去过魏老三的小门店，偶尔隔马路碰过几次面，都是点头而过。进入五月后，单位开始忙，魏老三整天更忙得不亦乐乎。他先后雇用过几个外地人，说是管吃管住，几个外地人却都嫌住得差吃得差，开工钱魏老板又抠门儿得厉害，都没干上几个月就跑了。好在他老婆渐成帮手，但制作门窗好说，往楼上提吊安装就难了，很多时候魏老三都是找临时帮工，或请老乡过来帮下忙。老乡跟他干同行，门店在小城东边。

这天一大早我出去晨练，忽见魏老三小店门口围着几个人，从店里还隐隐传来女人的哭声。怎么，魏老三老婆又挨揍了？我赶紧走过去看个究竟，一个熟人回头甩过一句：魏老三死啦！

　　我心里蓦地一惊，几步闯进屋里。屋里光线灰暗，适应几秒钟后，我才看见魏老三直挺挺地躺在地上，他老婆伏在他身上一边哭一边叨叨着什么，见我来，缓缓站起身抹着眼泪。我没发现魏老三身上有血迹，问魏老三老婆是怎么回事，好好的一个人怎么说走就走了？从魏老三老婆哭哭啼啼的述说里我得知，这几天他们活儿太多太紧，魏老三一直没黑没白地干。昨天中午他就感觉胸口疼，也没当回事，晚饭还喝了不少的酒，接着又开始干活儿。门店旁边那间小窄屋是他们的住处，老婆睡下后，魏老三还在店里忙活。早上醒来，老婆不见魏老三在床上，来到门店，也不见魏老三人影，再看看，发现他躺在机器跟前的地上，怎么叫也叫不醒，死尿了！

　　魏老三老婆说着说着又哭起来。

　　魏老三十有八九死于心梗。我心酸地叹气，他生生是为他梦中那座新房累死的呀！

　　魏老三暴死他乡，身边只有老婆和一个四五岁的小女孩。魏老三老婆给魏家人打电话报了凶信，他们没说来也没说不来，火葬场运尸车就来了。好歹朋友一场，魏老三的最后一程我不能不送，我向朋友借了一辆小型面包车，拉着魏老三老婆孩子和他们那个老乡一起去了火葬场。没有任何仪式，魏老三的尸体直接就被推进火炉里，化作一缕青烟扶摇直上。

　　一个多小时后，魏老三老婆抱着一个廉价骨灰盒从火葬场后院走出来，一边走一边流着泪说，老三哪，安息吧，你终于住上"新房"了，我和孩子明天就送你回家，回家。

奔跑的猪

1992 年 7 月的一天，日头格外的亮，亮得有些让人睁不开眼。你二叔家院子里，一大早就挤满了人，一群体格健硕的壮劳力，正在猪圈里忙着抓猪。

　　猪被抬上案板后，几个壮劳力帮忙摁着猪腿。只见你右脚着地，左脚踩着案板上的猪头，右手在空中白光一闪，杀猪刀就迅猛地刺了下去。

　　那时镇里还没有规定实行定点屠宰，养猪户都是自己杀猪。在场的人都知道你杀猪的本事，你可是十里八村出了名的杀猪能手，向来都是一刀致命且从未失手，就差政府给你颁发个奖状了。因此，当鲜血瞬间流出来时，那些摁着猪腿的壮劳力们以为猪已经一命呜呼了，于是就相继松开了手。

　　突然，猪一个翻转就从案板上咕噜一下爬了起来，然后迅速跳到了地上，开始在院子里像只没头的苍蝇一样疯跑。

　　在场的人显然都被这突发的一幕惊呆了，个个都是一脸的惊慌失措。有的人见猪横冲直撞朝自己跑过来，才片刻间猛醒似的赶紧躲避，那惊恐的样子俨然在躲避疯狗的袭击。

偌大的院子，一群正值壮年的大老爷们儿，居然和一头奔跑的猪玩起了老鹰捉小鸡的游戏，那场面，在村里还是大姑娘坐轿子——头一回。

还是你那当村主任的二叔见过世面，没有被眼前的这一幕吓呆。只见他从屋门口三步并作两步旋风似的跳到了杀猪的案板上，左手一叉腰，右手使劲一挥，像平时指挥村民们集体劳动一样，站在高处扯着嗓子大声向人群发号施令，快把院门关上，别让猪给跑了。

谁知人群还没反应过来，猪倒像率先听懂了人话，迅速朝院门跑去。急着去关院门的人还是比猪慢了一拍，等他气喘吁吁地跑了回来，一脸胆怯地向你二叔报告时，猪已经跑进了村边的庄稼地，没影了。

谁他娘的开的院门，谁他娘的开的院门，抓猪前不是关死了吗？你二叔又扯着嗓子问，他东瞅瞅这个，西瞅瞅那个，人群像打了败仗的士兵谁也不敢接话。

我开的，别喊了，这不院门外有人等着买猪肉嘛！一个劲儿地敲门，我见猪已经被摁倒在案板上，就把院门打开了，哪知这煮熟的鸭子还会飞了，活了大半辈子，今儿个是真长见识了。你二婶哭着说。

你一脸茫然地瘫坐在地上，双手捂着左腿，手上、地上全是血。就在你二婶哭之前，你那因失血变得惨白的脸还疼着呢，现在，你的痛处突然从腿上转移到了心口窝子。

你爷爷奶奶死的时候都没见你二婶掉过一颗珍贵的泪珠子，猪丢了，你二婶却哭得那么伤心。你的脸上能不茫然吗？你的心窝子能不痛吗？

你咬紧牙关算了算，从猪跳下案板到你二婶开始哭，中间的过程大概经历了有十几分钟。在这十几分钟里，从人群被奔跑的猪乱了阵脚，到你二叔亲自指挥作战命人抓猪，就没有一双怜悯的眼睛注视过你。

也就是说，在这十几分钟里，左腿一直在流血的你就像一团空气，在大家的眼里并不存在，或者说，你的这条贱命居然还没有一头猪值钱。你好心痛，颤抖的心房比刚才你二婶撒豆子般砸到地上的泪珠子震得还要痛。

这他娘的是什么样一个世道，在一头奔跑的猪面前，亲情都廉价得一文不值，你在心里愤愤地说。可是，既然把世道瞬间看穿了，现在的你，是该感谢那头猪，还是该憎恨那头猪呢？

倘若那头猪不跑，倘若那一刀没刺到自己的左腿上，现在你二叔家，显然应该是另一番热闹的场景。先是帮忙的人赞美你杀猪的手艺是如何了得，继而是村民们挤破院门来买猪肉，然后是你二叔吃着猪肉喝着烈酒，酒过三巡嘴巴一歪就开始没把门儿地接二连三讲黄色段子，惹得帮忙的人捂着肚皮大笑，不时地还有人溜须拍马，说你二叔有文化。再然后呢，就是你二婶坐在炕头上大把地数着卖猪肉的钞票，一张尖嘴猴腮的老脸乐得像煮熟的土豆开了花。

那该多好，你在心里想着。就在你与你二婶双目对视的瞬间，你二婶像那头奔跑的猪一样跑了过来。你知道厄运终于降临了，就只好静静地接受惩罚。你二婶上来就朝你身上踢了一脚，一边踢一边骂，你个丧门星，给外人杀猪刀子玩儿得那么麻溜，到自己家却玩儿开自残了，你演这出戏给谁看呢，给谁看呢？你耍什么歪歪肠子，说，快说！

你什么也没说，是痛得根本就说不出话来。本来刚刚有些凝血的伤口，被你二婶踢了一脚又震开了，你的左腿顿时又血流不止，任凭你拼命地用两只手捂，可怎么也捂不住。

好了，先不要骂了，你二叔腾地从案板上跳下来，一把抓住了你二婶，让她先回屋里去。可你二婶并不善罢甘休，憋在心头的恶气还没彻底发泄出来，她要拿你出气，谁让你一失手把她的猪搞丢了呢，那可是她辛苦养了一年半的心血啊。

你二婶边哭边骂，在你二叔的手臂里使劲挣扎着，还想着上前去打你。她没有你二叔力气大，于是头一低就朝你二叔的胸口顶去。你二叔毕竟也是五十多岁的人了，即使身板子再硬朗，也经不住这么冷不防的重重一击啊。只听你二叔哎哟一声，就往身后打了两个趔趄，你二婶顺势脱了身，像一只发疯的母狼朝你扑过来，两只手就跟打鼓似的，同时攥紧拳头，在你的头上左右开弓一顿猛砸。

你二叔一看势头不妙，立刻又蹿上案板，左手捂着胸口，右手朝着人群比画，示意大家都赶紧过来，然后又扯着嗓子喊，快把这个娘们儿给我弄到屋里去，再打会出人命的。

你二叔这次发号施令，显然不像抓猪时那么奏效，居然没有一个人响应。他让大家抓的是谁啊，那可是你二婶。你二婶是谁啊，村里出了名的"母老虎"。别看她身材瘦小，打起架来两个胖女人都打不过她一个，尤其是她那一双出了名的"九阴白骨爪"，这些年不知挠破了多少人的脸。

你二叔见没人听令，于是又提高了嗓门、抻长了脖子大喊，弄走这个娘们儿，每人记两个工分。别说，你二叔的话音刚落，大家就像抢食的鬣狗，纷纷扑了过来。常言说老虎屁股摸不得，看来，还是工分儿的诱惑大，还真有人敢冒这个险了。

你二婶被锁到了屋里，在屋里一会儿砸门一会儿母狼般地嗥叫，两只眼睛红得就像丢了狼崽子。她的确是丢了崽子，那只丢失的猪在她眼里，和她心肝似的崽子没什么区别。

你二叔不慌不忙，像个大将镇定自若，他嘴巴一歪，让人给在村委会看门的老张传话，给我在大喇叭里多喊几嗓子，就说我家的猪丢了，谁要是给我找到猪，给他记十个工分儿。对了，再喊一下刘大夫在谁家瞧病呢，让他赶紧到我家来。

你二叔说完，站在案板上环视了一下院子，也就是一支烟的工夫，除了你独自瘫坐在地上，帮忙的人跑得一个没影了。这帮贱民，你二叔不由得咧咧了一句，就对工分儿感兴趣。

谁说不是呢？在农村，每年村委会都要给各家各户摊派几次集体义务劳动，每次每个劳力挣一个工分儿，一年下来，每家挣够七八个工分儿，才能把村里摊派的任务完成；完不成的，也就是挣不够工分儿的，一个工分儿合十元钱，年底交到村委会。

你二叔刚才让人传话，大家可是竖着耳朵听得清清楚楚，谁找到猪就记十个工分儿。十个工分儿啊，一年的摊派任务都用不完，傻子才不赶紧动身找猪去，还赖在村主任家干啥？话又说回来，猪跑了，白吃的猪肉自然也就吃不成了，没准一会儿你二婶砸开屋门跑出来，气急败坏地还得把谁挠上一爪子撒气，那才叫一个自寻倒霉呢！

任凭你二婶在屋里砸门，边哭边喊破了嗓子，你二叔都懒得往屋里瞅一眼，明显是嫌她添乱。或许，你二叔的心情此刻已糟到了极点，因为今天丢猪的事他一点儿也没有预料到，整个家里乱成了一锅粥，作为村主任，你和你二婶丢尽了他的老脸。

你二叔站在案板上，像是感觉到了一个光杆司令在没人的时候应该放低姿态。他跳下案板，用力一扯，就从衬衣上扯下一根布条，然后丢到你跟前，让你把那条受伤的腿扎上。

若是换作旁人，你可能会感激涕零，因为就在今天，在一头奔跑的猪面前，你已经由衷地感受到了人情的冷漠，看透了人性在权力与利益面前的丑陋。你愤愤地说了一句，不用你管。

你二叔坐在案板上，嘴巴一歪吐出一口烟圈，你个愣尿，失手了也就算了，不承想还是头倔驴，随他娘的谁了，快点扎上，再不扎流死你个兔崽子。

流死就流死，死在你家更好，让你不干人事，让你家也添添晦气，别看今天猪没宰成，我要不死，没准儿明儿个就用这把杀猪刀一刀宰了你。你用狠话回击你二叔。

看你那个尿样，就知道跟自家人耍狠，有种你站起来撒泡尿照照自个儿啥样，连头猪都宰不了，还想宰我？我是被吓大的吗？这五十多年什么大风大浪没经历过，什么人没见过，别说今天猪跑了，就是你二婶跑了，我都不带眨一下眼珠子，否则我就不是"二歪嘴"。

二歪嘴是你二叔的绰号，地球人都知道，因为你二叔常说，地球就你们村这么大，他就是地球的"球主"。就这事，村里家家户户时常关起门来一家子说笑，大人小孩都乐得合不拢嘴，笑得肚皮都疼，还"球主"呢，其实他就是个狗屁。

湛影

说笑的大人们自知被高兴劲儿冲昏了头，不小心说漏了嘴，于是就赶紧一遍遍嘱咐孩子，出了门可千万不能乱说，敢说就得被二歪嘴把嘴巴也扇歪了。孩子们都知道二歪嘴的厉害，哪个敢出门乱说，村里谁家孩子不听话，大人们动辄就拿二歪嘴吓唬孩子们。

　　你二叔二歪嘴，在家排行老二，嘴巴长得有些歪，于是就得了这么一个绰号。在你们村，村民们十有八九都惧怕你二叔，他当村主任的这些年，不仅在村里飞扬跋扈，还总是以"球主"自居，那盛气凌人的样子，村民们是敢怒不敢言，只有关起门来咒骂他，要不就拿他自封的"球主"取乐。

　　再有，你二叔不仅欺压村民，还对女人特别感兴趣，村里的寡妇们，一个个都没少被你二叔祸害。这些你都知道，所以你说他不干人事，想宰了他，难道你想大义灭亲，为民除害吗？

　　当然不是，别看你敢杀猪，真要让你去杀人，给你十个胆儿你都不敢。用你二叔的话说，你也就敢跟自家人要狠，尤其是你二叔。你和他，仿佛天生就是一对冤家，话不投机半句多，这么多年你们就从来没有一次心平气和地唠过一句整话。

　　而你二婶，你却从小就惧怕她。小时候背着人，你二婶没少在墙旮旯里打你，一双柴鸡爪般干瘦的手，看着没什么力气，掐起人来却钻心地疼。挨了打，你还不敢告诉你爸妈，因为告诉的结果是，下次挨打你二婶出手比上次还要狠。

你二叔使劲用脚踩烂了烟屁股，那样子，就像踩着你渺小的灵魂，让你从心里看着很不舒服。这时，你二叔走过来，蹲在你跟前，捡起那根布条要给你扎腿，你却一把推开了他，弄得他胸前的衬衣上全是血，你二叔一屁股坐在了地上。不扎就不扎，我看血凝了，刘大夫也该到了。

他娘的这刘大夫干啥去了，连老子的话也不听了。你二叔走出院门随便抓了个路人，让他把村委会看门的老张叫来。老张着急忙慌跑来说，他刚才在村委会门口看到刘大夫了，他还告诉刘大夫赶紧去村主任家，谁知刘大夫把药箱子丢给他，也跟着人群到庄稼地里抓猪去了，说是为了挣工分儿。

挣工分儿？他一个大夫不好好给人瞧病，挣得哪门子工分儿啊！村里啥时要过他家的工分儿，看病的、教书的，这些肚子里有点儿墨水的，老子不都把他们的工分儿给免了吗？赶紧的，老张，别让刘大夫抓猪了，你先去把他给我抓回来。

什么，你也想去抓猪？这十个工分儿就那么值钱吗？老张你给我听好了，抓回刘大夫我给你记十个工分儿，抓回猪我一个工分儿也不给你，你咋忘了自己是干啥的了？

你二叔对老张一顿发泄，显然是把对你的气都撒到老张身上了。你二叔虽然这么做，可你从心里并不领情，你瞧不起你二叔，你厌恶你二叔，你恨你二叔，你二叔在你眼里、

湛影

心里，就是一个十足的混球，一个十恶不赦的罪人。

老张把刘大夫抓来的时候，刘大夫浑身上下都沾满了泥巴，整个白大褂变成黄大褂了，像是被人刚从粪坑里捞上来。老张说，村主任别忘了给我记十个工分儿啊，你说话可得算数。你二叔大眼珠子一瞪，嘴巴一歪，老子啥时候说话不算数了，赶紧滚回去看门去。

你二叔眼睛又一乜斜，瞅着刘大夫问，怎么搞的，平日里爱整洁干净，一给漂亮女人打针就在人家屁股上揉尿半天的小白脸儿，今儿咋成了这副德行？

还不是图你那十个工分儿，火急火燎给你家找猪弄的。这几天地里刚浇过水，庄稼地里都是泥汤子，猪没找着，我的一双新皮鞋还给弄丢了。刘大夫边说边喘，脸上没有一点儿好气，在村里，他是为数不多的几个平日里敢和你二叔开玩笑的人，所以敢跟你二叔顶嘴。

苍蝇不吃屎，光想着去舔带缝的鸡蛋，不定是给哪家的娘们儿挣工分儿呢！赶紧的，包扎一下。你二叔催促。咋回事，杀猪的怎还自残了呢？刘大夫问。你没答话，因为你打心眼里也瞧不起刘大夫，平日里一打照面就问你，你那漂亮媳妇啥时候生病呢，我就想去给你媳妇瞧病。

别他娘的废话了，问这么多干吗，手麻利点儿，跟个娘们儿似的。你二叔知道你讨厌刘大夫，怕他的话激怒你，就一个劲儿地催促他快点儿包扎。包扎完，好快点儿送你回家。

这头刘大夫正给你的伤口消毒，你二叔就让人招呼来几个壮劳力在旁边候着。

伤口终于包扎好了，四个男人把你往案板上一抬，像旧时办白事出殡似的抬着你就往家走。你小的时候听你爸讲过，旧时日子苦，买不起棺材的人家就用一张破苇席把人一卷，放到门板上抬到村外就匆匆埋了。再有，更让你心里不舒服的是，抬你的这张案板本来是杀猪用的，猪跑了，你却躺了上来，你说可笑不可笑，滑稽不滑稽，真是滑天下之大稽。

你一走，你二婶自然就不再被禁足了。有好事的婆娘跑来问，这不年不节的杀的哪门子猪啊？不问还好，一问你二婶的泪珠子瞬间又撒豆子般掉了一地，别人家养猪一年都会出栏，可咱家的这头怂猪喂了一年半都不出栏，再不杀了恐怕卖肉的钱都抵不上喂粮食的钱了。

那婆娘贼眉鼠眼地瞅了瞅你二婶左右邻居家的院墙，又竖着耳朵听了听两边院子里都没什么动静，就把一张满口都是大黄牙的嘴凑到你二婶的耳朵根子边，悄声嘀嘀咕咕地说，你家的猪是不是没阉干净啊，不长肉光长歪歪心思了。

闭上你的臭嘴，你二婶有些急眼了，这婆娘明着说猪，暗地里不就是在影射你二叔吗？养过猪的人都知道，为了让公猪不发情多长肉，在幼崽的时候就会早早地给阉了。也就是这婆娘，在村里和你二婶一样没好人缘，两人在一起可谓臭味相投，敢和你二婶开这玩笑，若是换作别人，不被你二婶挠花了脸，也得被骂个狗血喷头。

婆娘看你二婶不高兴了，赶忙住了嘴，说了句我去帮你家找猪，颠着屁股一路小跑溜出了院子。

你二叔要出门，你二婶没好气地问干啥去。你二叔嘴巴一歪，看看猪找得咋样了，地里庄稼长得半人多高，我估摸着不好找，实在不行摸黑组织人打着手电筒也得找，好歹养了一年半呢！买幼崽花了钱不说，还糟践了那么多粮食，等找回来看我不亲手宰了它。

你二叔在村边的地头转了一圈，就径直去了你家。这会儿，你家正热闹着呢。你躺在炕上，双眼无神，你妈和你媳妇在一旁边哭边叨叨。你妈说，作孽啊，这一刀咋不报应到我身上。你媳妇说，这以后要真是残了，还咋挣钱养家啊，地里的农活一点儿都干不了了。

你直起腰，先是疼得哎哟了一声，继而就骂你媳妇，嫌老子没本事就离婚，要不给刘大夫当小老婆去，别人家的男人你看哪个都顺眼。你这是说的啥话，你妈骂你，犯什么浑，真离了你想瘸着一条腿打光棍啊，就这样子谁还会嫁给你？

打光棍也比当绿王八强，不要脸的娘们儿，给老子心口上捅刀子。说着，你竟用被子把头一蒙，呜呜地哭了起来。哭个啥，没种的玩意儿，杀猪用手又不用腿，伤好了照样能杀猪挣钱。你二叔一进门，就劈头盖脸地数落你。

你停止了哭声，在你二叔面前，你不能做出一副孬种的样子，否则，你就没有勇气和他再对抗了，你要气死他，活活气死他，心头才算解恨，你知道好人的心眼儿一软塌下来，坏人的欲望就会更加膨胀了。

滚出去，你说。有很多年了，你从未叫过他一声二叔，你有时候会莫名地恨你爷爷奶奶，怎么给你生了这么一个冤家二叔，一个让你看一眼都觉得恶心的二叔。你二叔并不生气，或许这么多年你对他的态度他已经习惯了。你二叔每次来你家，屁股还没坐热，就会像垃圾一样被你骂得立刻扫地出门。你二叔临走前只说了一句话，养好了伤赶紧去找猪，要不你二婶会让你赔钱。

你妈和你媳妇都不说话，每次你二叔一来，两人就会同时涨红了脸，你媳妇的反应你心知肚明，可你妈咋也这样呢？你不解，也懒得去琢磨，光你媳妇的破烂事，就已经够让你头昏脑涨了。

村民们找了半个月猪，地里的蒿草高得都快超过庄稼了，也没见谁家找到一根猪毛。有人说在地里发现了新鲜的猪粪，像刚出笼的馍还冒着热气呢！寻着猪粪味去找，找着找着风一吹线索就断了，但可以断定的是，猪应该没跑远。

若是换在年根底，地里一片荒凉，就算那头猪跑得再快，长了翅膀，那么大的一团黑影，在地里一滚动，全村的人一起出动，很快就会抓回来。再说了，你二叔不是"球主"吗，即便那头猪跑到外太空，只要你二叔一声令下，给几个工分儿，照样有不怕死的敢飞天去抓猪。

半个月后，你能挂着一根拐走路了，走着走着就走到了地里。地里的庄稼长得真快，身材不高的你，往地里一站，庄稼已经快淹没了你的脖子。你有些憋得喘不过气来，这么大的庄稼地，往哪一看都是绿汪汪的，且这时的庄稼已接近墨绿，想找一头暗流般穿行在绿海下的黑猪，简直就是大海捞针。

可你没钱赔你二婶，就只能一门心思去找猪，毕竟，猪是因你跑丢的，你必须要负起责任，这是你做人的原则。你不像你二叔和你二婶，披着人皮都不干人事，疯狗会主动咬人，但人不能弯下腰去咬疯狗，这就是人与疯狗在本质上的不同。所以，你从骨子里瞧不起他们。

地里现在没什么农活，家务活也指不上你，就你现在这样子，别说腿脚不利索，就是利索了，一时半会儿也没人再找你杀猪。你在家闲得无聊，即使不无聊，你也不想看你媳妇的脸，虽然那张脸长得很俊俏，可看一眼就会让你突然想起另一张恶心的老脸。

你开始满世界找猪，你走不快，世界也就你们村这么大，但于你来说，世界已经够大了。你整天一瘸一拐地走在地里，偌大的世界仿佛空旷得只有你一个人。村民们找了半个月猪，全都不约而同地撤退了，现在都一个个猫在家里，悄悄说"球主"家的坏话呢！不用想你都知道，"球主"家的事，就是你们村的天下大事。况且，丢猪事件还没有个具体结果，村民们都知道，就算你二叔不让你赔钱，二婶那一关你也过不去。

现在，别看村民们在外边不言语，却都像每晚按时收看《新闻联播》一样，默默关注着丢猪事件的进展。你从心里也想尽快解决这件事，最好的结果就是自己亲自找到猪，然后一刀宰了它，决不再手软。你知道作为一个优秀的猎手，绝不能让同一只鹰先啄瞎了左眼又啄瞎了右眼。

你走着走着，不知不觉就走到了你家的坟圈子前，那里躺着你的爷爷奶奶，还有你因病早逝的爸爸。你正想走上前去，和他们诉诉苦，不承想，一团黑影突然从你爸塌陷的墓穴里跑了出来。哦，是那头猪，那头该死的却跑了的、让你颜面尽失还瘸了一条腿的可恶的猪。

说时迟，那时快，你抢起拐杖就朝着猪头砸过去。猪一头扎进了坟圈子前的庄稼地里。你走进地里，紧张、兴奋、大汗淋漓、气喘吁吁地趴在地上，你看着猪，猪看着你。那头猪显然是被你冷不防给打蒙了，有些迷糊，却又没有完全迷糊，也趴在地上与你对视。

你试探性地往前爬一步，猪就谨慎地往后退一步。索性，你就歇着，喘口气，攒点力气，好一下子扑上去把猪擒住。你盘算着，正盘算着，听到坟圈子里有女人的说话声。你顺着庄稼的缝隙一瞅，那个说话的女人竟是你妈，你能看到你妈，你妈却看不到你。

你妈跪在你爸的坟前，一边烧纸一边念叨，说你昨晚做了错事，佯装跟你二叔和好，却趁你二叔喝醉后把他给阉了。作孽啊，你妈说，说你一直恨你二叔，因为你没有生育能力，你二叔为了帮你传宗接代，就睡了你媳妇。可你并不知道，你爸原来也没有生育能力，在你爷爷奶奶的纵容下，为了生下你，你二叔睡了你妈。也就是说，你二叔才是你的亲爸，昨晚，你亲手阉了你的亲爸。

这会儿，你终于知道为什么你二叔会乱了人伦纲常，死不要脸、禽兽不如地睡了你媳妇。可即便如此，你也不能接受你二叔这么做，他已经做错一次了，怎能一错再错！什么他娘的传宗接代，不就是为了满足他的兽欲吗？你不会同情他，更不会理解他，感谢他，尽管他虎毒不食子，从心里对你舐犊情深，就算昨晚你把他阉了，今天他吃了哑巴亏也没找你算账，更没有报警。

你也豁然明白了为什么你爷爷奶奶死的时候，你二婶的泪珠子那么珍贵，一颗也不肯往下掉，明白了为什么从小你二婶总打你，横竖都不看好你，更不用说疼过你，原来你是她心头的伤疤啊。

想起昨晚发生的事，你觉得自己做得对，心中没有一丝后悔，无论如何，事情已经发生了，就算是为民除害了，否则，你不知道自己走在村里，那些跟在你屁股后头、学着你

奔跑的猪 ————————————

一瘸一拐走路、被你骂没教养的淘气孩子们，不定哪个就是你的亲弟弟，或者是你的亲妹妹。

你妈说的话，你都听到了，那头猪也听到了，你流泪，那头猪也跟着流泪，仿佛十分通人性，十分理解你心中的痛苦和委屈。你悄声对猪说，快跑吧，跑得越远越好。猪不跑，就在那儿趴着，静静地听着你妈念叨。你生气了，发怒了，确切地说是再也忍受不下去了，一头猪凭什么要偷听你家的隐私，你一个人知道了还不够吗？

你猛然一起身，那头猪噌地就爬起来，嗖地就钻出了庄稼地，朝着远处拼命地奔跑。谁？你妈显然被吓了一大跳，回过头来脸色煞白。那不是二叔家丢失的那头猪嘛，你妈腾地站起来就去追猪，一边追一边喊，有人吗？有人吗？快抓住那头猪，挨千刀的猪，害得我儿子腿都瘸了。

猪跑远了，你妈也跑远了，你才从庄稼地一瘸一拐地走了出来。你腿疼，跪不下，索性就坐在你爸的坟前，边哭边往塌陷的墓穴里撒土。你没想到，在这个世界上，原来有人比你承受过更大的痛苦和委屈，活着时媳妇被自己的亲弟弟霸占了，死后墓地又被亲弟弟家的猪给霸占了。

让汽车再飞一会儿

李大志，从小就胸怀大志，一直梦想着长大了能做一名飞行员。因此，从小学到初中，李大志卧室的墙上贴满了各式各样的飞机画报。

　　高二时，李大志兴致勃勃地去参加招飞体检，不料因血检未过关，被查出患有"小三阳"，他苦心经营了十几年的梦想也就随之破灭了。虽然那件事对李大志的打击不小，但他并未因此一蹶不振，之后全力备战高考，决心考取一所重点大学。

　　高考结束后，李大志新的梦想终于顺利达成，如愿考取了西北一所重点大学。本科毕业后，李大志毅然决然地加入北漂的大军，又重新梦想着到大都市闯出一片新天地。

　　到了北京，李大志才发现，胸怀大志远不如面对现实，尤其是像他这种自以为头戴重点大学光环的大学生可谓多如牛毛。在北京这个名牌大学的博士、硕士学历堆积如山的地方，根本就显现不出他有多大的优势。

　　事在人为嘛，一个人真正的优势其实还是看内在的能力，北京，早晚有一天你会认可我。李大志自己给自己打气，他觉得人活着其实就像一只气球，只有鼓足了气才会飞上天，宁可在天上响亮地爆炸了，也决不因泄气被人卑微地踩在脚底。

像大多数梦想很丰满现实很骨感的北漂人一样，在最初的两年里，李大志的工作与生活都并不如意，每个月微薄的收入也仅够维持日常开支。到了第三年，李大志的内在优势终于厚积薄发了，他在一家公司苦干了三年，从蓝领一跃成为白领，收入也跟着翻了两番。李大志终于享受到了那种气球飞上天的感觉，禁不住有些飘飘然，那样子，仿佛当上了飞行员，闭着眼睛在遐想的天空里自由地翱翔。

两年后，眼看着北京的房价像火箭一样一路飙升，李大志有些火烧眉毛急在眼前了，于是赶紧往老家打电话跟娘商量。娘东拼西凑给李大志卡上打了五万元，加上李大志这两年省吃俭用积攒的 15 万元，他在大兴按揭买了一套小户型的房子。

虽然每个月还贷很辛苦，但毕竟算是在北京稳定下来了，李大志的压力也就没有先前那么大了。因为收入还不错，一年后李大志又花了七万元买了一辆小轿车。

2016 年国庆节前夕，李大志的娘打来电话，问他国庆节能不能回去一趟，把女朋友带回去给他爹看看，因为他爹的身体越来越差了，怕见不着未来的儿媳妇死了连眼睛都闭不上。正好，家里也缺劳力，让李大志和女朋友帮着收割收割庄稼。

李大志把娘的话向女朋友一转述，女朋友说从小在城市里长大，才不会干什么农活呢，还说他娘真老土，就不会花钱雇人收割。李大志朝女朋友一笑，没在农村里生活过，哪晓得农村人怎么花钱，一毛钱恨不得撕成几片花，花钱雇人简直就是从身上割肉。

说起来，离家这几年李大志还从未回过一次老家，自从大学毕业后决定北漂那一刻起，李大志就在心里暗暗发誓，不能衣锦还乡那就客死他乡。回家，李大志咋不想回，他天天夜里做梦都想着回家，有时半夜还能哭醒，醒了，他告诉自己，还不是时候。

做通女朋友的思想工作后，李大志决定风风光光地回一次老家，为此，他还为制订回老家的计划苦思冥想了一个晚上。天快亮时，迷迷瞪瞪的李大志突然眼前一亮，于是迅速拿起手机，在微信朋友圈发了一则消息：特大喜讯！特大喜讯！为了满足城里的朋友体验农村生活的愿望，从即日起，紧急招募五名队友与我一起回农村老家掰玉米、挖土豆，每人报名费500元，其间免费提供住农家院，吃农家饭，额外赠送骑毛驴活动，欲报从速，额满为止。

消息发出后，李大志本来是抱着试一试的心态，没想到不到两个小时，五个名额就已经报满，并且都用微信红包发来了报名费。连李大志的女朋友都觉得不可思议，嘲笑这些城市人真是脑残，花着钱跑到农村帮人家干农活。

不管怎样，第一步计划进展得很顺利，那就剩第二步计划了。李大志偷偷找到公司的后勤主管，借了一辆七座的商务车，一来满足了载客的需要，二来开着回老家气派。国庆节一到，李大志集齐队伍就兴冲冲地出发了。

在服务区休息的时候，李大志的女朋友夸李大志真是聪明：国庆节高速公路不收费，只花个油钱，回到老家住宿不花钱，家里有的是空余的房间，2500元报名费去掉油钱和回老家的吃喝等开销，还有结余，尤其还能免费帮家里把农活干了，真是一个多全齐美的好点子。

李大志心里那个美呀，心想自己这名字可不是白取的，做人若没有远大的志向，都对不起爹给他取的这个名字。

一路风尘仆仆，一个艳阳高照的上午，李大志终于回到了阔别已久的故乡。呀，这是谁家有出息的娃子回来了啊？哦，这不是大志嘛，看来大志在北京是混好了。听着村民们的赞美，李大志禁不住又有些飘飘然了，那样子，仿佛又当上了飞行员，闭着眼睛在遐想的天空里自由地翱翔。

农村的天可真蓝，空气可真新鲜，与李大志一路随行的北京朋友们，一边大口大口地做着深呼吸，一边拿着手机在朋友圈里发感慨、晒照片、发视频，惹得他们的好友不住地点赞，有的后悔没有报名，有的抱怨报名太晚，有的让李大志下次回老家一定要给他留个名额，有的甚至建议李大志下次回老家干脆租一辆大巴车，多弄几十个名额。总之，李大志此举，可是让那些没来的朋友们羡慕得不得了。

李大志家院子大，房子多，六间正房，四间南房。其实是两处院子紧挨着，因为中间没有院墙，看起来就像一处院子。其中，有三间大瓦房原本是给李大志娶媳妇盖的。李大志他爹早年曾在村里的砖窑厂做工，因为砖头卖不出去，厂长就拿砖头顶了工钱，李大志他爹就在老房子旁边的空地上盖了三间大瓦房，现在正好用来招待北京来的客人。

李大志的女朋友说好了回老家不干农活，第二天起就和李大志他娘在家做饭。李大志就带着朋友们到地里掰玉米、挖土豆。一天下来，朋友们一个个累得腰酸背痛，叫苦连天，有的手上磨出了水泡，有的被玉米叶划伤了胳膊，一伙人就像一支刚吃了败仗的队伍。

难怪李大志做事那么有韧劲，看来小时候真是吃了不少苦，或许，这也是农村生活赐予李大志的一笔宝贵的精神财富，是城里长大的孩子们一辈子都不会拥有的。朋友们躺在床上一个个感叹，难怪农村人都想进城，看来天再蓝、空气再新鲜也不能当饭吃。

有道是既来之则安之，尽管朋友们一个个都后悔了，但谁都不好意思张口退报名费走人，权当是体验生活吧，朋友们只能这样来安慰自己。李大志看出了大家的心思，但他装傻充愣，还不住地对朋友们说以后这里要兴办乡村旅游，下次再来可就没有这么便宜的价格了。

白天，在朋友们休憩的时候，李大志把那些大家说笑的场面用手机拍了下来，晚上发到了微信朋友圈，搞的这些报名的朋友们看到李大志发的那些照片，也是哑巴吃黄连有苦说不出。李大志才不傻呢，他就怕朋友们在朋友圈里叫苦，影响了他下次的计划，于是来了个先声夺人，间接堵住了大家的嘴，他知道大城市的人要面子，即使身陷地狱，也要故作一副在天堂享乐的样子。

不管怎么说，虽然干农活很辛苦，但这些北京的朋友们对于住农家院和吃农家饭的体验还是比较满意的，尤其是骑毛驴，别说是第一次骑了，多数人还是第一次亲眼看到毛驴。原本，每个人骑一会儿毛驴下来，李大志此次回老家的行程就基本结束了，但他的朋友王峰却没有骑过瘾，非要学张果老倒骑一下毛驴。这一骑不要紧，王峰在驴背上还没坐稳，毛驴就走了起来，毛驴突然这么一走，王峰冷不防就从驴背上摔了下来。按说，驴背离地面并不高，土质的地面也不像城里的水泥地那么硬实，可偏偏不凑巧，王峰的脑袋先扎到了地上，当时就躺在地上不省人事了。

李大志一看出大事了，赶紧驱车拉着王峰往县医院跑，医生让李大志马上联系王峰的家属，说需要尽快做手术。李大志和医生说明了情况，等家属赶过来签字王峰的小命肯定就呜呼了，于是自己代表家属签了字。

因为那天是国庆黄金周的最后一天，所有人第二天都得上班。在王峰做手术的过程中，李大志让随行的一位同事开车把大家先送回北京，同时千叮咛万嘱咐车上的人一定要保密，并且和大家统一口径，就说王峰突然患了急性阑尾炎，自己留在医院陪护王峰。

李大志当时并没有联系王峰的父母，直到第二天上午王峰的母亲见儿子没有回来打儿子的电话，李大志才谎称王峰患了急性阑尾炎住院了，现在正在做手术，不方便接听电话，让她不要着急。

手术做完了，但王峰始终处于昏迷状态。72小时后，李大志终于撑不住了，才向王峰的母亲道出了实情。很快，王峰的父母就从北京赶了过来。医院的诊断结果是，王峰摔到了脑部，可能会成为植物人。植物人？当时听医生这么一说，不仅王峰的母亲立刻昏了过去，就连李大志也差点一头扎到地上。

李大志的爹早年在砖窑厂干活时累坏了身体，卧病在床已经很多年，闻听这个晴天霹雳，想到儿子年纪轻轻就有可能背负一大笔巨额的债务，一口鲜血喷了出来，当时就断了气。

一面要处理家里的丧事，一面要面临和王峰家的官司，那个几天前还带着衣锦还乡的荣光，像一只飞上天的气球一样飘飘然的李大志，几乎就在一夜之间被一阵大风吹爆，从天上掉了下来。

回到北京后，王峰的事在微信朋友圈里传得沸沸扬扬，公司领导很快就知道了，李大志因为私自借用公司的车回老家，和公司的后勤主管一起被开除了。没了工作的李大志，生活就像雪上加霜，女朋友和他提出了分手。分手就分手吧，本来李大志的心情就已经失落到了极点，谁知女朋友分手前居然说幸好没有和他结婚，否则就得和他一起还债了。

难怪之前从网上看到过这样一段文字，说北上广不相信爱情。那时，固执的李大志觉得那段文字有些偏激，女朋友和他爱得死去活来，他李大志偏偏就认为，北上广相信爱情。现在，他真想骂一句写那段文字的人，太他妈的一针见血了，不对，应该是一刀毙命，因为，虚伪的爱情有时比刀子还要致命。

李大志还没有从失恋的痛苦中解脱出来，就收到了法院的传票。在一审法庭上，王峰的父母向李大志索赔医药费等各项费用共计120万元。120万元？如果李大志没有失去工作，努力奋斗个十年二十年，可能还有希望将债务还清。可问题是，在这个信息飞速发展的时代，一个人一旦名誉扫地，想再找一份收入不错的工作实在是太难了，因为庭审刚刚结束，李大志的大名就迅速登上了网络头条。

这下，李大志可出名了，网络上、纸媒上到处都是他被索赔120万元的消息。李大志的娘从媒体上得知这个消息后，当时就喝了一瓶农药随他爹去了。

回老家处理完娘的丧事再回到北京的家，李大志感觉那个家好冷清，因为他知道那个家已经不是他的家了。作为李大志名下最值钱的财产，那套房子很快就会被法院拍卖掉，因为一审结束后李大志不准备上诉了，他觉得赔付人家多少钱都是应该的，如果他有很多的钱，他会赔付人家远比120万元还要多的钱。

李大志，从小就胸怀大志，可是老天爷却并不眷顾他，不仅想当飞行员的梦想没有实现，想在北京闯荡一番新天地的大志也止于一场意外，不，应该是止于自己的一场小聪明。错就错在他不该在微信朋友圈里发布那个消息，到头来骗人害己，得不偿失。

李大志开着车子在大街上漫无目的地闲跑，这些年只顾着低头挣钱了，在灯火辉煌的北京城，他还是第一次发现原来北京城的夜景居然这么美，难怪那么多人再苦再累也要加入到北漂大军中来。

李大志突然这么喜欢北京，就像当初突然喜欢上了那个天真纯情的女朋友一样。李大志知道，用不了多久，北京城的夜景或许也会像这辆车子一样，统统都不属于他了。他要在离开北京之前，像最后再看一眼撒手人寰的爹娘一样，把北京所有的美都深深地刻在心里。

李大志开着车子跑啊跑，不知不觉就跑出了北京的地界，跑到了距离北京不远的一座滨海城市。本来，李大志在汽车导航的指引下，想去旅游码头坐坐轮船。活这么大他还是第一次看到大海，还从没有坐过轮船，就像王峰活这么大还是第一次看到毛驴，也从没骑过毛驴。可是不知为什么，在到达旅游码头的时候，李大志禁不住就将油门踩到了底。

很快，不仅李大志的前女友，也包括他的同事们，都从网上看到了这样一则被频繁转发的消息：2016 年 11 月 11 日上午 10 时，某滨海城市旅游码头，一辆满载游客的游轮正要离岸，突然有一辆疾驰的汽车从岸边飞来，汽车越过了游轮，大约在空中行驶了五秒钟后掉进了大海。在汽车飞速越过游轮的时候，那个惊险的画面恰巧被一位游客拍到。因此，这张叫《让汽车再飞一会儿》的照片也迅速在各大媒体走红。幸好汽车没有落在游轮上，否则后果将不堪设想。

第二天，汽车被打捞上来后，又一则消息迅速刷爆网络：出事的车主居然紧握着方向盘，目视前方，表情很安详，临死前没有丝毫痛苦挣扎的迹象。李大志的前女友转发了那则消息，并且在消息前加了一句：出生于"光棍节"的李大志，从小就胸怀大志，一直梦想着长大了能做一名飞行员，在他生日那天，他终于如愿了！

回乡

所有回乡的路，奔丧似乎成了路上唯一的主题。

————题记

1

回村的第三天下午，我在村口看到一个熟悉的身影，左手拎着一个旅行包，右手扛着一个鲜艳的大花圈，在疲惫地往前走。

近了，我喊了一声三娃子，当时他就立在那里直愣神。我问三娃子你愣个啥呀，虽然十几年没见，总不至于连发小都认不出来了吧。谁知三娃子说，不年不节的，你咋还突然回来了，这些年总打听你，每次回来都见不到你，你说我能不惊讶嘛！

我问三娃子你这是给谁扛的花圈，你家和我姑父也不沾亲带故啊。我的话音还没落地，三娃子的泪珠子就先掉了一地。原来，他爹昨晚过世了，接到他娘的电话他就急着往回奔。

这事我还真不知道，得知我姑父去世的消息后，回村后的这三天我一直帮着在十里八村给亲戚们报丧。下午好容易

　　　　　　　　　　　　　　　湛影

都报完了，就跑到村口来溜达，没想到遇见了三娃子。

镇上离村里这么远，你咋还走着回来了呢？我一问，三娃子马上换了一张脸说，这帮穷乡亲，活该伊拉（他们）受穷，乡里乡亲的，一点情面都不讲，唔（我）都跟小货车司机说了，阿拉（我们）是乡亲，唔老家就是这个村的，侬（你）不要宰客，可伊（他）一听唔说上海话，非要朝唔要50块钱。唔呸，在阿拉上海，这么一小段路程顶多也就20块钱，如果坐公交车，两块钱就搞定了。

我说都什么时候了，你还置这个气干啥，赶紧回家吧。这时，三娃子一脸痛苦的表情，啊呀，唔的膀子，酸死了，帮唔拿一下吧。我去接三娃子左手的旅行包，谁知他却把右手的花圈塞给了我。在我们老家，这是习俗，只要是奔丧，都得带个花圈，以示对死者的哀悼和尊重。

刚走几步，就遇到了我本家的一位亲戚，问我，不是已经给你姑父买花圈了吗，咋还又买了一个呢？我说这是三娃子的，他爹昨晚没了。本家亲戚很吃惊，这么大的事，咋一点儿动静都没听到呢？亲戚说着看了一眼三娃子，这娃子不是在上海混呢吗，大城市的生活那么滋润，人咋还瘦成了这个样子？三娃子说，唔不是在上海混，是在上海定居，侬没去过上海，不知道上海的男人都是唔这个身材。

本家亲戚一摇头，转身走了。我对三娃子说，回了村就别说你那上海话了，小心挨村里人骂啊。三娃子嘴一撇，唔说上海话已经习惯了，回到老家还真不适应。我说课本儿里你又不是没学过，少小离家老大回，乡音无改鬓毛衰，你这才走了十几年，就连家乡话都不会说了？三娃子说会，但好歹唔是从上海回来的，村里人有的还不知道呢。

我说，知道了又有个鸟用啊，除了你爹娘谁能沾上你的光。我这么一说，三娃子就不再吱声了。到了三娃子家院门口，本以为家里应该乱得一团糟，谁知却静悄悄的，一个人不出气儿了，搞得全家人好像都不出气儿了。我把花圈放到了院子里，正要走，三娃子他娘隔着玻璃叫我，虽然声音很微弱，但我还是听到了。

进了屋，三娃子他娘拉着我的手，鼻涕一把泪一把就哭了起来。偌大的院子，这才有了一点儿家里死了人该有的动静。三娃子他娘说，你打小没白和三娃子好，你咋还和三娃子一起回来帮忙料理他爹的后事了？我一听，三娃子他娘明显是误会了。于是我赶忙解释说，大娘，我也是刚在村口遇到了三娃子，我俩不在一个城市生活。我姑父死了，我和三娃子一样，都是回来奔丧的。

哦，原来是这样，三娃子他娘听明白了。听明白了我也就该撤了，毕竟人家死了人，我一个外人待长了也不合适。以前到三娃子家玩，很少和三娃子他娘说话，他爹倒是爱和我闲聊，聊我的学习，聊我家地里的收成，可现在那个爱聊的人没了，除了对三娃子他娘说两句安慰的话，实在是没什么可聊的，且这个时候也不适合聊天。

我往外走，三娃子的大哥二哥和两个嫂子以及侄子侄女们呼呼啦啦往里进，死气沉沉的院子忽然就热闹了起来。

2

回到姑父家，天已经黑了。按照习俗，我上了一炷香，磕了三个头，正要走，我爹从里屋出来了。他对我说，今晚帮着守灵吧，你姑说了，你姑父生前一直稀罕你，说你将来一定能考上大学，亡人的话已经应验了，作为回报，你也该为他守一宿灵。

本来我已经忙乎了三天，再说这守灵的理由也未免太过牵强。按照习俗，家里有儿子不是应该儿子守灵吗？没儿子的侄子就递补，怎么轮也轮不到我这个妻侄子啊！

我爹说，叫你守你就守，哪来那么多废话呢！你姑父走了，你想让你姑也跟着一起走啊？我爹说这话明显是心疼我姑，看来我姑是遇到了难事，否则这事我爹都不同意。

守就守呗，反正回来的目的就是奔丧，我姑父活着的时候的确对我好，但却从来没沾过我什么光。因为在外没混出个什么名堂，所以我从没给姑父花过钱，我平生以来第一次给他花钱，就是给他买了一个漂亮的大花圈，可惜他没看着，能看着我也不会给他买，反正他没有让我给他花钱的命。

说起守灵，那可是一件重要的大事。但凡家里有儿子的，一般绝对不会让别人去守灵，因为灵堂的香火整晚都不能灭，守灵的人一旦睡着了，耽误了续香火，就意味着这个家庭今后会有意想不到的灾难。因此，为了避免自己睡着了闯下大祸，整晚我几乎一直在和亡灵念叨，希望姑父若在天有灵，能保佑我在城市里混出个名堂，如果下次再回来给某个亲戚奔丧，也算是衣锦还乡了。

我的愿望别人当然听不到，第二天早晨大表哥和二表哥一过来，见灵堂里的香火烧得正旺，俩人就都很满意，如果香火灭了，估计哥儿俩当场就得扒了我的皮不可。农村人向来不讲究什么礼数，两位表哥不仅对我辛苦了一宿没有一句客套话，又交给了我一项重要的任务，等姑父出殡后让我帮忙主持分割家产。

我赶紧回绝，表示难当此大任，谁知他俩竟异口同声地说，谁让你在家族里最有文化呢！我不知道这是抬举我呢，还是奚落我，一个有文化但没在外边混出什么名堂的人，一心回来奔丧，却处处得不到他们的尊重。亲人们都如此待我，何况那些没有血缘关系的乡亲们呢？

回到家我想休息一会儿，谁知我姑正躺在炕上睡觉呢。都七十多岁的人了，按说睡觉应该很轻，可她居然还打起了呼噜。我爹说，你知道你姑和你姑父一辈子都没感情，他俩这辈子在一起就做了两件大事，生了两个不孝的儿子。

别看我爹没啥文化，可看人看事却很准，讲起道理来也头头是道。爹的观点我赞成，可我姑刚死了男人，怎么说也在一个炕上睡了几十年，即便是几十年来一直同炕异梦，也不能这么高枕无忧，跟没事人似的吧。

我爹说，你姑天亮前刚睡着，她发愁了一宿，我和你娘劝了她一宿。我说愁啥，爹说当然是愁分割家产了，这件事对她来说，比你姑父死了还要让她痛心。你姑说她料定两个儿子谁也不会收留她，她的晚景比一条流浪狗恐怕还要凄惨。真是作孽，我爹叹了口气。

我看哪，我爹猛吸了两口香烟说，以后谁再蹬腿儿了（死了），你也别回来奔丧了。这帮势利眼，知道你在外边混得不好，哪个也不待见你，热脸贴人家冷屁股，还奔屎个丧啊！你和他们讲血缘关系，他们只知道讲金钱关系，没钱，你就没尊严，等我和你娘蹬腿儿了，到时你再回来吧！

我说我不光是回来奔丧，主要是想看看你和我娘，奔丧是次要的。我知道，爹说，可是现在你看看，村里这帮出去的娃子，个个都几年不回来一次，回来基本都是奔丧，其实你们也不容易，好歹心里还有爹娘，不像这帮白眼狼，天天在眼跟前儿喂着，一旦没了肉就翻脸不认人。你看看老胡家，老胡一蹬腿儿，村里的两个儿子谁也不闻不问，就等着老三从上海回来发丧呢，据说连身寿衣都没人买，比你姑父还惨呢！

爹一说起老胡家，我感觉应该去烧炷香，毕竟我和三娃子好过一场。

3

到了三娃子家，比昨晚可热闹多了。我给你寄的钱呢，三娃子哭着问他娘，怎么连身寿衣都不给我爹买？三娃子他娘只顾着哭不吱声，他大嫂说买再好的寿衣到头来不都得烧了，就这么火化了得了。

放屁，三娃子红着眼说，不是你亲爹你就不给穿新衣服了，你的良心都让狗吃了？怎么和你大嫂说话呢？三娃子的大哥一看老婆受了气，马上就扑过来要打三娃子，被我一把抱住了。我说大哥别这样，三娃子话糙理不糙，他这是心疼你爹，好歹老人家受了一辈子苦，走了怎么也该穿身新衣服吧！

三娃子的大哥消了气，我让三娃子带我到灵堂烧了一炷香，然后我对三娃子说，给镇上的寿衣店打个电话，加个路费就送货上门，速度还快，你爹不能总搁着呀，按照习俗，天黑前得尽快火化。

寿衣很快就送过来了，三娃子嫌贵，又拿出上海人说话的腔调和人家讨价还价。我说快点儿付钱吧，讨价还价也不看是什么时候，还让不让你爹在九泉之下瞑目了？三娃子咬着牙说，等唔娘蹬腿儿了，唔再也不回这破地方了，都说叶落思归，等唔老了，把骨灰撒在黄浦江喂鱼，也不会葬在这破地方。唔呸，唔呸，唔呸呸呸。

哼，不回来更好，省的我家娃子将来给你烧纸呢！三娃子的大嫂看不惯三娃子这副上海人的姿态，拿话挖苦三娃子。三娃子懒得理她，忙着给他爹穿寿衣。因为人已经僵硬了，寿衣不得不用剪子剪开然后穿好再缝上。整个过程，大概持续了有三个多小时。在整个穿寿衣的过程中，除了三娃子他娘帮三娃子搭了把手，其他人一直都在旁边围观，包括三娃子那几个蹦蹦跳跳玩得不亦乐乎的侄子和侄女，好像躺着的那个人不是他们的爷爷。

那种场面看着真是让人心酸，有好几次我的眼眶里都充盈着泪水，但没敢让泪珠子掉下来。在那种场合，我算什么，人家儿孙们一大片，唯独我一个人掉眼泪，且既不沾亲也不带故，我不是给人家添乱嘛！我实在是待不下去了，确切地说是看不下去了，没和三娃子打招呼，就识趣地偷偷溜了出来。

姑父家我是不想去了，两个冷血的表哥和三娃子的两个哥哥一样，见了面也没什么热乎劲儿，没准还得抓着我帮他们守灵呢。家我也不想回。村里除了一条条没人喂的流浪狗偶尔叫几声，整体显得很肃静，仿佛村里没死过人，又像是死了很多人。

年轻人能出去的都出去了，剩下的就像我的两个表哥和三娃子的两个哥哥这样的，不想卖苦力，就待在村里靠几亩薄田勉强度日。稀稀落落的老人们，就像秋天树上的几枚孤零零的叶子，只等着一阵秋风吹来，早早地回归大地。回归，从某种意义上讲或许也算是一种幸福。

就像我姑父，从患病到离世，前后也就三个多月。三个多月，没吃过一粒药，也没吃过一顿好饭，甚至到死都张着嘴巴，睁着眼睛，好像谁欠他一顿饭似的。我欠他，欠他曾经给过我的疼爱，而我，自私得却从没报答过他。或许他也从未奢求过我会报答他，就像他永远也不知道我会给他买一个漂亮的大花圈。

4

姑父出殡那天，场面还算隆重，我姑带着两个儿媳妇，象征性地哭了有半个多小时。她们究竟有没有流泪，或者流了多少泪，我不知道，因为她们的脸都用一张纸帘挡着，纸帘是用麻绳穿好后，与头上戴着的孝帽连在一起的，上面有几个小窟窿可以透气。

我不知道祖先们为什么要发明那样一种孝帽，或许是给那些伪善的孝子贤孙们留一些颜面，也让死去的人走的时候有一点尊严。但我分明能感受到那哭声中的痛苦，有时候，不想去哭一个人可能远比因为怀念去哭一个人内心更为痛苦。

哭只是葬礼上的一个环节，不能缺少，没人哭，就不是一场完整的葬礼。我哭了，但没人注意到，即使有人注意到了，谁会认为我是在真哭呢？何况，我哭也确实不是因为我有多么怀念我姑父，我好像是在哭自己，没有衣锦还乡的荣光，不能给这些穷亲戚们一些物质上的帮助，也像是在哭这个人情冷漠的时代。

葬礼结束后已经中午了，大表哥选了一个吉时，开始分割家产。姑父在世时，尽管日出而作，日落而息，和土地做了一辈子知己，但到头来贫瘠的土地还是负了他，没给他带来什么财富。家中仅有的三间土窑，还是二十世纪六十年代碹的，如今窑顶因被蚂蚁洞贯通，一到夏天就漏雨，基本已不能再住人了。也就是说，我姑得尽早搬家。

由于现在农村人口骤减，加上为了保护耕地，政府已经不批宅基地了，谁家若是想盖新房，就只能在原址上翻建。大表哥的儿子已经到了结婚的年龄，他想把三间土窑要了，给儿子翻建新房。二表哥同意，但前提是大表哥要给他补偿一些钱。大表哥说一千，二表哥说不行。大表哥说当年碹这三间土窑也就花了三百块钱，给你一千已经够多了，二表哥说当年猪肉几毛钱一斤，现在几毛钱连根猪毛都买不来，开什么国际玩笑，当你弟弟是白痴啊。

就这样，大表哥和二表哥一直争执，我爹实在看不过眼了，就问他们，你们的娘谁要？我爹这一问，散发着火药味的空气突然凝固了。半晌，大表哥说，我不要，我有儿子，负担太重。二表哥说，我也不要，虽然我就俩闺女，但将来嫁人哪个不得准备嫁妆，嫁妆少了到婆家肯定会受气。

我侄子的意见呢？我姑问我，你这俩表哥请你主持分割家产，可谁也不问你的意见，反正，我就听我侄子的，我侄子有文化，他说怎么分就怎么分，我就信我侄子的话。

那我可说了啊，我看了看俩表哥的表情。说吧，大表哥说，但不能有私心，尤其是不能偏袒你姑。偏袒？大表哥说出"偏袒"这个词，我当时的感觉是他比我还有文化。我说，我的意见是谁要这三间土窑就把我姑一起要了。我同意，我刚说完我姑就立即表态。我也同意，我爹也跟着表态。舅，你同意不算，这是我们家的事。我大表嫂说。照你这么说，我儿子还不是你们家的人呢，干吗让我儿子掺和你们家的事，走了，我们不管了。

我爹说着，就下炕穿鞋拉着我要走，被我姑一把拽住了，兄弟，你还想让你姐活不？你们爷儿俩这一走，我只剩下一头撞墙自个儿寻死了，还不如跟那个老东西一起走了呢，省得活受罪，作孽啊，作孽啊。我姑说着哭了起来。

好了，不要哭了，我让一步，二表哥说，三间土窑和娘我都不要了，补偿的钱我也不要了，这下行了吧。谁知大表哥马上接过话茬，那可不行，就算娘和三间土窑都归我，但娘得一块儿养着，我一个人负担不起。你还要不要脸了？二表哥马上激动起来，敢情便宜都让你占了，三间土窑归你，你不给我补偿钱，我还得和你一块儿养娘，世上哪有这种道理？

我看你们都不要脸，我姑说，三间土窑给我留着，我哪也不去，哪天塌了就算感谢老天爷帮我把自个儿埋了，省的你们再抢这破窑。我实在看不下去了，就对我姑说，姑你跟我走吧，我养你，只要我有一口吃的就饿不死你。我姑一听，立时又号啕大哭起来，比我姑父死了哭得还凄惨。丢人哪，自己生了两个娃，到头来还得让侄子养老，我上辈子作了什么孽啊，到老了都不安生。

我爹一听来气了，你凭什么养你姑，我和你娘还指着你呢，再说了，这又不是咱家的事，走吧。我爹拽着我就气冲冲地回了家，回了家就把我一顿大骂，说当时如果我姑答应了，看我怎么收场。我说咋了，养就养呗，我姑总不能没人管吧。没人管村里人也不会笑话咱，我爹说，收拾东西明天赶紧给我回城去，记住，以后除了我和你娘蹬腿儿了，不许再回来给哪家亲戚奔丧。

5

第二天中午时分，我从镇上刚回来，在村口又遇到了三娃子。我问三娃子，这是带着你娘干啥去，三娃子说回上海。我说你爹不是还没出殡呢吗，怎么这么早就急着走呢？三娃子说别提了，家里乱成一锅粥了，我爹还没出殡，两个哥哥就要闹着分割家产，他俩都抢房子，谁也不要我娘，我说我要，干脆我把我爹的骨灰也一块儿要了，反正葬在这儿也没人给他上坟，一个人孤苦伶仃的，以后我娘也会葬在上海，这个破地方我是再也不会回来了。

三娃子说着，问我，你这是又给谁买花圈去了？我把嘴巴凑到三娃子的耳边，悄声说给我姑买的，想我姑父想得不行，昨晚喝药走了，你得看好你娘啊。三娃子又是一愣神，接着点点头，继而问我镇上离村里这么远，你咋也把花圈扛回来了呢？我说本来电话中和花圈店说好了是送货上门，可谁知最近咱们这一带死人太多，人家急着往别处送货，非让我到村口接货。

哦，原来是这个样子，那阿拉先走了啊，阿拉急着要赶火车，侬有机会去上海，唔带侬好好玩玩。还没出村，三娃子又拿出了上海人的腔调，我摆了摆手，扛着花圈往我姑家走。

真是丢人，偏偏在这个地方又遇到了三娃子，前几天我还奚落人家，没想到今天我也如此落魄。三娃子不知道我姑和我姑父在村里是出了名的感情不和吗？他不知道只要给钱，花圈店的老板都敢说能把花圈送到火星上吗？他知道，可他却丝毫没有奚落我的意思。难怪，他从骨子里已经把自己当成了上海人。

我姑的死在村里没有掀起多大波澜，村里还是像往常一样肃静，仿佛没死过人，又像是死了很多人。本来我是要回城的，一大早大表哥急匆匆跑到我家，说我姑昨晚喝药走了，让我还得帮他报丧、守灵。

从镇上给我姑买完花圈，正准备租个小货车回村，我才发现租了车回城的路费就不够了，一个在自己的爹面前信誓旦旦要帮别人养娘的娃子，怎么有脸再伸手朝爹要回城的路费呢？

家庭会议

一天晚上，爹把我们兄弟姐妹五人召集到一起，说要开一次家庭会议。只要爹一说开会，就一定是有大事要商议，从小到大，我们都习惯了。成长的过程中，家中那些所谓的大事，都是靠家庭会议解决的，且一般都解决得很好，所以这个惯例就一直保持了下来。

　　譬如说，大哥结婚前，家中同时有两个媒婆子登门，一个比一个能说会道，我们一家人听得晕头涨脑，个个都像被灌了迷魂汤。尤其是可怜的大哥，那段时间每晚都睡不着觉，苦于不知道该选择哪一个。若不是关键时刻爹及时召开了家庭会议，通过集体决议为大哥的婚姻把脉，恐怕患了失眠症的大哥还没娶媳妇人就先疯掉了。

　　婚后的大哥生活得很幸福，让爹对家庭会议的重要性更是深信不疑，也很有自豪感。只是那时我还不到十八岁，按照家庭会议的规定，我只能列席会议但没有发言权，更没有表决权。因此，此后的日子我就盼着自己快点长大，好行使我作为这个家庭的一员应享有的权利。

　　农村的娃子上学晚，我八岁起读六年制小学，初中本来是三年制，初二时因为患病休学一年，我刚过完十八岁生日不久初中才毕业。收到县重点高中录取通知书的那一天，爹立刻宣布召开紧急家庭会议。那天大哥跟着村里的建筑队在镇上给人家盖房子，一般都是走到哪里吃住在哪里。队里规定房子盖不好干活的人中途是不能回家的，且镇上距离我们村有二十多里地，可爹非让二哥蹬着一辆破自行车风风火火地把大哥喊了回来，为此大哥还被扣了工钱。

在我们家，所有的孩子都知道，家庭会议大如山，爹的命令就是"圣旨"，十万火急，因此大哥不敢违抗，尽管心里一百个不愿意，还是乘着月色乖乖地回来了。我记得那天大姐患了重感冒，大姐夫跑过来替大姐请假，爹没批准。原本大姐夫可以骑自行车把大姐送过来，但大姐夫跟我爹怄气。大夏天的，大姐就只好浑身裹得严严实实的，有气无力地走回了娘家。

那天家庭会议的议题只有一个，那就是全家人是否支持我读高中而让正在读高二的二姐辍学。负责主持会议的爹刚把议题抛出来，立刻就遭到了二哥的反对。二哥性子直，且自小就稀罕二姐，半眼都看不上我，因此处处都护着二姐，自然会抢先替二姐说话。爹说你个愣头青、莽撞鬼，从小到大说你多少回了，总是狗改不了吃屎，都两个娃娃的爹了还这么不成熟，我的两个孙子不听话都是被你带坏的。

二哥说这不是开会吗？咱家的会议原则不是一直贯彻的

民主集中制嘛，是您说的会上可以畅所欲言，说错了也没关系，会下我啥时候顶撞过您。二哥不服气。我可是你亲爹，你那点花花肠子我还不了解，你二妹是你妹，小五就不是你弟了？你那心眼儿都偏到你姥姥家去了。爹继续教训二哥。小五是我的乳名，娘先生了大哥、二哥，又生了大姐、二姐，最后生了我，在兄弟姐妹中排行第五，因此全家人就都叫我小五。

二哥涨红了脸，气得头发都像钢丝竖起来了，加上炎炎夏季一家人挤在屋子里，只见他浑身冒大汗，索性就脱掉背心光着膀子，掏出裤兜里劣质的卷烟开始吧嗒吧嗒抽起了闷烟。爹乜斜了二哥一眼，分明是嫌他开会唱反调，思想上不能与一家之主保持一致。

记得以前开家庭会议的时候，爹都是很民主的，会风也很活泼，全家人是一边讨论事情一边有说有笑，其乐融融地就把要处理的事情都很好地解决了。为此，村里不少人家都羡慕我家，甚至也学着我家通过家庭会议来处理重要的家事。

可是那天爹突然一反常态，公然搞开了一言堂，表面上让大家民主发言，但只要一出现反对的声音，立刻就会遭到爹的批评。按照以往开会的惯例，爹讲完话后，家庭成员发言的顺序也是要论资排辈的，通常都是娘第一个发言，接着是大哥、二哥、大姐、二姐。因为那天二哥的冒失，不仅扰乱了发言顺序，还遭到了爹的严厉斥责，因此会议瞬间就陷入了僵局，谁也不敢再轻易开口了。

那天的家庭会议氛围也是我有生以来第一次见到的那么严肃，严肃得每个人都能听到彼此的心跳。爹先瞅瞅这个，又瞅瞅那个，见没人吱声，就用手碰了一下坐在他旁边的娘，示意娘讲几句。娘说，两个娃娃都是我的心头肉，哪个将来能考上大学我脸上都有光，让我咋选择呢，我能不能……弃权？娘说完战战兢兢地看了一眼爹，她太了解爹了，她知道接下来将会发生什么，我们每个人都替娘捏了一把冷汗。

你这个熊娘们儿，会前不是已经和你统一思想了吗，你咋也跟着老二一起唱反调了？别看娘在家中的排位仅次于爹，实际上根本就没有实权，平日里说话都没大哥有分量，每次召开家庭会议，大哥的意见基本是爹重要的参考，娘的意见就像一团空气，完全可以忽视不见。那天大哥因为被扣了工钱生气，迟迟不肯表态，爹就逼迫他赶紧表态，散了会好赶紧挣钱去。

大哥说爹今儿这会开得不民主，听不进大家的心里话，照这么下去，这家庭会议就失去意义了，反正我们同意或不同意都没用，都是爹一个人说了算。爹说少跟我兜圈子，赶紧表态，啥个意见说来听听，你咋知道老子就这么专断呢？除非你说的话感动得天王老子都落泪了，我就听你的。

好，那我可说了，大哥重重地咳嗽了两声，不知是在故意清嗓子，还是被二哥的烟雾给呛的。大哥一张口就说我反对。反对什么？说清楚了！爹问大哥。我反对二妹辍学，大哥抬高了嗓门。那小五咋办？爹接着追问。小五也上呗，本来很简单的问题，让您这一开会给弄复杂了。大哥说着从凳子上腾地站了起来。大哥的话还没说完，爹就立刻劈头盖脸地打断了，屁话，要是家里供得起两个娃娃上高中，还用这么大老远把你请回来？你这分明是站着说话不腰疼，赶紧给我坐那儿吧。

大丫头，你说说，爹也不问大姐病情咋样，就急着让患了重感冒的大姐表态。别看大姐已经出嫁，平日里在娘家还是很有话语权的，她在家庭会议上的影响力仅次于大哥。或许那天大姐真是病得不轻，用爹的话说脑子都病糊涂了，她居然公然支持大哥的意见，爹能不生气吗？记得以前开家庭会议时，每当有重要的问题争执不下，难以形成决议，大姐的意见立刻就会升华，起到关键作用。所谓的升华，其实就是在关键时刻与爹的意见保持高度的一致，因此大姐即使出嫁了，在家中的地位却没有受到任何影响。

爹那天真生气了，感觉就像一只被拔掉牙的老虎，突然失去了往日的威风，昔日这些他咳嗽一声都吓得心惊肉跳的"小动物们"，像是在集体造反。爹看了我一眼，那时我正蜷缩在炕头的墙角，心里说不出是什么滋味。我知道爹偏袒我，作为家中的老小，自小就被他奉为掌上明珠。如果说以前的偏袒哥哥姐姐们还能忍受，可那天爹的做法显然是激起公愤了，因为我看到哥哥姐姐们看我的眼神突然多了一丝凶狠，仿佛我犯了不可饶恕的罪过，尽管考上县重点高中不是我的错，爹想让二姐辍学也不是我的错。

可错就错在家里太穷，爹娘养活我们五个娃子确实不易，大哥二哥成家后，家里几乎被掏空了，欠下的一屁股债，还是靠大姐的彩礼钱还的，因此大姐也算给家里立了功，她在家中有地位，或许也与此有关吧。二姐一上高中，家里的经济条件就比以前更拮据了，若不是二哥站出来，提议爹召开家庭会议，由大哥二哥和大姐每人分摊一点钱，供二姐上高中，否则二姐初中毕业就辍学了。

早知今日，还不如让二丫头早点辍学了呢！爹叹着气说。二姐终于憋不住了，按照在家中的排位，也该轮到她发言了。二姐话还没说出来，先哇哇地哭了起来，那撕心裂肺的哭声，感觉家中就像有老人过世了，真叫一个凄惨。我还没死呢，爹说，等哪天我过世了，你能号这两嗓子我就心满意足了。我才不会哭你呢，我会恨你 辈子！平日里听话乖巧的二姐，那天也学会了顶撞爹。二姐的情绪显然已经失控了，大家都能理解，但爹不理解。一个女娃子读那么多书有啥用，将来有了出息还不是便宜了别人家，家里能沾多少光，只有男娃子出息了才能光宗耀祖，要怪就怪你没长那能传宗接代的玩意儿。

爹越说越不像话了，爹怎么能这么说二姐呢，二姐是个女儿身，这是她能够选择的吗？农村人重男轻女，爹也不能脱俗，只是没想到爹的封建思想会这么严重。爹又看了我一眼，问我不是一直想发言嘛，憋了十八年，终于有机会了，想说啥就痛痛快快地说出来。本来这么多年我有很多的话想说，可没想到第一次在家庭会议上发言，研究的就是我的事。我咋说呢？我咋说呢？二姐比我学习好，屋里的墙上十张奖状有九张都是二姐得来的，亲戚邻里们也都说二姐将来比我有出息。这话虽然爹不太爱听，但二姐在村里给他争了面子他心里还是很美的。

没用的东西，难怪亲戚邻里都说你将来没二丫头有出息，涉及你一辈子前途的大事，关键时刻你咋还怂了呢？平日里一向对我慈祥和蔼的爹，那天突然用眼睛瞪着我，分明是嫌我不争气。不争气是没有理解他的一番苦心，没有旗帜鲜明地支持他的主张。连我都不敢轻易表态，这家庭会议开得气氛就更紧张了。

会议一直僵持到凌晨，院子里的鸡叫头一遍的时候，大哥看了看腕上的手表，着急地说工地要开工了，若不及时赶过去，今天就挣不到满工了，大哥说了句我同意爹的意见，出了院子蹬上自行车，就像哪吒踩着风火轮火烧火燎地往镇里赶。大姐因为病得厉害，想让二哥送她到村医家输液，只好也支持爹的意见。我的私心最终还是超越了亲情，也表明态度支持爹。娘、二哥、二姐没有再发言，但四比三的票数二姐辍学已成定局，一场紧张严肃的家庭会议就这样不欢而散了。

后来再开家庭会议，娘和我们五个娃子全都成了聋子的耳朵——摆设，只要爹一抛出议题，不管是商议什么事，我们都纷纷举手赞成。会议的时间越来越短，一是因为爹搞了一次一言堂，破坏了家中民主的气氛，二是哥哥姐姐们都已成家，家中都有鸡零狗碎的事情需要处理，因此开短会也就再正常不过了。

话题回到那天晚上，爹把我们兄弟姐妹五人召集到一起，说有重要的事情要商议。哥哥姐姐们还像往常一样，恨不得立刻举完手就赶紧各回各家。爹说，今天的家庭会议很重要，希望你们能认真听，仔细听，别急着举手，每个人都得发言，因为今天的会议可能是我们家最后的一次家庭会议，我想把今天的家庭会议开成一次民主的盛会、团结的盛会、和谐的盛会，不给自己留遗憾。爹说着说着，眼圈突然红了起来，好像是在给儿女们交代后事。

我们兄弟姐妹五人你看看我，我瞅瞅你，不知道一反常态的爹今天是怎么了，我们知道爹话里有话，却揣摩不出他的葫芦瓶子里究竟装着什么药。爹虽然上了年纪，但他的身体一直很硬朗，且最近也没听说他的身体哪里不适，难道爹患了绝症？我知道作为子女本不该这么想，应该祈福爹娘都能长命百岁，可人都是肉体凡胎，终究都有离开的那一天。想着想着，我突然感觉从心里很对不起爹，若不是当年因为我读高中那件事，后来的日子爹也不至于会活得那么累。

爹心里苦，我能体会到，哥哥姐姐们也能体会到，但他们的体会与我不同，尤其是二姐，甚至认为那是老天爷对爹的报应，谁让爹从骨子里重男轻女呢！如果当年二姐不辍学，或许后来考上大学在镇里端公家饭碗的就是二姐了。命运就是这样折磨人，就因为二姐是个女娃子，爹一次独断专行的家庭会议，就毁了二姐美好的前途。婚后的二姐一直生活得很不幸，她总说如果当年考上大学，二姐夫就不会这么虐待她。她本该在婆婆家像女王一样生活，二姐夫也本该像哈巴狗一样伺候二姐，可二姐的"女王梦"却被爹给无情地摧毁了。

二姐自小就要强，村里人都知道，小时候她跟村里的男娃子打架，被打得头破血流也不服输。爹常说二姐有血性，像他，因此二姐也就敢在家庭会议上公然顶撞他。自从二姐辍学之后，即使不在家庭会议上，二姐也会时不时用不敬的言语冒犯爹。或许爹知道自己的做法对二姐不公，抑或知道自己亲手把二姐一生的幸福给毁了，对于二姐的不敬，也就

湛影

不像责骂二哥那样责骂她。

话题还是回到那天晚上，二姐见爹迟迟不把议题抛出来，就有些急了，起身想走，二哥也不耐烦地站了起来。爹说你们都坐下，算爹求你们了。看来爹是真的老了，老了的爹已经没有了往日的威风，那种爹在家中说一不二的时代已经彻底结束了。

爹说，从你们的娘卧病在床、开会研究如何给她治疗的那天起，到现在已经三年了，包括这三年的春节我们全家都没有像今天这样聚到过一起，所以你们都别走，把会开完了。今天家庭会议的议题是，家中的家产如何分割。你们都考虑考虑，拿一个好的方案出来。趁我现在身子骨还好，还没有老年痴呆，把家中仅剩的这点家产分割好了，省得将来你们兄弟姐妹为了争夺家产让村里人看笑话，那样我死了也不会瞑目的。

我们谁也没想到，爹会提前分割家产。说起分割家产，在农村并不见怪，许多家庭因为爹娘突然身亡，儿女们为了争夺家产大打出手，反目成仇的事例屡见不鲜。爹大概已经预见到了我们家也会有那么一天，因此想在生前了却身后事，以免给这个貌似还算和谐的家庭留下后患。

小五，爹叫我，你在镇政府办公室不是负责会议记录的吗，今天的家庭会议你也记录一下。我说好的，我还说镇政府会议结束后，会形成会议纪要向各部门下发。要不要我把今天的会议记录也整理一份会议纪要，明天到单位打印出来，给哥哥姐姐们每家发一份？爹一听立刻板起了面孔，早和你说过了要清白做人不贪公家便宜，你不知道人都是从小偷小摸学坏的吗？这话爹的确说过，从我到镇政府工作后爹没少在我耳边叨叨，听得我耳朵都快起茧子了。

我说好好好，听您老人家的，如果真需要，我花钱到镇上复印社去打印，这样行了吧。爹点点头，对我说一字一句地都记仔细了。娘患脑血栓卧病在床已经三年没说过话了，第一个发言的自然是大哥。大哥说，爹，从您负责主持家庭会议以来，如果没有二妹辍学那件事，其实您一直都是很民主的。虽然平时对我们管教苛刻，但我们都知道是为我们好，我们也没有怪过您。说实在的，很多年了，因为习惯了开短会，我都不知道该怎么说话了。

别说没用的，奔着主题拣重要的说，我让你拿分割家产的方案，谁让你说这些了，跑题了。爹不想听大哥说这些。没跑题，大哥说，因为我拿捏不准今天的会议会不会和当年二妹辍学的那次会议一样，说了也白说，到头来还是您一个人说了算。不会，今天的会议和那次不一样，爹掷地有声地向大哥保证，其实也是向我们在座的所有人保证。

我还没想好呢，老二你先说吧。大哥说完看了二哥一眼。二哥一脚踩灭了烟屁股，说大哥啥时候学精了，知道往外踢球了，我也没想好，大妹你先说吧。二哥把球传给了大姐。我说就我说，按老理说，嫁出去的闺女泼出去的水，家里的事轮不上我们女娃子发言了，既然爹不拿闺女当外人，我看家庭会议的规矩首先得改改了。怎么个改法？爹问大姐。毕竟分割家产是件大事，应该让我们的家属也参加会议，人多主意多，听听他们的意见可能更好拿方案，大家觉得怎么样？大姐的话音刚落地，爹马上就接过话茬，不怎么样，人多了乱，狗多了串，媳妇多了不做饭，人多了只能瞎捣乱，这个规矩不能改。

既然规矩不能改，那我主意也拿不定，还是二妹先说吧。大姐把烫手的山芋又扔给了二姐。二姐说，爹口口声声说咱家的会议贯彻的是民主集中制，是民主基础上的集中和集中指导下的民主，您这不还是一言堂吗？我们也都是有家庭的人了，我们的家属难道就不是咱家的人吗，他们怎么就不能参与我们家的家庭事务？

你这丫头不仅跟你二哥没学到好，还把你大姐给熏陶坏了，若不是……我……我……爹没有再往下说，但我们都知道他想说什么，话到嘴边又咽了下去。若没有当年二姐辍学那档子事，爹今天少不了会把二姐教训一顿。除了岁数大了，爹还是那个性子暴躁的爹，如果不是为了把会议开好，他强忍着的怒火早就发泄出来了，因为屋里的空气中已经弥散着十足的火药味了。

爹说，小五，别光记录，你也说说。我说我什么也不要。原本我以为自己高姿态，会赢得爹和哥哥姐姐们的一片赞扬，谁知爹说你也是这家中的一分子，怎么能什么都不要呢，这家里就没有一样你想要的或者是该要的东西吗？爹这一问把我问蒙了，除了三间旧房子，屋里破破烂烂的，我想要的东西还真没有，拿回家我老婆也会随手扔到垃圾箱里，还不如给哥哥姐姐们留着呢。至于该要的，我想了想也没什么该要的，我欠这个家的已经够多了，哪还有我该要的东西呢？

我摇摇头，对爹说真的没有。再一看哥哥姐姐们一个个瞪着我，分明是看出了我的心思，知道我嫌家里寒酸，故作一副高姿态给大家看罢了。那样子看起来即使我什么也不要他们也不会领情，尤其是二姐，看我的眼神充斥着怒火，眼珠子像火球，简直要从眼眶里飞出来了。

爹继续主持会议，不管怎么说，这些年家里的"一重一大"（重要事情决策、大额资金使用）我认为执行得还是比较好的，都是家庭会议的良好成果，我们应该肯定。因此在家产分割这件事情上，我希望今天的家庭会议能形成决议，你们还是各自拿方案吧，我们挨个研究讨论，最后举手表决。

爹说的没错，只要是家中的重要事情，都会通过家庭会议讨论研究，不管最终的决策是否正确，反正都是集体形成的决议。至于大额资金使用，比如有一年家里搞副业养猪，也是通过家庭会议最终决定的。尤其是，为了保障家庭成员对家中经济的知情权，每年年初的家庭会议上，爹都会向我们通报家中一年的预算情况，年终还要通报一年的收支情况，如果结余的资金多了，爹就会多购置一些年货犒劳我们。

大哥说，拿就拿，既然您一定要我们拿，三间房子我和二弟每人一间半，屋里的东西归大妹和二妹。那小五呢？爹问大哥。大哥说小五不是啥也不要吗，还强给他干啥？二哥说，我同意大哥的意见，就这么定吧，我们开始举手表决吧。谁让你现在就举手表决了，是你在主持会议还是我在主持会议？二哥又撞到爹枪口上了。大姐说，那不行，三间房子和屋里的东西除了小五应该我们四人均分，我们虽是女娃子，但也都给这个家立过功。大姐所说的立过功，大哥二哥心里都明镜似的，他俩娶媳妇欠下的债大姐用彩礼钱还清了，那年家里搞副业养猪，又是二姐的彩礼钱做的本钱，从这些事情上讲两个姐姐的确给家里立过功。

二姐自然支持大姐的意见，别看平日里二姐和二哥来往比较密切，关键时刻涉及自身利益，二姐立刻就和大姐站到了一个阵营，与大哥二哥对峙起来。爹说，嗯，既然小五执意什么也不要，我们也就不勉强他了，我看这个方案还可以，不过，三间房子四人怎么分我不管，但屋里的东西怎么分还没有讨论清楚。

二姐说，有啥不好分的，屋里就这点破烂东西，只要房子有我一份，屋里的东西我也可以啥都不要。你们三个呢？爹问大哥、二哥和大姐。大姐说，我和二妹一样，也可以不要屋里的东西。爹见大哥二哥不说话，就问他俩是不是房子和屋里的东西都想要，大哥二哥齐声说是。那好，我问你们，既然屋里的东西你们都想要，谁要你娘，谁要我？

我正低头做着记录，爹这么一说我猛然抬起头来。看啥看，有啥大惊小怪的，爹对我说，你不要我们，还不让你两个哥哥要？我可没说要你们，我要的是屋里的东西。二哥赶紧向爹解释。我和你娘不是东西吗？我们可一直在这屋里生活。爹问二哥。你们算什么东西，我们今天不是分割家产吗，又不是分割爹娘。二哥和爹争辩。我和你娘不算东西，那我们算什么？你说说。爹问二哥。

反正你们不是东西，我也不要，再说了，现在只是提前分割家产，分割好了也得等你们二老都过世了才能兑现。大哥也跟着二哥亮明了观点。哦，敢情你们哥儿俩都没把我和你娘当成东西，我们在你们眼里根本就不是东西，报应哪。爹说。我把"报应"俩字记上了，然后又划掉了，我不知道爹说这话是什么意思，好像这句话和分割家产没什么关系。一开始，我也以为爹说分割家产指的就是三间房子和屋里的这些破烂摆设，没承想爹是在考验我们。这一

湛影

考验，让爹对我们彻底灰心了，养育了五个儿女，到老了一个都不要他们。

在我们农村老家，给爹娘养老的责任一般都落在男娃子身上，除非家中没有男娃子，才由女娃子来养老。女娃子养老也不白养，家产都是女娃子的。两个姐姐之前已经表明立场，她们除了房子，屋里的东西什么都不要，何况我们家有三个男娃子，她俩是绝对不要爹娘的。两个哥哥认为爹是在给他们设局，或者说是下了个套，既然房子和屋里的东西都要，就得把爹娘一起要了。可没想到两个哥哥的态度也都很坚决，在他们眼里爹娘根本就不是东西，所以他们都不要。

虽然我第一个说什么都不要，但我不知道爹开会的真正目的，即使爹一开始说明白了，我也不敢要。我生性懦弱，怕老婆，别说把爹娘都要了，就算要一个，以后也就没好日子过了。我问爹，今天的家庭会议算是形成决议了吗？爹说举手表决吧，表决的结果就是决议。表决的结果在大家的意料之中，只有卧病在床的娘不知道那晚究竟发生了什么事，不知道也好，知道了一定和爹一样失望伤心。

爹说把决议写上，三间房子大哥、二哥、大姐、二姐均分，屋里的东西除了爹娘由大哥二哥均分，我什么东西都不要，包括也不要爹娘。算起来，我在镇政府已经做了五年的会议记录，可那晚的家庭会议记录却是我做的最难受的一次。尤其是最后形成的决议，每个字看了都让我揪心。

那晚的家庭会议怎么散的，我已经彻底忘记了……

碹窑

1

罗云村地处山区，由于交通不发达，多年来空守着一片青山秀水，村民们的日子捉襟见肘。

自从老王家的儿子当上副县长后，没过多久，一条黑亮亮的柏油公路，就像一把锋利的电钻，直接从山外通到了村口。

村民们自然是喜出望外，都说老王家祖坟上冒青烟了，一人当官，全村人沾光。

这还不算，听说王副县长还要在村里建什么生态园。这不，他在全县范围内撒开人马寻访了三个月，终于找到两个会碹窑手艺的工匠。

碹窑是个什么东西，听起来感觉比生态园还要陌生。这些十几、二十几岁的年轻人当然不知道，从他们的父辈那儿一了解，才知道是一种用泥土建造的窑洞。

听明白了，是用泥土建造的，虽然汉语字典中对碹字的释义是用砖、石筑成弧形，但碹窑全部的建材除了门窗是木制的，不用一砖一石。

　　　　　　　　　　　　　　　　　　　湛影

既然父辈们对碹窑这么明白，咋还花钱从外边雇人呢？年轻人当然不解。

　　村里四十岁往上数的人，十有八九都住过碹窑，但住归住，碹归碹，住过的人却不一定会碹。用父辈们的话说，碹窑可不是一般的手艺，若是手里没点儿力气，脑子里没点儿智慧，根本就吃不了这碗饭。尤其是碹窑有别于陕西那一带的窑洞，不是依山而建的，而是平地起窑，其间的工序极其复杂，因此建造过程也极具难度。改革开放前，全县会碹窑的工匠本来就少，改革开放后，碹窑一夜之间退出了历史的舞台，很快就被砖瓦房取代，因此别说是往下传手艺了，就是那些工匠本人，也都纷纷改行另谋出路。说的再直白一点，全县会碹窑的工匠，如今基本都死光光了。

　　那两个从外地雇来的碹窑工匠，是一对父子，听着罗云村村民们在街头巷尾的议论，好像对他们的手艺都有所质疑。质疑也很正常，父亲对儿子说，别往心里去，村民们的话也不无道理，我们应该庆幸，全县仅有的两个会碹窑的工匠，如今还活得好好的。

　　父亲这么一说，儿子的气立刻就消了。的确，这三十多年来，父子俩就像一对退隐深山的武林高手，基本不问江湖碹窑之事，就连他们老家的那些年轻人，也不知道他们的道行究竟有多高深。

　　如今重操旧业，亦可说是重出江湖，父子俩的内心未免都有些激动。激动，更多的是缘于工钱高，自从儿媳妇被查出患有尿毒症，整个家感觉就像天塌了一样。好在，天无绝人之路，正当父子俩一筹莫展之时，好事就突然找上门来了。

本来这一路父子俩心情还算敞亮，谁知刚进罗云村就被村民们的闲话泼了凉水。不过，父亲久经历练，饱尝了人间的风雨，这点凉水充其量也就是毛毛雨啦，怎能浇灭他和儿子心中想挣大钱的熊熊火焰。

2

父亲在记忆中二十几岁时来过一次罗云村，给一户人家碹过三孔窑洞。没想到过了几十年，这个地方还是老样子，除了碹窑都变成了砖瓦房，其他的几乎没什么变化。

父亲虽然快七十岁的人了，但身子骨还算硬朗，年轻时走村串户给十里八乡碹了不少窑洞，所有的工艺流程至今还烂熟于心。

儿子四十五岁，正值年富力强，从小就是看父亲给人家碹窑长大的，加上脑子机灵，十几岁时扔下书包就随父亲去碹窑。可惜好景不长，不到一年的工夫碹窑一下就没了市场。

碹窑没了市场，父子俩也不能坐着吃老本儿，父亲靠碹窑积攒的钱，给儿子盖了三间砖瓦房。儿子娶了媳妇后，家

湛影

中就一贫如洗了。

凭着碹窑打下的基础，父子俩又开始给人打墓。打墓的流程其实和碹窑大同小异，最大的区别就是碹窑是地上起窑，而打墓是地下挖窑。或许，正是这打墓手艺的及时衔接，使得父子俩的碹窑功力一直没有减退。

这次就算豁出我这把老骨头，也要顺利拿到钱给你媳妇治病。我都这把岁数了，按理说早该到阎王爷那儿报到去了，阎王爷暂时不收我，可能就是为了让我再帮你一把，总不能让我白发人送黑发人吧。父亲抽着劣质的卷烟，边吧嗒边对儿子说。

儿子没有接父亲的话，也点了一支卷烟猛吸了一口，然后望着远处的山峦，吐了一个大大的烟圈，说了一句这地方真他妈清静，要是死了能埋在这里就好了。

别说丧气话，开工。父亲知道儿子心里不好受，只好靠干活儿来冲散儿子淤积的心事。二十孔窑洞，三个月工期，耽误了一天锸子儿没有，这可不是闹着玩儿的。若不是想钱想红了眼，做父亲的还真没胆量当即就拍着胸脯把这桩活儿接下来。

既然接了下来，还向人家打了包票，白纸黑字红手印，拿在手里沉甸甸的，就像一张卖身契，不，应该是一张生死状，那就得想法儿既要保命也要把钱拿到手。

三个月的工期的确有些紧张，儿子的脸上一片茫然，好像没有多大的信心，但想起媳妇还在家等钱救命，一咬牙关就对父亲说豁出去了。

好在，现在正值春暖花开，春天天气好，日头足，加上风大，泥土就干得快，不窝工，因为碹窑对气候要求很苛刻。若是赶在夏季，给多少钱这父子俩也不敢接这活，因为就算你空有一身的本事，老天爷不给你做主，三天两头不见太阳，个把星期下场雨，刚晒干的泥土就成了一堆稀泥，整个就前功尽弃了。

父亲抬头看看太阳，眼睛眯成了一条缝，感觉老天爷在对他笑，像是在给他们父子俩打气。既然老天爷都这么眷顾咱，也可以说是可怜咱，咱就莫辜负了这大好的春光。

父亲转身看看儿子，儿子已经忙乎上了，俨然进入了高度战备的状态。是啊，父亲在心里说，打仗亲兄弟，上阵父子兵，只要父子俩一心都想着早点拿到工钱，这场战役就一定能取得胜利。

3

按照甲方的要求，二十孔窑洞要建成十个套间，这与以前的碹窑风格是有差别的。旧时碹窑，多数都是遵循老祖宗延续下来的习俗，选择一窑三孔的架构。

一窑三孔，顾名思义，就是一处窑洞，基本都是建造三间为主，中间一孔为正窑，两侧分别为配窑。正窑既是日常通道，也是厨房，还作放置水缸、咸菜缸、囤积杂物或粮食之用。如果正窑是单开门，门一般都安置在左侧，进门右侧为锅灶；如果正窑是双开门，门一般都安置在中间，进门左右侧分别都有锅灶。

配窑是日常起居室，两间配窑各有一盘火炕，火炕通着正窑的锅灶，冬天为了取暖，做饭和烧炕就同时进行，其他季节则会把通火口关闭。但也有把锅灶建在配窑的，一来冬天做饭比正窑暖和，二来锅灶可直通火炕取暖。另外炕沿下也留有两个方形的小口，冬天可以单独用柴火烧炕取暖。

碹窑，一般每间宽三米，深六米，高四米多。因为全窑以土为主，辅以木质门窗建造，墙体土层厚实，窑洞内温度和湿度相对稳定。夏天窑内比窑外的温度要低十摄氏度左右，冬天窑内比窑外的温度要高十五摄氏度左右，因此用现代人时髦的话说，绝对称得上是冬暖夏凉的仙人洞。

听说现在的城里人有钱没处花，就喜欢往山里跑，等碹窑建好后，城里人的钱就会像鹅毛大雪一样往山里飞。有好奇的村民问这对父子，这碹窑真有这么大魅力吗？父子俩都没搭话，因为他们心里都清楚，经典的总是干不过流行的，人们明知道碹窑的优点不仅冬暖夏凉，还绿色环保，没有甲醛等有毒物质毒害，但还是喜欢花大钱去盖砖瓦房，因为砖瓦房看上去就是比碹窑气派，否则也不可能快速把碹窑取代。不过把碹窑建在生态园，可能就得另当别论了，物以稀为贵才会吸引人嘛。

村民们又问这碹窑究竟是什么时代的产物啊，竟然有这么顽强的生命力，消失了几十年，如今又要奇迹般地复活了。父子俩一听更是无语，别说是儿子，就连父亲也说不出个子丑寅卯，自打父亲一出生，就生活在碹窑里。或许，碹窑的起源主要还是因为古代社会百姓的日子穷吧，泥土是最廉价的建材，若是自家有劳力不用雇人取材，碹窑几乎就不用花钱。

其实关于碹窑产生的时代背景，父亲也一直好奇了几十年，但因为自己和身边的人都没文化，也就根本无从考证。记得在父亲四十岁时，县文物局曾经派人来找过他，说是从北京来了一个考古队，想从他那里获得一些有用的信息。

父亲把爷爷的爷爷的爷爷那一辈传下来的一个神话故事讲给考古队的专家听，说碹窑可能起源于七仙女和董永那个时代。考古队的专家们一听，当时就乐得捧腹大笑。父亲见专家们不信，又搬出黄梅戏《七仙女》中的一句唱词，寒窑虽破能避风雨，以印证七仙女住过窑洞，可能住的就是这一带的碹窑，专家们听后更是哭笑不得。

没多久，据说因为碹窑地域范围太小，能经得起考问的史料几乎为零，把它列为古代中国人类社会文明的结晶，好像命题有些太大了，于是考古队很快就撤离了。

寒窑虽破能避风雨，这是父亲经常哼唱的一句唱词，现在再哼唱一声，禁不住又想起了从前的苦日子，仿佛碹窑无形中就是苦难的一种标志。难怪碹窑会被砖瓦房取代，人们不愿再住碹窑，可能就是想彻底脱离苦海，去过崭新而富裕的幸福生活。

可是现在呢，仿佛光阴又倒流回来了。原本父亲以为这辈子再也不会操持碹窑手艺了，没想到还有人出高价主动找上门来了。管他主抓碹窑工程的王副县长脑子是不是进水了，但他如今成了咱家的救星，咱就要从心里念人家的好。既然念人家的好，而且父子俩这些年不管碹窑还是打墓都不曾偷奸取巧过，这回更得把活儿给人家干漂亮了。

4

与传统的碹窑风格最大的差别是，二十孔窑洞要建成十个套间，每个套间的架构都是一窑两孔，一间正窑，一间配窑。正窑不建锅灶，将来放置沙发、电视等，主要当客厅使用。配窑除了建一盘火炕，还要单辟出一块区域加筑一道土墙做卫生间。

碹窑工程的总体设计搞明白了，就要重新加工制作用来筑土墙的模子，还要重新计算所需泥土的立方数。这时儿子的脸上又出现了愁容，不知是为媳妇的病担心，还是对工程信心不足。

父亲叮嘱儿子，测量尺寸时要小心翼翼，务必要精确到毫米，否则模子就报废了，模子报废了再重做，那得耽误多少工期。在测量的时候，只需想着是在数工钱就是了，少数一张就赔大发了。

人啊，好像打从娘胎里一爬出来，就无师自通学会了向钱看，虽然有的人到死眼前也没出现过什么亮光，可还是希望天上能突然掉下一块金子，哪怕砸破了头，亮瞎了眼。如果赶上等钱救命，一想到钱眼睛更是瞪得跟铜铃般大，否则死了也闭不上眼睛。

这父子俩就属于最后那种人，但他们这样想钱也无可厚非。他们不是靠坑蒙拐骗去发横财，而是通过自己的诚实劳动，卖苦力卖血汗甚至卖命去救自己的亲人。

模子的尺寸定下来后，很快送到了木材加工厂，时间最少也得三天。三天，对这父子俩来说，感觉比三年还要漫长。若是换在从前，现成的模子拿来就能用，且不说那些模子当年已经当劈柴烧了，就算留到现在，也跟步入风烛残年的父亲差不多，都成了一块块的朽木。再说了，如今碹窑的尺寸都改了，重做模子也实属无奈。

三天的时间不能闲着，父子俩开始到山上寻找泥土。虽然碹窑是用泥土建造的，但并不等同于什么样的泥土拿来都能用。最好的泥土，就是那种有胶质感的黏土，加上麦秸用水搅拌均匀，倒进已经安置好的模子里，经太阳曝晒和风化，待彻底没了水分后，模子一拆，一截土墙就成型了。碹窑最

湛影

重要的技术环节在窑顶的建造上。窑顶的模子呈弧形，制作工艺和土墙一样，但因为是弧形，无形中就增加了技术难度。建造窑顶俗称为碹，碹窑一名也就由此而来。

在罗云村乃至全县来说，用来建造碹窑的泥土并不稀缺，否则这个地方在全国也就不可能有独树一帜的碹窑文化了。但像罗云村这么好的胶质黏土，父子俩还是第一次见到，包括当年父亲给村里那户人家碹窑时，也没发现有这么好的泥土。父亲这才想起当年在罗云村碹窑时，那户人家为了节省人工，泥土便在村口就地取材。

晚上父子俩就睡在工地的简易窝棚里，除了看月亮、看星星，就是吧嗒吧嗒地坐在一起抽烟，也没什么话题好聊的。关于碹窑的事，白天该聊的也都聊了，第二天要做的事情，父亲在晚饭时也已经计划好了。

其实以前儿子的话很多，但自从媳妇患病后，就变得少言寡语了，甚至眼神中还有一团阴云般驱散不掉的忧郁。这些父亲都知道，所以在工地上尽量不聊家事，怕儿子撑不下去。自己这把老骨头，不知哪天来阵大风就会吹垮了，儿媳妇的病若是治不好，家里就剩儿子这根顶梁柱了。

5

谢天谢地，三天后模子终于按时运来了。父亲开始指挥那些临时从罗云村雇用的几名壮劳力支模子，儿子则指挥另一拨工人和泥。这些工人虽然都不懂技术，但他们从事的都不是技术活，技术活主要由父子俩掌握，工人们只需出卖力气。儿子说看不出罗云村民风还很淳朴，这些人干活个个都很卖力，父亲说这都是因为钱有魅力，只要给钱多，让他们卖血卖命都愿意。

咱们又何尝不是呢？儿子说着看了父亲一眼。

父亲让儿子心细一点儿，给工人们都交代好了，倘若哪个不小心受伤了，咱就得从身上割块肉赔人家，若是再闹出人命来，把工钱全搭上咱都赔不起。

儿子点点头，像小心翼翼地数钱一样，一个不落地向工人们传达安全常识。工人们干得很起劲，都说这碹窑蛮有意思的，还有就是，等碹窑工程一结束，生态园顺利开园，到时咱罗云村可就要全国出名了，没准儿村里人还能上电视呢。所以，这些工人们都对父子俩说，这是我们拿着你们的钱在给自己村干活，要奸偷懒就是坑自己啊。

难怪这村里能出副县长，就连没文化的庄户人都这么精明，不给这些人个一官半职干干，真是屈才了。父亲正想着，有人来传话说王副县长回村了，要听一下工程进展。

按理说这么大的工程投了这么多钱，王副县长怎么也应该到工地看一看啊，咋还这么大架子让我这个快七十岁的老头子亲自向他去汇报工作呢？

父亲走到王副县长家院门口，一眼就认出了那面影壁墙，就是自己当年亲手筑起来的。待进屋一询问，老王说正是正是，当年碥完三孔窑洞，恰好村里来了个算命的，说我家风水不好，筑一面影壁墙从此就能转运，所以就让工匠给筑了一面影壁墙。虽然早些年把碥窑推倒后盖了砖瓦房，但这面影壁墙着实没敢动，再破旧也一直留着。这不，还真让那算命的说中了，咱家儿子当上了副县长。

老王一说起当官的儿子，满脸就像煮熟的土豆开了花。王副县长问工程能够按期交付吗，三个月后市里要派工作组来验收，验收成功就能争取到更多的资金。

父亲说没问题，请王副县长放心，接着又小声问了一句，县长大人不去工地亲自看看吗？王副县长摆摆手，说县上还有紧急会议，说完就坐车走了。

车子已经看不见了，老王还在家门口不住地挥手。父亲看到这一幕，从心里禁不住感叹，咱家咋没这么大福气呢？早知道当年也给自己家筑一面影壁墙，没准儿自己的儿子还能当上市长，老王的儿子见了咱儿子还得恭恭敬敬。

真是痴人做白日梦，想这些有个尿用啊，天上能掉下一麻袋钱吗？父亲拍拍头发稀疏的脑门儿，让自己清醒一点儿，还是赶紧回工地吧！

下午的活儿已经结束了，儿子正在工地上检查，虽然收音机里说近期没雨，但还是以防万一把没有晒干的泥土都用塑料布盖好了。

没想到，半夜时分，一场春雨不期而至。父亲将儿子大肆夸赞了一番，儿子活了四十五年，今天总算干了一件漂亮事。

6

王副县长有些坐不住了，他担心这场雨会影响工程进展，于是第二天一大早就来到工地上。

因为工人们还没到，父亲此时正和儿子在工棚里聊天，按理说这胶质黏土应该是黑色的，怎么罗云村的泥土是黑褐色的呢？

其实一踏上工地，王副县长也发现了这个细节，那些堆积如山的还没有经过加工的黑褐色泥土，经过雨水的浸泡后，在阳光下看上去更加鲜艳。

王副县长见工程没受影响，一场小雨后建材也没受损，于是装了一塑料袋新鲜的泥土就匆匆离开了工地。

几天后，一支地质勘探队进驻罗云村，据说是来勘探山里的矿藏。地质勘探队走后没多久，一些重型机械就浩浩荡荡开进了山里。

有一天清晨，山里突然传来一声巨响，父子俩立刻跑出工棚。一打听，才知道是炸药开山的声音。这可不行，虽然墙体已经完工，但这么大的震动万一对建造窑顶有影响该咋办。

湛影

父亲让儿子赶紧去老王家，让老王通知王副县长前来制止，否则工程受到影响他们父子俩可担不起这个责任。儿子回来告诉父亲，说开山的工程也是王副县长主抓的，还说开山对碹窑没有影响，让咱们安心干活就是了。

既然王副县长发了话，那咱就该咋干还咋干。虽然干活时心里不再像以前那么踏实，不知道啥时候山里就会猛烈地来上一炮，震得人耳朵里就像钻进了蜜蜂，可又有什么办法呢？都是王副县长让干的活，谁让谁停工说话都不好使。

三个月的工期马上就要到了，碹窑工程也提前一天顺利完工了。父子俩心里说不出有多高兴，据说在明天的竣工仪式上，王副县长要亲自来讲话，还说市里的领导要带工作组现场验收，父子俩要陪同领导们一起合影。

父子俩的心里能不高兴吗？一来工期一结束，父子俩就能拿到钱，二来父子俩在农村生活了几十年，啥时候见过市里来的大官，更别说陪同领导们一起合影了，想起来心里就美啊。

父子俩心情一好，就买了一瓶二锅头提前庆祝。喝完酒，父子俩闲着没事就去山里转悠。一转悠才发现，一车一车的磁铁矿石正往山下运，好好一座山，已经被开采得没了父子俩来时的漂亮模样。那惨不忍睹的样子，比一个良家妇女被人糟蹋后，衣衫不整地躺在当街上还要让人看着心酸。

不是要建生态园吗？没了这漂亮的山，光建造这些破窑洞有啥用？父子俩不解，或许是酒喝得太多了，怎么想也想不明白。想不明白就不想了呗，想这些有个屎用啊？咱只等着拿工钱就是了。父亲迷迷瞪瞪地红着眼睛告诉儿子。

晚上父子俩在工棚里聊天，可能是因为马上要拿到工钱太激动了，儿子的话显得比平时特别多。听说这生态园开园后，来这碹窑住一晚得花不少钱呢，到时指着咱花钱来住，恐怕这辈子都没可能了，要不今儿个咱先住上一晚，好歹咱也为这碹窑付出了不少血汗。

父亲一听觉得儿子的话有理，于是父子俩就把铺盖卷儿搬到了碹窑里。

第二天清晨，罗云村的百姓们都蜂拥而至地前来参观碹窑工程竣工仪式，却发现已经碹好的二十孔窑洞一夜之间都神奇地消失了，那父子俩也不见了踪影。

有村民在山下感叹说，昨晚山里放的那一炮真够厉害，震得玻璃都不住地颤动。哎，那碹窑的废墟堆起的土丘，怎么越看越像一座孤坟呢？

师父，你出来吧

安师傅喜欢藏猫猫，这是开发区宏兴机械厂人所共知的事情。这可苦了他那帮徒弟，即使师父不在身边，也感觉暗地里有一双眼睛在窥视着。

这不，明明师父被厂长叫走了，徒弟们的精神头刚一松懈，师父就突然来了个回马枪。谁也别偷懒啊，我可盯着你们呢，这个月的任务要是完不成，奖金全泡汤。

师兄刘全说师父可真神，跟了他五年到现在还没摸透他的脾性，连厂长亲自到车间来找他去谈话，也敢中途杀回来，简直就是把天王老子都不放在眼里，难怪干了几十年快退休了连个车间主任都没混上。

刘全你说什么呢？能不能大声点，我耳朵有点背。我的师父呀，见师父不知从哪儿又突然冒了出来，我们的手心立刻都出了一把冷汗，他老人家不是刚走吗，怎么又杀回来了？虽然冒犯师父的人是刘全，可我们都跟着相继点头，不就等于认可了刘全的观点吗？

没说您的坏话，师父，我们正在研究如何革新工艺，提高工作进度呢。刘全此地无银三百两地向师父解释。是吗？那你倒说说看，如何个革新法？师父追问刘全。我……我……刘全支支吾吾半晌也说不出个子丑寅卯，明摆着就是在撒谎，傻子都能看得出来。列宁他老人家说过，少说些漂亮话，多办些实事，你们这帮狗崽子谁有本事不用抬着腿撒尿师父我心里一清二楚，脑子里琢磨不出东西就手脚勤快点儿，把交给你们的活儿踏踏实实地干好。

这就是我们的师父，虽严而不苛。他明明听到了刘全在念叨他的不是，却装作没听见，三句话总是不离工作，工作好像就是他人生的全部。刘全说师娘死得早，师父膝下无儿无女，一直没有再婚，五十多岁了还是光棍一条，脑子里不想着工作还能想什么？

是吗？刘全的这番话我不敢苟同，难道师父就不是人？是人就有七情六欲，或许师父的心中有一道坎儿，这些年就是迈不过去。我为什么这么推断，自然不像刘全随意猜测，有几次下班时在工厂门口我都看到有一个中年女人在等师父。女人一喊师父的名字，师父的脸立刻就红了起来，看看四下里没人才步履匆匆地走过去。当然，遇到那种情形我都会以迅雷不及掩耳之势躲藏起来，谁让我是安师傅的徒弟呢？这一年别看技术没怎么长进，可向师父学藏猫猫的本事却进步很快。

师父真是一根筋，抓着一个软柿子恨不得捏碎了才肯罢手，今晚又让我独自加班。有一次我生气地问师父，原先以为你留下我会偷着给我吃偏饭，教我些你深藏了多年的独门绝技，可每次都是让我累死累活地工作，什么都没学着。你的本事总不能后继无人吧？怪不得你一说让我加班师兄们就都用那种眼神看我，开始还以为是嫉妒我，八成是在嘲笑我啊。师父听我那么一说，立刻就沉下脸来，没学好走就想着怎么跑啊？别以为你在技校时品学兼优就自命不凡，告诉你那都是纸上谈兵，有本事下次到总厂去参加技能比武，给我捧个奖杯回来看看。

你什么都不教我，我拿什么和人家比啊？我为自己辩解是觉得感到委屈，上班这一年几乎每晚都在加班，除了每晚出一身臭汗什么本事也没学着。你这孩子悟性很高，最大的缺点就是不爱细心观察。嘿，师父一说这句话，当时我就觉得好笑，不爱细心观察我咋能窥见你的隐私，只不过我还没胆儿像刘全一样当着大家的面儿敢说出来。

今晚师父见我不乐意加班，就问我会下象棋吗？我说会。那好，咱俩先杀一盘再干活。原先我还以为自己是高手，读技校时蝉联了三年象棋冠军，就连校长都赢不过我。没想到和师父一交手不到十分钟就败下阵来，着实让我心里很不好受。难道师父是我命里的克星？不仅技术上压着我，就连下棋这业余爱好也胜我几筹。照这样下去，不仅出徒没有指望，几年后想混个一官半职就更没希望了。

不下了，师父，我要去干活儿。我刚一转身，师父就没影了。我猜他肯定又像往常一样躲在车间的某一个角落监视我，我心里想。想着想着这活儿就实在干不下去了，于是我就大声喊了一声，师父，你出来吧，你这样盯着我，我实在不能集中精力把活儿干好。空旷的车间没有一点声音，接着我又大声喊，喊破了喉咙也没人应声。没准儿师父真走了，我这么想着就全然忘却了会有人监视我。

可是今晚的活儿实在是棘手，怎么干都不尽如人意，看着那些不合格的产品和一大堆废弃的材料，我的泪水不知不觉地就流了出来。怎么了，遇到难题了？师父冷不丁出现在我身边，吓了我一跳。我赶忙擦拭了一下眼泪，对师父说，其实我的悟性很差，可能要让你失望了。师父什么也没说，开动机器就干起活儿来。也别说，行家就是行家，师父干活不仅速度快，质量还高，废弃的材料也不多。师父大概干了十几分钟，说了一句接着干吧就走了。

尽管偌大的车间里又剩下我一个人，可今晚的感觉却与先前加班时大相径庭，我突然觉得干起活儿来顺手了。因为就在师父刚刚操作的那十几分钟时间里，我目不转睛地盯着他的手，看他怎么下料，怎么打磨，成品一出来简直就像一件件鬼斧神工的艺术品，不像我做出来的产品既粗糙还浪费材料。

下班了，我喊了一声师父，你出来吧，见没人答应我就走了。第二天一上班，刘全瞪着一双诧异的眼睛问我，这些产品都是你昨晚的功劳？我一看，好家伙，分明是师父没有走，我走了他继续做的。我正不知道该如何回答，师父过来了，招呼大家赶紧干活儿。我心想这师父的精力也太旺盛了吧，毕竟是该退休的人了，忙乎了大半宿第二天还准时来上班。

师父说今天有事要去办，让刘全给我们分好工，到月末了要加快进度，说完就走了。我们相互看看又四下瞅瞅，见车间里没什么动静。刘全甚至挨个角落去找也没看到师父的踪影，大家才算松了一口气。刘全说，今天师父不在我就是老大啊！你，刘全指着我说，先给我沏杯茶。我拿着刘全的杯子去开水房，不料师父从身边一把抢过杯子，然后就径直去了车间。

刘全正在和其他几位师兄神侃，没想到师父亲自给他送茶来了。大家一看立刻笑脸失色，各就其位开始工作，刘全没敢去接茶杯，狠狠地瞪了我一眼。整整一个上午，虽然师父放下杯子就走了，可大家都觉得师父就在旁边，谁也不敢偷懒，活儿干得又精细又认真，产量比往常要超出很多。

中午在餐厅吃饭，刘全坐在我身边偷着问我，是不是你到师父那儿告密去了，让我一大早在这些师弟面前丢脸？我赶忙说师兄冤枉啊，师父喜欢藏猫猫你又不是不知道，我去接水的时候师父还把我吓了一跳呢！量你也没这个胆子，否则等师父退休了没好日子过。刘全这是在警告我。

刘全你以后再敢欺负师弟们，信不信我把你扫地出门。我若是不要你了，哪个车间愿意收留你？没承想师父又是冷不丁出现在我们身边。我从心里暗暗佩服师父藏猫猫的功力，丝毫都不比他的技术和棋艺逊色。这个刘全，用师父的话说就是不成器，跟了师父这么多年，到现在还没有出徒。其实用师父的话说刘全还是很有天赋的，一些高难度的技术活儿对他来说看一眼就会，但他最大的毛病就是爱偷懒，耍小聪明不专心。所以，直到现在师父不点头，他都没有出徒。

下午一上班，师父把我们叫到一起，说上午去市里的另一家机械厂和一位技术能手交流了一下经验，使他在工艺革新方面受到了很大启示。说着，他就亲自操作机床给我们演练。哦，原来上午师父是取经去了，原来他也不是什么都会的圣人啊。我听到刘全在小声嘀咕，这小子，看来对师父有很大的不满啊。师父常说，容天下者成大事，看来这话用在刘全身上一点都不假。虽然之前我也因加班对师父有一些抵触情绪甚至是不理解，可昨晚和师父下完棋后我仔细思考了一番，师父是想让我在下棋中悟出一些道理，尽管我到现在还没有悟出来。

下班时师父还没开口，我就主动要求加班，师父点了点头。他一点头师兄们就高兴了，毕竟，他们都是有家室的人，不像我和师父，一老一少俩人都是光棍，自己吃饱了全家不饿。师父问我要不要再杀一盘，没想到师父很爱下棋，我说可以，但有个条件，必须把我输的原因指出来。师父说要下就下，不下就干活儿，该说的都和你说了，有些事情必须自己亲自去悟，正所谓实践出真知。

输棋的结果是必然的，但我就是不知道师父为什么下棋也爱藏猫猫。正当我准备进攻的时候，师父一个撒手铜就吃了我的帅。暂时我是没心思干活儿了，非得琢磨出个一二三来不可。师父说他先去睡一觉，让我早点干活儿，完事早点休息，明天的任务还重着呢。我绞尽脑汁想啊想啊，终于大彻大悟了。原来我输棋最大的原因就是过于冒进，不擅防守，这样一来就让师父有了可乘之机。

把这个道理折射到工作上，不也和下棋一样吗？因为冒进，总想着一口气把活儿干完，所以非但活儿没有干利索，还白白浪费了那么多原材料，用师父的话说那都是钱啊！怪不得厂里人最近都谣言要改制，看来改制也不失为一个激发工人积极性和创造性的好方法。

师父，你出来吧。我找不到师父就在车间里喊，我一喊师父就真的出来了。师父说不干活儿喊什么？我说你能不能把上午工艺革新的技术再演练一遍。师父说好好学啊，下个月要进行全厂技术大比武。我说不是去总厂吗，咋又改了，我还等着给你去夺奖杯呢！不是给我夺，是给你自己夺，再说了，去总厂是不可能了，在咱们厂别说夺冠，只要能拿个好的名次你就偷着乐吧。

湛影

师父今晚的话说得很深奥，我有些不理解。但照师父的脾性同样的话他决不会说两遍，就像他总教导我们产品一定要一次成型，否则材料就废了，材料废得越多，越说明这个人也是个废人了。厂里是不会养废人的，大家一定要用脑用心。

哎，大家都听说了吗？下个月全厂要举行技术大比武，能者上，庸者下，这一下来可能就得彻底回家了。因为据说改制的方案已经定了，第一步就是精兵简人，淘汰冗工。看来我们虽师出同门免不了要自相残杀了。第二天一上班刘全就对我们讲，与以往不同的是，这次他讲话不再像先前嬉皮笑脸，而是一本正经，说得就跟真的似的。

我突然明白了师父昨晚对我说的话，看来师父只对我一个人说了。所以刘全讲话时我只能装出一脸的诧异，好像自己很没底气，好像这次比武自己要被淘汰，一脸的失魂落魄。嗨，嗨，愣什么神呢？说你呢！刘全用手指着我说，你这工龄短的生瓜蛋子可要做好心理准备哦，若是和我分在一组，我可不会手下留情啊，我给你留情厂子里就不会留我，别怪我事先没和你说。

刘全正说着，车间主任召集大家开会，传达了厂子里要改制的文件，已经和总厂分离，实行股份制经营。主任重点强调了下个月的技术大比武，第一步精简掉三分之一的人员，以后每个月都要按工作量实行末位淘汰制，连续三个月完不成工作量就得下岗回家。这下厂子里可炸锅了，但炸锅归炸锅，大家还得面对现实。现在我们能做的就是临阵磨枪，不快也亮。

师父这段时间不再和我们藏猫猫了，而是一直陪着我们干活儿。对于这次革新工艺，我们学得都很认真，但学归学，做归做，把学来的东西运用到实践当中，还真要凭个人的悟性。有时工作累了，师父就问谁和他杀一盘。这时的徒弟们好像有些兵临城下军心大乱了，居然连将令也没人听了。总不能让师父难堪吧，于是我就硬着头皮陪师父杀一盘。师兄们忙得热火朝天，我和师父则杀得天昏地暗。

慢慢地，虽然我还胜不过师父，但不致很快就败下阵来。师父说，磨刀不误砍柴工，做什么事都要认真去悟。我也不知哪来的勇气，有些胆怯地问了师父一句，有一件事我真悟不透，师父能不能和我说句实话。

什么事？

最近那个女人怎么没来找你？

你小子别往歪处想啊，我这辈子就你师娘一个女人，有些事日后你会明白的，去干活儿吧。师父没有我担心中的那么生气，但一说起师娘他好像心里很难过。

是啊，师父找不找女人看似和我没关系，但我已经从心里把他当成了亲人。

正在我思绪混乱之时，母亲打来电话说她在市里的朋友给我介绍了个对象，让我抽时间见个面。我说真的没时间，过阵子再说吧，搞不好工作都没了，还找什么对象，男子汉大丈夫事业为重啊。母亲说那也好，她和媒人说一下。

紧张的全场技术大比武即将开始了，可是师父却突然去世了。那段时间师父因为没日没夜地陪我们练兵，体力严重透支了。师父这一走就像藏猫猫似的，说走就走了，我们根本就没有心理准备，谁也不能接受这个残酷的现实。可现实就是我们工作的时候多么渴望有一双眼睛还像先前一样监视我们，或者突然站出来训我们几句，想不到如今竟成了一种奢望。

比武那天，待我们参赛人员相继就位，我却情不自禁地喊了一声，师父，你出来吧。起先有其他车间的工人们哄笑，继而大家都一脸的沉默。要知道师父在全厂是有口皆碑的能人，给开发区宏兴机械厂立下了汗马功劳，追悼会上厂长念着悼词几次哽咽得都说不出话来。

评委让我尽快调整情绪，不要影响比赛，我这才缓过神来，知道师父已经走了。我之所以喊了一声师父，是因为心里没有底气。可真到比赛的时候，我却从心里感觉师父就在一边看着我。有他老人家看着我，我的信心就立刻增强了，不仅顺利通过了比赛，还获得了第三名的好成绩，而刘全却与我仅以一分之差屈居第四名被淘汰出局。送刘全走的时候我的心里很不是滋味，但刘全就是刘全，或许这也是他为什么会失败的原因。他居然对我说师父真偏心，看来这一年给你吃了不少偏饭。我不知该说什么，想起师父眼泪就哗哗地流了出来。

不久我就见到了曾经偷着和师父"约会"的那个中年女人，那个女人就是我的岳母。她是师父的中学同学，那段时间一直在向师父打听我的情况，譬如人品如何，工作表现怎样。想起之前我曾把师父当成自己命里的克星，真是惭愧至极，他老人家是我的贵人啊！记得新婚之夜我刚钻到被窝里就突然爬起来喊了一句，师父，你出来吧。妻子说你是不是想你师父想疯了，连做这种事都想着你师父。我说你懂啥，如果没有我师父，现在你还不定被谁搂着呢。

生孩子的时候妻子难产，妇产科的大夫向我征求意见是否进行剖腹产，我走进病房说了一句，师父，你出来吧，我的儿子就来到了人世了。那件事在医院里像个神话一样立刻传开了，甚至有人提议谁家女人难产就把我请去喊话。别人哪里知道，在手术室外焦急等待的时候，我的脑海里瞬间闪过这样一个念头，如果师父在天有灵，就请投胎到我家吧，不管生的是男孩还是女孩，我都会当作是师父在人世间温暖延续的影子，像他生前爱我一样，用我的生命去爱这个孩子。

家族荣誉

济民死了，他的妻子在电话中哽咽地告诉我。

什么时候的事？我的天，昨晚我们一起吃饭时不还好好的吗？我实在不敢相信自己的耳朵，甚至认为济民的妻子是在搞恶作剧。可今天又不是愚人节，即便是愚人节，谁的妻子会和老公的朋友开这种玩笑。

你快过来吧，我有些支撑不住了。济民的妻子话还没说完，电话就突然挂断了。喂，喂，你得告诉我你在哪儿啊？我赶忙回拨过去，电话却打不通，可能是手机没电了。

十万火急，我的第六感已经告诉我这不是恶作剧也不是玩笑，而是济民家真的出了大事。我风风火火赶到济民家，家里没人，按理说，这个时间济民应该在上班。我又迅速赶到济民工作的医院。医院里已经乱作一团，幸亏我比警车先到了一步，才没有被挡在警戒线外。

在医院的太平间里，一张被鲜血浸透的白床单，像一张鲜艳的红布把济民整个人都遮住了。济民的同事们怕吓着我不让我看，若是那里躺着的是别人，从小就胆小如鼠的我绝不敢上前去看。可那天我不知道哪来的那么大胆量，冲上去就掀开了血红的床单。

我只是想确认一下那不是济民，可那个躺着的人偏偏就是济民。济民，我的好大哥，你怎么就走得这么急，怎么忍心撇下你的好兄弟？我在济民的尸体前一顿号啕大哭。几分钟后，我才看到济民的妻子面色苍白地蜷缩在墙角，身体软得就像一团棉花，扶都扶不起来，两只手不停地哆嗦，屁股底下全是尿液。

我把她抱到一处干净的地方，两眼发直的她突然大声哭了起来，一边哭，一边无力地捶打我的肩膀，问我怎么才来。我的泪水哗地又流了出来，我知道她心中万分难过，知道她当时有多么无助，因为在这座城市，我是她和济民唯一的亲人。大约休息了半个小时，我陪着她一起上了警车去了刑警队。

到了刑警队，我才从警察口中知道了济民的死因。原来是因为一起医疗事故，患者家属情绪失控，在济民的办公室里用刀捅死了济民。这些年，关于医患矛盾上升到患者家属杀死医生的案例，在新闻报道里可谓屡见不鲜。没想到这种血淋淋的案例，有一天突然就离我这么近，而且是发生在我最要好的朋友济民身上。

想起济民一家三代人的不幸，仿佛这个家族中了某种魔咒，到头来连济民也难逃厄运。济民的父亲和祖父如果在天有灵，我想他们在九泉之下一定不会瞑目的。不，即使济民没有这么凄惨地死去，我想他的父亲和祖父在九泉之下也一直没有瞑目。

从我记事起，济民的父亲就是我们当地的名人。说他是名人，其实他非官非商，而是一位医术高超的乡村赤脚医生。在二十世纪八十年代的农村，哪个村都有两三个赤脚医生。虽然同样都是赤脚医生，别的医生行医种地两不误，济民的父亲却一年四季忙得要命，刚刚给张家打完针，那边李家又在等着接生。春种秋收时，若不是乡亲们集体义务帮忙，他家的地里恐怕早就成了野草滩了。

济民的父亲不仅医术高，关键是心眼儿还好，乡亲们义务帮他家种地、收割庄稼，其实是念着他的好，都是怀着一颗感恩的心自愿帮忙的。可济民的父亲却不这么认为，他说自己给乡亲们瞧病都是收费的，因为药品都有成本，他也没有能力给乡亲们免费瞧病。既然收了费，乡亲们就不欠他的，倒是他，总觉得欠乡亲们的，因此就尽量少收费，家里的日子过得去就行。他总说一个医生要想靠给人瞧病发大财，那就医德沦丧了，就不配"白衣天使"这个称号了。

济民的父亲越是这样，找他瞧病的人就越多，尤其是那些外村的人，放着本村的医生不找，偏偏跑到我们村找济民的父亲瞧病。这样一来，那些感觉被抢了饭碗的医生们就不免心生嫉妒了，有的人公开在街上骂济民的父亲，说他为人太贪婪，和同行搞恶意竞争。还有人说济民的父亲那副好人相是装出来的，披着一张伪善的外衣在肆意敛财。

大凡这种时候，乡亲们没人和他们接话，偶尔有人看不惯，替济民的父亲打抱不平，就朝着那些医生吐口唾沫。我呸！自己没本事还整天嫉妒别人，老子就是病死也不会找你们瞧病！

因为自小我就和济民要好，因此我家若是找济民的父亲瞧病，基本就收个成本费。且不说济民的父亲不会多收，真要多收了济民都不干，一定会朝他的父亲噘起小嘴，半天都不说上一句话。

这俩孩子好得就像亲哥儿俩一样，哪天我若是累死了，你们就把济民当成自己的儿子养吧。有一天济民的父亲给我母亲瞧病时，突然就对我的父母冒出了这么一句话。虽然乍听起来像句玩笑话，可济民的父亲说话时感觉很认真。也难怪他这么说，济民的父亲从我家走后，我的父亲感慨地说，他若是一直这么累下去，身体真会早早累垮的。

虽然我的父母当时对济民的父亲说，你可不能累垮了，你得活一百岁，乡亲们有了病还都指着你这妙手回春的活菩萨拯救呢！倒是我们这些没本事的庄户人，早走晚走都像一株秋草，一把火，风一吹，给这个世界什么也留不下，而你这做医生的却能给乡亲们留个好念想。

本以为一句玩笑话一说就过去了，可济民的父亲却当真了，等他再到我家瞧病，说什么也不肯收费。这天底下哪有免费给人瞧病的。况且你自己也不富裕，少收我们就已经感恩戴德了，哪还能让你贴着钱瞧病？没有这样的道理，我的父母不接受这个现实。若是这样，以后还咋找你瞧病啊？

该咋找就咋找，济民的父亲说，都是一家人，还收什么费，你听说过给自家人瞧病还收费的吗？济民的父亲这么一说，我的父母才恍然大悟，原来济民的父亲是有意让济民成为我父母的干儿子。

难道他自己患了什么病吗？怎么感觉像是在提前安排后事，可他是医生啊，何况身子板看上去还这么硬朗，哪像个有病的人？我的父亲就开始猜测。医生吃的也是五谷杂粮，也是肉体凡胎，哪有不得病的。我的母亲说。整整一宿，我的父母都没有睡觉，天亮了也没猜出个子丑寅卯。

济民没有娘，也不能说没有娘，而是没有母爱。他娘生完他就死了，因为死得太突然，尽管家中守着个医生，到死也不知道是什么病。但那件事并未影响济民父亲的声誉。一个乡村赤脚医生，不是太上老君，他的药箱子里没有能让人起死回生的仙丹，况且有些病人连县医院都不收了，却被济民的父亲用偏方给治好了。无论如何，作为一个乡村医生，济民的父亲还是值得乡亲们信赖的。

其实，别看济民的父亲行的是西医，他的中医医术丝毫都不比西医逊色，甚至还要略高一筹，只是对于一般的感冒发烧来说，西医的诊疗效果要比中医见效快，中医治病就渐渐被弱化了。如果是一些慢性病，譬如久咳不愈的慢性咽炎，济民的父亲都会用中医来诊治。

或许有人要问了，这济民的父亲到底是中医还是西医？一个乡村赤脚医生，难道还是个中西医结合的复合型人才？说来话长，济民的祖父在中华人民共和国成立前曾经是我们这里方圆几十里甚至上百里都知名的中医高手，被乡亲们尊称为"医仙"。据说他给八路军瞧过病，出诊半个月救活了一个连的伤员，被乡亲们传得神乎其神。

有一年，一支国民党军队临时驻扎在我们这里，听闻济民的祖父曾经救治过八路军伤员，就派兵押来审问。济民的祖父说，伤员我的确是救过，因为我是个医生，救死扶伤是我的职责。但我不知道救的是这个军还是那个军，我只记得他们有的穿着灰军装，有的穿着绿军装，都是中国人，是联合起来打日本鬼子的，你说我能见死不救吗？

国民党军官一听，哦，明白了，原来在国共合作时期他还救过咱国民党的伤员。军官立刻下令放人，并且郑重地向济民的祖父敬了个军礼，一是致歉，二是致敬。那件事过后，济民的祖父就更是名声大噪了。

再名声大噪，济民的祖父依然还是一介草民，仅仅是深受百姓的爱戴。1948 年夏季的一天，地主恶霸赵有财家的狗突然患病，派家丁请济民的祖父前去医治。济民的祖父说，我是给人瞧病的，不给狗瞧病。赵有财说，我家的狗比你们贱民的命还值钱，赶紧给我医治，否则就别想走出我家大门。

赵有财说完派人从堂屋抬出太师椅，他坐在院子里喝着茶水，非要现场看济民的祖父给他家的狗治病。济民的祖父开出一剂药方，赵有财派人抓药、煎药、喂服。谁知没服药前狗还有口热乎气儿，服完药立刻就四蹄一抽狗命呜呼了。赵有财腾地从太师椅上跳了起来，一手砸碎了茶盏，另一只手照着济民的祖父就是一记响亮的耳光。给我打！赵有财一声令下，家丁就蜂拥而上，朝着济民的祖父一顿拳打脚踢。

等赵有财的家丁把济民的祖父扔回家门口，济民的祖父已经奄奄一息了。临死之前，济民的祖父把五个儿子叫到身边，对他们说一定要把医术传承下去。按照家谱记载，济民祖父的祖父曾经是满清宫廷的太医，那是他们家族最大的荣耀。济民的祖父让五个儿子一定要捍卫这份荣誉。

那时济民的父亲尚且年幼，济民的祖父临死前说的那番话根本就没有记住，或者说根本就没听懂。济民的父亲十岁时听济民的祖母时常感叹，四个大儿子宁可种地谁也不肯从医，家中的医术怕是要失传了。尤其是，当济民的父亲从济民的祖母口中得知，当年地主恶霸赵有财家的狗，是济民的祖父故意治死的，济民的父亲才知道济民的祖父干了一件多么了不起的大事。

原来，赵有财家的那条恶狗成天伤人，谁家还不起租子赵有财就放狗咬人。这家被狗咬的人济民的祖父还没有治好，那家的人就又被狗咬了。几年下来，那条恶狗不知咬死了多少无辜的百姓，咬伤的人更是不计其数。那天给赵有财家的恶狗治病，济民的祖父心一横，真是苍天有眼，打不死它就治死它，于是开了一剂毒药方，就把那条恶狗故意治死了。治死了恶狗，济民的祖父也招来了惨祸，为了百姓的平安，他不下地狱谁下地狱。

济民的祖母多年来耳濡目染也懂得了不少医术，从此，济民的父亲就在济民祖母的辅导下刻苦研读济民的祖父留下来的医书。到济民的父亲十八岁成年时，已经成了我们当地小有名气的中医。没多久，地区举办农村赤脚医生培训班，济民的父亲经村、乡、县三级政府部门推荐上了培训班，半年后就转行成了西医，对中医从此慢慢冷落下来。据说济民的祖母去世时，千叮咛万嘱咐让济民的父亲不要把中医丢弃了，誓死也要捍卫家族荣誉，一定要把家族的中医医术发扬光大。

有了西医，中医自然不再是"香饽饽"。尽管如此，济民的父亲依旧能恪守祖训，白天给乡亲们用西医瞧病，晚上回家再温习中医学。济民出生以后，因为母亲早逝，济民的父亲就更劳累了。白天都是隔壁邻居帮忙照看济民，晚上济民的父亲是又当爹来又当娘。

我从小就和济民十分投缘，济民的父亲忙着给乡亲们瞧病，经常没有时间回家做饭，我就带济民到我家吃饭。时间一长，其实就连我的父母也感觉济民成了我们家的一员，因此济民的父亲才会以近乎祈求的口气，说万一哪天他累死了，就让我的父母把济民当自己的儿子养。

或许是因为家庭环境的熏陶，济民十多岁时就懂得了不少医学知识，会了一些简单的伤口包扎等处理方法。在济民的父亲忙不过来时，济民就成了父亲最好的助手。乡亲们都说，济民长大了一定和他父亲一样，是个行医的好苗子。但济民的理想不是当一名乡村赤脚医生，而是当一名内科大夫。

说起济民的理想，就不得不说起济民的父亲所经历的那场医疗事故。一天晚上，随着一阵急促的敲门声响起，邻村的一位乡亲火急火燎地来找济民的父亲去给他妻子瞧病。济民的父亲去了一看，立刻说赶紧送县医院吧，晚了恐怕有生命危险。谁知那男人说家里没那么多钱送妻子到县医院治疗，跪在地上磕头如捣蒜，非要央求济民的父亲给治疗。

尽管济民的父亲一再说自己医术有限，而且病人需要手术，他又不是内科大夫，即使治了也没有胜算，可那男人说治不好决不会怪罪济民的父亲，于是济民的父亲就给治了。这一治，真的把病人给治死了。就像当年济民的祖父给地主恶霸赵有财家的狗治病，不治还有口热乎气儿，一治反而加速了狗的死亡。

湛影

济民的父亲把人给治死了。第二天，这件事在十里八村就像肆虐的洪水般被传得沸沸扬扬。因为一起医疗事故，仿佛就在一夜之间，济民的父亲突然名誉扫地。这下，那帮不学无术的赤脚医生可幸灾乐祸了。看到了吧，早说济民的父亲那副好人相是装出来的，为了挣钱不择手段，居然拿乡亲们的命开玩笑，人家病人的家属要把病人送县医院做手术，可济民的父亲就是拦着不让。人们开始以讹传讹，传着传着版本就变了。总之，在传言时常被当作真理的农村，济民的父亲为了挣钱把人治死仿佛已经成了一个铁定的事实了。

因为有村干部出面调解，对方没有把济民的父亲告上法庭，而是私了解决了。解决的结果是，济民的父亲多年来行医挣下的仅有的一点积蓄全都给人做了赔偿。从那次医疗事故以后，济民家一下就门庭冷落了，再没有人敢找济民的父亲瞧病。有一段时间，为了避嫌，就连我的父母也不让我和济民一起玩耍。

可我才不管那一套呢！济民和我说过，他的父亲是被人冤枉的。那件事过去没多久，济民家有一个生活在死者那个村的亲戚偷着跑来告诉济民的父亲，说死者其实早已经被县医院诊断患了绝症，就算天王老子来也救不了她，没想到她的男人居然给济民的父亲下了个圈套，拿一个活死人讹了一笔钱，真是丧尽天良了。亲戚让济民的父亲去派出所报案，把赔偿的钱讨回来。谁知济民的父亲摆摆手，一副自认倒霉的样子说，他家死了人已经够可怜了，算了，不讨了，不管怎么说，病人确实是死在我手里的，我有责任，给人赔了钱，我这心里也好受些。

我信济民的话，济民和他父亲一样，也是个老实人，从来不撒谎。就算是为了给他父亲鸣不平，济民也不致会编出这种谎言骗我。更何况，骗我又有什么用，十里八村的乡亲们都信了，仅靠我一张毛还没长全、说话不具任何公信力的嘴，就能把济民的父亲一落千丈的好形象给找回来吗？

因为突然没有了病人，济民的父亲就像一只笼中困兽，成天赋闲在家很不习惯。地里的农活他也不会摆弄，乡亲们也没人再肯帮忙，见了他就像躲瘟疫一样，唯恐避之不及。时间一长，济民的父亲就患上了忧郁症，不久就睁着一双铜铃大的眼睛躺在炕上抑郁而终了。

唉，年纪轻轻的，没有累垮却这么憋屈着走了，我的父母感叹地说。可是同情归同情，我的父母却不肯接纳济民到我家生活，原因是，一来当初他们并没有答应济民的父亲生前的祈求，把济民当自己的儿子养，二来济民家名声不好，我的父母怕被乡亲们说闲话。既然父母不同意济民到我家生活，我索性就搬到了济民家和济民作伴。济民一到夜里就想父亲，想起父亲就不敢睡觉。

夜里躺在济民家的炕上，其实我的心里也很害怕，好在我和济民能给彼此壮胆。济民说，他长大了一定要当一名内科大夫，救活更多的人。我劝济民最好别再做当医生的梦了，你看看你祖父还有你父亲，到头来都落得个什么下场。济民说，其实那个女人并不是没有存活的希望，她的病也并非那种天王老子来了也救不活的绝症，而是因为县医院没有好的内科大夫，否则，那个女人就不会死了。她若活着，自己的父亲也会平安无事，现在依旧每天乐呵呵地在给乡亲们瞧病。

我问济民，想当医生是不是因为想继续捍卫家族荣誉？就算是你的祖上当过什么满清宫廷的太医，那又怎么样？当年国民党的大官还给你祖父敬过军礼呢，还被人奉为医仙呢，那又怎么样？谁能拿他当神仙供着，终究还是草民一个。用地主恶霸赵有财的话说，穷人的一条贱命还不如他家的一条狗金贵。

现在是新社会，济民说，那种事再也不会发生了。唉，我们家的中医医术到我这一代算是彻底丢弃了，但我如果能把西医学好，也算是给家族争得了荣誉。就这样，考大学时，济民义无反顾地报考了医学院校，并顺利取得了大学录取通知书。

考上大学是件好事，可学费从哪里来呢？我的父母见济民有出息了，就主动答应供济民上大学，还高高兴兴地认济民做了干儿子。济民大学毕业后准备到这座城市的人民医院。参加工作那天，我的父母对济民说，济民将来可不能亏待了你弟啊，虽然你弟没考上大学，但我们把给他娶媳妇的钱都花在你身上了。我对父母说你们这是说的哪门子话？济民说我知道。

济民参加工作三年后，有了一点积蓄后就把我接到了这座城市，通过朋友介绍给我找了一份比较安逸挣钱也不算少的工作。我从心里感激济民，但济民总说他这辈子欠我的，欠我父母的。济民几次央求要把我的父母也接到这座城市一起生活，我的父母说在农村待习惯了，不愿到城市生活，你只要把你弟照顾好就行。济民结婚的时候，我的父母作为家长和亲家见了面。济民的妻子老家远在甘肃，因此我就成了他们两口子在这座城市唯一的亲人。

现在，济民走了，走的是那么突然，所有人都接受不了，他的同事、朋友，包括远在千里之外的我的父母和济民的岳父岳母。凶手已经归案，在刑警队跪在济民的妻子面前不住地忏悔。济民的妻子目光呆滞，一句话也没有说。虽然是在刑警队，按理说她应该冷不防扑上去，照着凶手的脸扇上几个耳光，或者骂几句解解心中的怨气，可她却出奇地冷静，冷静得近乎神经麻木。

处理完济民的后事，我对济民的妻子说，要么我们一家三口到你家住一段时间，要么你就和孩子搬来我家住，你选择吧。济民的妻子说，你们不用来，我也不会去，不用担心，我能挺住，我要把孩子照顾好，长大了像他爸爸一样做个好人。

　　教导孩子做个好人没错，等将来孩子考大学时，可千万别再选择做医生了。你看看济民这一家三代，个个都是德艺双馨的医生。却个个都没落得个好下场！我不知道自己为什么这么激动，或许是因为当年没有拦住济民从医，我再也不能眼睁睁地看着济民的孩子也去重蹈这个家族的覆辙了。

　　不，我会让孩子成为一名好医生，济民的妻子对我说。我说你是不是被济民的死吓疯了，就因为他家的祖上当过什么满清宫廷的狗屁太医，就得让后辈儿孙们一代代用厄运去捍卫家族的狗屁荣誉吗？谁知济民的妻子却说，你错了，因为你没有生在这个家族，所以并不真正了解这个家族。济民，济民的父亲，还有济民的祖父，其实他们行医不是在捍卫家族荣誉，而是因为他们都有一颗济世的仁心。

最后的尊严

有那么一段时间，我经常到海边去画画。海边有一片滩涂，整天有成群的海鸥飞来飞去，场面极其壮观。那时沿海滩涂还没有被政府保护起来，因此也就没有生态湿地这个概念。

　　待我出国半年后再次回到那片海边，发现滩涂边居然建起了一座工厂。因为工厂机器的作业声太大，所以滩涂里已经见不到海鸥了。

　　真他妈一只傻鸟！正当我因为无心画画我正要转身离开时，突然发现不知从哪儿飞来的一只海鸥从高空俯冲下来，一头扎到了滩涂的淤泥里，屁股朝天，就那么死去了。当我把这个故事讲给王锁听时，王锁的脸上竟然毫无表情，只是用一双眼睛直勾勾地看着我。我说这个故事不好听吗，王锁说你在那片滩涂里生活过吗？我摇摇头，他也摇摇头，好像我们同时吃了摇头丸，一对儿精神病。

　　王锁就是那家工厂的工人，租住在我家对门。我出国期间，作为建厂的第一批工人他一直住在工地。我回国后，他们厂子也正式投产运营了。因为职工宿舍还没建好，所有的工人就都租住在工厂附近。

记得第一次与王锁见面时，我说了句欢迎新邻居，他说厂子里给报销房租。言外之意，一是他们厂子很有钱，二是他在这里住不长。有钱没钱，住长住短，其实这些都不关我屁事，我只是出于礼貌和他打声招呼，谁知他却扯起了房租，他租的又不是我家的房子，谁出房租更不关我屁事。

一看就是俗人，用他们东北话说，连句嗑都不会唠，以后还谈什么能好好相处，就像一只猫问一条狗，你有《时间简史》吗？狗说，我有时间也不会去捡屎。如果说我是那只猫，王锁就是那条没有文化的狗。好歹，我也是个在我们这座海滨城市小有名气的画家，何况还喝过半年的洋墨水儿。王锁呢，说白了就是一个整天只知道与机器打交道的普通工人，我敢断定，他没上过几天学。

我的断定一点没错。王锁初中没上完就辍学了，之后在"家里蹲"大学进修了几年农活专业，连结业证都没拿上就当兵去了。当兵转业后，分配到了东北一家机械制造厂当工人。不久工厂向外省扩张，王锁作为第一批建厂工人来到了我们这座沿海城市。这些都是后来王锁告诉我的，让我没有预料到的是，我们居然成了很要好的朋友。当然，如果没有成为朋友，这些事我也就一无所知了。

话说有一天我正在家画画，突然有人咚咚地敲门。开门一看是住在对门的王锁。我一开门，身材瘦小的王锁就像一阵风溜了进来，问我有方便面吗，借一袋儿。我说厨房灶台上有，自己拿吧。王锁说，兄弟索性把锅灶也借我吧，天天吃食堂，工作连轴转累得要死，家里一直没有时间置办锅灶。家里？你不是临时租住的吗？我这么一问，王锁赶忙说这房子可能得租上几年，老婆孩子来了总不能住集体宿舍去吧，多不方便，等过几年厂里再建起家属楼就会搬走。

我说住集体宿舍是不方便，那你老婆孩子呢，咋没一起跟来？老婆恋家，不愿离开总厂，孩子上初中，学业正是要紧的时候，怕转来人生地不熟影响了学业，再说了，我也没时间照顾她，还是跟着她妈好。对了，弟妹呢？我都住这儿一个多月了，也没见过弟妹的影子，兄弟这搞艺术的不会还没结婚吧。

我说早结了，老婆在国外进修，我一回来她就走了，孩子在他姥姥家，我一周过去看一次。怪不得呢！王锁一边吸溜着方便面，一边有些惊讶地说，看来你们俩口子都是文化人，不像我们俩口子，初中都没毕业，没文化。我是当兵转业进了工厂，我老婆是接替了他父亲的工作进厂，不然的话，现在我们都在修理地球呢。

方便面味儿一飘出来，我的肚子也饿了，冰箱里有熟食，我问王锁会喝酒吗？王锁一听笑嘻嘻地说，兄弟真是热心肠，有一袋儿方便面我就已经感恩戴德了，居然还有酒喝，当然是客随主便，恭敬不如从命了。没想到，一个自称没文化的工人，说起话来还一套套的。

都说酒是拉近人类友谊最好的介质，看来这话自有它的道理，否则，中华民族的酒文化史怎么能与五千年文明史等长呢？一杯酒下肚，我们就彼此打开了话匣子。没想到，喝了酒的王锁比没喝酒时话还要多，他说三句，我只能见缝插针地说上一句。王锁先是和我讲他小时候怎么淘气，又讲他因为家里穷才早早辍学。当他讲到当兵的历史时，我终于又插上了一句，大哥，看你这讲话的水平，可不像个初中没毕业的啊。

谁知王锁立刻严肃起来，先是放下右手的酒杯，使劲拍了拍胸脯，接着五根手指在餐桌上来回一挠。兄弟，哥真的是半拉子初中文化，骗你是王八犊子，其实傻子都知道，学历这东西是骗不了人的，我就算花钱买个名牌大学的假毕业证，有个鸟用？没吃过猪肉的人，就算说个天花乱坠，也永远描述不出猪肉的味道，就像你这西洋画。王锁说着左手一指我画架上快完成的一幅油画说，兄弟你如果没有十五年的功夫，是绝对画不出这个水平的。

呵，这王锁还真是神了，我掐指一算，初中三年，高中三年，本科四年，在一所大学的艺术系执教五年，加起来正好十五年。没想到哥还是个鉴赏油画的行家啊？你不是工厂的工人吗？怎么还懂油画呢？嘿，王锁眼睛一眯，一脸的诡笑。兄弟，不瞒你说，别看哥学历不高，但写得一手好字，当兵的时候，首长发现了我这个专长，就让我做了部队的宣传干事，还把我送到一所美术学院进修了半年。半年的时间正经本事没学到，我成天光盯着操场上那些漂亮的女大学生画油画了，所以，哥对这油画也就略知一二。

那进了工厂为啥不接着干宣传了呢？省得成天流汗干技术活卖苦力。既然王锁有这本事，我对他每天下班一身臭汗，累得气喘吁吁地回来的选择当然不解。兄弟有所不知，一说到这儿仿佛说到了王锁的痛处。工厂不像政府部门，干宣传没啥出息，一辈子都是在给别人做嫁衣裳。厂长当上人大代表没咱的份儿，同事评上劳模没咱的份儿，还不如当个工人学点儿技术，且不说哪天劳模的光环没准儿也能罩到咱的身上，万一哪天厂子倒闭了，咱有谋生的本事啊。

你们厂子效益不是很好吗，否则也不会把分厂建到这里啊？那当然啦，一提到这个话题，王锁的脸上立刻流露出掩饰不住的自豪感。知道吗，兄弟，国家现在发展得这么快，不知有多少机器零件都是我亲手制造的呢！不过，王锁的脸色很快又黯淡下来。分厂目前看效益是不错，谁知道以后发展得会咋样？其实兄弟不瞒你说，建这分厂的决定职代会根本就没通过，是总厂领导强行决定的，因为职工都担心万一分厂效益上不去，总厂就得拿钱擦屁股被拖垮。毕竟，建分厂人财物投入太大了。对职工来说，退休前厂子能一直保持良好运转，就算烧高香了。你不知道，在俺们那疙瘩，老多先前效益不错的工厂，这一两年不少都倒闭了。所以，建这分厂，等于把总厂职工的命都赌上了。

说到这里，王锁叹了口气。不说了，兄弟，今天太麻烦你了，改天工作不忙了哥请你好好喝几杯，到时咱再……咱再……接着唠。王锁边说边打着饱嗝回家了。他这一走，我突然觉得心里空荡荡的。其实我们只是住对门，今天一起喝了一次酒，彼此还不熟悉，但感觉又像是深交了多年的好朋友。人的性情有时真难掌控，想起第一次见到王锁，其实我从心里有些瞧不起他。一身蓝色的工作服，衣服上满是机器的油渍，散发着一种呛鼻的气味，与我的油画颜料味道比起来，简直让人难以忍受。第一次听他说话就让我很不舒服，像个土包子，没品位。

可今天的王锁却与之前判若两人，让我的心里突然生发出了一种说不清道不明的敬重之情。要知道，长这么大，除了我大学时的几位老师，自命不凡的我，是很少对别人生发出敬重之情的，何况还是一个看上去没文化，土得掉渣的普通工人。都说独学而无友则孤陋而寡闻，看来，对于工人这个群体，我的目光和心胸都太偏执太狭隘了。

想到这里，我的脑海里迅疾闪过这样一个念头，我突然很想知道王锁工厂里究竟是一种怎样的场景，工作时的王锁又是怎样一种让我难以想象的状态。看他的样子，好像很幸福，那么工作时他也一定很幸福，那种幸福，是我所体会不到的。如果我能把他幸福的工作状态用油画的形式表现出来，画一组工业题材的油画作品，说不定还会拿奖呢。毕竟，工业题材的油画作品在国内可谓凤毛麟角，一般人是不敢轻易涉猎的，那我就做这二般人了。

那段时间，系里为了让我备战全国美展，整学期都没有给我排课，这样一来，我就可以专心在家创作了。或许是因为那晚太兴奋了，以至于前半夜翻来覆去睡不着，睡着后一觉就睡到了第二天中午。从中午到晚上，只觉得时间过得好漫长，手中的画笔也不听使唤，满脑子都是假想中工厂的画面。终于等到了王锁下班回来，我赶紧把他请进屋来，且向王锁说明了自己的想法，请他帮帮忙带我到他们厂子看一看，没想到他很爽快地就答应了。

又是一个不眠之夜。人心一旦装满了欲望，一晚上不睡觉都有精神头。我跟着王锁到了工厂，刚到大门口就被拦住了。门卫问王锁来客是谁，王锁说是北京来的记者，替厂里做宣传的，然后冲我一眨眼，让我把记者证拿出来给门卫看看。好在路上我们已经演习了一遍，于是我赶紧掏兜，浑身的衣兜都翻遍了，就是找不到记者证。我突然对

湛影

王锁说，昨天晚上你不还看过我的记者证吗？是不是落在你家里了？王锁一听立刻拍了下脑门，哎哟妈呀，瞧我这记性！兄弟，要不这样吧，王锁对年轻的门卫说，你让记者先进去，我回家去拿记者证。门卫一听说算了吧，哪家媒体的，登记一下。

我随便写了一家全世界都不存在的媒体，然后堂而皇之地以记者的身份进了工厂。厂区真大，王锁边走边给我作介绍。这边是生产区，那边是办公区，这边是制造车间，那边是成品库。为了不穿帮，王锁又特意嘱咐了我一遍，最多二十分钟的时间，抓紧时间拍照，等厂领导来视察，想跑也跑不了了。领导的脑瓜灵着呢，绝不是吃素长大的。我说知道，按照路上商量好的计划，我只拍制造车间一线工人在机床上操作的工作场景。至于从进工厂大门到走出工厂，走哪条路最近，快走需要几分钟，这些都已经滚瓜烂熟地装在王锁脑子里，所有的路线早就已经被他设计好了。

进了制造车间，有工人问王锁这是谁啊，王锁还是那一套骗门卫的鬼话：是北京来的记者，替厂里做宣传的。工人一听是记者尤其还是北京来的，也不敢多问就忙着干活儿去了。在王锁的指引下，我几乎是边走边迅速按下照相机的快门，感觉自己就像个小偷，以至于双手还不停地哆嗦。幸亏专心作业的工人们没人抬头，尽管我露出了马脚也没有被人发现。

好一场紧张的工厂之行，早知道跟做贼似的，我也就打消去工厂的念头了。王锁说，哪家工厂都有保密制度，严格限制外来人员进入，尤其是像制造车间这样的核心重地。那你还敢带我进去，这不是违反工厂的保密制度吗？我有些不解。你不就是个画画的吗？记住在画的时候处理一下，不要太写实了，否则作品一展出来，奖没拿上却先吃上官司了。我说明白，今天真是谢谢哥了。王锁说谢啥，你要能获了奖也算给我们青史留名了，你最好能获个国际大奖，让全世界的人都能知道中国的机械制造工人究竟有多牛。

照片洗出来后，我才发现里边没有王锁。想想也是，如果王锁在机床上工作，我又怎能进得去呢？王锁好像是故意不置办锅灶，知道我欠了他很大一份人情，又来我家找饭吃。他看了看照片，说拍得不错，并说画完了一定要记得销毁这些照片。一杯酒下肚，王锁哈哈一乐，说厂领导今天找他了，问谁允许他私自带记者进工厂的。他说是在上班路上遇到记者的，记者自称是厂领导的朋友，于是就带进去了。厂领导说他撒谎，王锁说他已经不干宣传了，有什么理由带记者进厂。厂领导一听有道理，只好说了句下不为例就算不了了之了。

你是不是早就知道厂领导会这么问你？我问王锁。王锁说违反了保密制度可是要被开除的，这回你知道哥为了你冒了多大的风险吧。不过，虽然哥不是官，这脑瓜子也不是完全吃素长大的。哥要是厂领导，别说你想进去，连只苍蝇都飞不进去。其实啊，厂子里有漏洞的地方太多了，只是没必要和你这个外人——细说。

那你为什么不向厂领导提建议，没准儿领导还会重用你呢。重用个屁，王锁一仰脖把酒喝光，又把空酒杯往桌上一掷，示意我满上，接着说，有些漏洞其实都是人为的，厂领导眼不瞎耳不聋哪能不知道？比如说，普通工人不能随便带人进厂，但到了领导那儿保密制度就不好使了，知道为啥吗？我摇摇头。兄弟我看你是读书太多把脑子读傻了吧，如果没有那些人为的漏洞，领导靠什么发横财？就在刚才下班时，我还看到一辆车拉着一车成品出厂了。我这么说，你明白了吗？让我去向领导建议，这不是断领导的财路吗？

难怪现在许多工厂都不景气，电视上、报纸上，成天报道昨天那家工厂倒闭了，今天这家工厂又停产了，原来是这些工厂里养着硕鼠啊。一想到这里，我禁不住为王锁担心起来，你们厂子，不会也倒闭吧？倒闭只是早晚的事，照这么下去，估计很快。或许是因为提前就有了心理准备，王锁说得很坦然。难怪他放着清闲的宣传工作不干，偏要自讨苦吃到生产一线去当技术工人，看来他的选择是对的。

之后三个多月的时间，我足不出户潜心在家创作，也没时间到岳母家去看孩子，反而是每个周末岳母带着孩子来看我，顺便给我带足一周的口粮。我之所以对工业题材的油画创作那么痴迷，一是获奖心切，这么多年蛰伏在这座小小的海滨城市里的一所发展前景并不乐观的专科院校艺术系，太需要一次获奖来证明自己的实力了；二是既然系领导这么照顾我，即便获不了奖，拿出来的作品也得对得起这一个学期的长假；三是王锁冒了那么大的风险，好容易带我到他们工厂拍到了这些有价值的照片，我也不能辜负他的这份哥们儿义气。

果然，功夫不负有心人，我的作品不仅在全国美展中获了奖，北京一所高校的艺术学院居然要高薪挖走我。我和老婆通了电话商量，一是考虑到自己将来的发展有更大的空间，二是孩子从此有了北京户口，将来考大学有优势。我说，我想去，老婆说，去吧，人往高处走嘛，这么多年付出了这么大的努力，不就为了这一天吗？

临去北京之前，王锁终于兑现了他要请我喝酒的承诺，也算是给我饯行吧。酒过三巡，王锁突然问我，兄弟你现在发达了，将来可能会更发达，是不是这一走再也不回来了？我说不会，我岳父岳母还在这里呢，况且我的房子也不卖，等寒暑假还会回来住上一段时间。王锁说那你到时还认得哥不？我说哥说的这是哪门子话，没有哥帮我搞到那么珍贵的照片，兄弟哪有今天这出头之日啊？哥就是我命里一辈子的贵人，到死我也不会忘记哥。

那一晚，我和王锁都醉了，可能他喝得太多了，以至于第二天都没有送我。最初到北京工作的那几年，时不时我会打个电话问候他一下，后来随着我当上专业长、副院长，工作一忙，就很少和王锁联系了。当初我说是寒暑假会回去，可一放假孩子就会参加各种补习班，而我也不想因为工作荒废了创作，只能靠寒暑假来给自己补课了。

一晃十年过去了，因为参加一个学术会议再次回到这座海滨城市。当我想回家看看顺便看看王锁，一直在给我们看房子的岳母说，王锁后来住了不到一年就搬走了，至于搬哪儿了，不清楚。这个王锁，早些年通电话时，他从没有告诉我他已经搬走了，当初他说为了老婆孩子来了方便，要在这里住上几年呢。

跑得了和尚跑不了庙啊，干脆去厂子里找他吧。这时已是深秋，远远地，从工厂的围栏外，就能看到偌大的厂区里蒿草长得有一人多高。怎么回事？我有些纳闷，感觉厂子里死气沉沉的，听不到机器的轰鸣声，简直静得要死。待我走到大门口，有个人一瘸一拐地走了出来。乍一看我没认出是王锁，因为我根本想不到原本就瘦弱的王锁居然瘦得只剩下一堆皮包骨。可眼前的这个人的的确确就是王锁，当年我说过到死也不会忘记他，我又怎能认不出他呢？哥，十年没见，你咋成这样了？话一出口，我的泪水就哗地流了出来。眼前的这个人，我真的不希望就是当年那个走起路来像猴一样麻溜的王锁。

兄弟，谢谢你还记得哥，认得哥，哥没白交你这个兄弟。你去北京后，哥就搬回厂里了，一直住在集体宿舍。怎么是集体宿舍呢？不是说给分配一套家属房吗？我不解。家属房是有，不过那是给结了婚的。他妈的那个女人，老子当兵时也戴过绿色儿的帽子，那是老子一辈子的光荣。当初因为分厂工资高，为了多挣些钱供孩子读大学，老子主动报名来到分厂。没想到那个女人耐不住寂寞，居然在老家和别的男人好上了，给老子戴绿帽子，老子一生气就离婚了。

那你这腿是怎么回事？前两年出了工伤干不了技术活了，厂里就安排我当了门卫。别看我腿脚不灵便，自从当了门卫，硕鼠再也偷不着黍了。厂里总得给我安排点儿事儿干吧，其他部门哪儿也不愿要我，厂领导拿我也没辙。

那现在这厂子里又是怎么回事啊，怎么只有你一个人？半年前就破产了，欠了一屁股债，把总厂也拖垮了，没钱发工资，工人们得活命啊，都天南海北打工去了。那你咋不走？我得看着厂子啊，我是门卫。不发工资还看什么厂子，哥你傻啊，就算看厂子，也得找个给钱的厂子啊。哥哪儿也不去，哥这样子，哪儿肯收留，没准儿哪家企业把这儿收购了，还会恢复生产呢。

说不动他，那就喝酒吧。我买来酒菜，十年不见，又是

　　　　　　　　　　　　　　　　　　　　湛影

一番畅饮。不过，与十年前不同的是，感觉喝的不是酒，全是泪。

第二天一大早，岳母问我找到王锁了吗，我说找到了，一个人在看厂子呢。看厂子？岳母一脸的惊讶，今天他们厂子就要被拆了，新闻里早就播了，那里要恢复成生态湿地。拆了也好，早该拆了，岳母低头感叹，新闻里说那家厂子这些年对海洋生态环境破坏太严重了。不过，岳母抬头问我，厂子一旦拆了，王锁住哪儿去？

先不说他住哪儿去，昨天他可没说今天厂子要被拆了啊。我越想越觉得不对劲，本来应该去参加学术会议，可我顾不了那么多了。王锁，王锁，哥，哥……我一边跑一边喊，因为我突然想起来了，昨晚王锁叹着气说认识我这个大画家一回，也没让我好好给他画张像，真是遗憾。他还说，当年我说的那只从高空俯冲下来，一头扎到了滩涂的淤泥里死去的傻鸟，是他亲手埋葬的。

等我赶到厂子时，已经聚集了很多人。有个人拿着大喇叭对着厂房顶上的一个人喊话，让他不要激动，他生活上的困难政府会帮助解决的。房顶上那个人是王锁，虽然不知道那么高的厂房他是怎么爬上去的，但让我担心的一幕终于还是发生了。

突然，王锁从厂房顶上俯冲下来，一头扎到了厂区的水泥地上，屁股朝天，身体大约倒立了两秒钟，就那么死去了。

　　厂子被夷为平地的那一刻，一群海鸥不知从哪里呼啦啦地飞了过来，它们星星点点地落在海边那片滩涂里的景象，宛若落了一地白花花的纸钱。

黑姑

黑姑做梦也没想到，这种好事居然会落到自己头上。市总工会要组织一线职工到坐落于北戴河的北方疗养院休养，环卫处就把唯一的一个名额给了黑姑。

　　到了北方疗养院，办理好入住登记手续，黑姑拿着房卡正准备进房间，带队领导突然把黑姑叫到了一边说，黑姑啊，是这样的，按照规定，我们只能住标准间，可现在因为有一个标准间出现故障不能使用，疗养院只剩下一个标准间和一个总统套房了。你我男女有别肯定是不能住在一个房间，加上现在正是暑期旺季，整个北戴河一床难求。疗养院院领导很为难，说就连周边疗养院包括民宿也借不到房间，希望你能体谅一下疗养院的难处，住进总统套房。

　　啥？让俺住总统套房？俺在电视里见过，那不是给总统住的房子嘛，俺可不敢住，黑姑一听赶忙推辞说。带队领导一听马上解释道，黑姑啊，总统套房并不是只有总统才能住，我已经请示过市总工会主要领导了，领导也征求了纪检部门的意见，同意特殊情况特殊对待，并且疗养院院领导也已经表态，只要你能住下，疗养院不会额外收取费用。

　　　　　　　　　　　　　　湛影

那就你住呗，你是领导，应该住好房间。黑姑还是坚持不住总统套房，脑子里一想到"总统套房"这四个字就嗡嗡作响，继而心脏也瞬间提到了嗓子眼儿，怦怦地跳了起来。黑姑你有所不知，我是带队领导，组织上有严格的规定，就算睡到马路上也绝对不能违规住总统套房，你忍心让我住到马路上吗？黑姑见带队领导一脸为难，就说那俺去睡马路，这二十几年俺已经睡习惯了，况且疗养院的马路比咱那边干净多了。黑姑说着就要往楼外走，带队领导一把拉住了她，黑姑同志，不要无组织无纪律，你要服从安排，组织你们一线职工到北戴河疗养，这可是一项政治任务，是党和政府对你们的关怀，你如果睡到了马路上，别说是我，包括疗养院院领导还有市总工会的主要领导都要被问责的。

黑姑见拗不过带队领导，也就不再坚持了，其实带队领导哪里知道，黑姑这么做并不是使性子，也不是无组织无纪律不服从安排，而是不想给组织添麻烦。不想因为自己住进了总统套房，回头就被别人举报了。现在国家的反腐形势这么严峻，电视里每天都能看到各级干部因为违纪被处理。明明这些关心一线职工健康的领导都是好干部，俺可不能给领导惹麻烦啊。再说了，就算真的让俺睡到疗养院的马路上，俺这心里也不觉得委屈。俺本来就是个扫马路的，只不过是换了条干净的马路睡几天罢了。

谢谢你的理解啊，黑姑同志。又一句同志，叫得黑姑心里再次暖暖的。俺又不是党员，带队领导居然左一个同志右一个同志称呼俺，分明就是把俺当亲人对待哩。黑姑强忍着眼眶里打转的泪珠子，没有让它们掉下来。那白亮亮的地板砖干净得就像镜子能照人，黑姑凭着二十几年扫马路的工作经验，一眼就能看出保洁员的工作非常专业，比她扫马路时还要细致用心。

就这样，黑姑在带队领导的软硬兼施下，战战兢兢小心翼翼走进了那个让她做梦都不敢想的总统套房。

黑姑早在门外把鞋脱了，这么干净的房间，可别被自己弄脏了。打开房门，黑姑还是不敢往里面迈步。这是真的吗？这房间真是给俺住的吗？许久，因为一直在作心理斗争，确切地说是她不知该先迈哪只脚往房间里走，黑姑就这么在门口傻站着。一个漂亮的女服务员走过来，礼貌客气、面带微笑地说，您好，请问您需要什么帮助吗？啊，俺没有需要帮助的，黑姑不好意思地说。女服务员仿佛看出了黑姑的难处，她一手接过黑姑的鞋子，一手接过黑姑的行李，先放进房间，又走出来向黑姑鞠了一躬，做出一个优雅的请进姿势。黑姑这才醒悟过来，满脸通红地说，你看你看，这闹的，俺怎么能让你给俺提鞋呢？俺的鞋，俺的鞋臭着哩。女服务员并不介意，继续微笑着说，您请进吧。

黑姑这才鼓足勇气进了房间，她把门轻轻地关上，怕自己的鞋把房间熏臭了，赶忙用随身带来的塑料袋把鞋子包起

　　　　　　　　　　　　　　　　湛影

来放进角落里。房间里的地毯真好看啊，一团团的大花，比她家的床都好看。黑姑是汗脚，她怕脚上的袜子把地毯踩脏了，又换上一双干净的袜子，这才敢在房间里走动。

黑姑开始享受穿着袜子踩在地毯上的感觉，那种感觉软绵绵的，就像踩在煦暖的棉花上。黑姑小时候家住农村，家里种过棉花。每当棉花采摘回来后，她都会光着脚丫在棉花上调皮地踩来踩去。那种感觉好幸福，仿佛又回到了童年的时光里。父亲当兵转业被分配到工厂后，黑姑就和母亲随父亲进了城。一家人蜗居在一间小平方米的筒子楼里，那种踩棉花的幸福感从此就再也找不到了。后来黑姑接替父亲的工作进了工厂，再后来工厂倒闭黑姑就扛起扫帚当了环卫工人，每天踩着硬邦邦的马路，一踩就是二十几年。踩着踩着，马路从先前灰色的水泥路变成了黑亮亮的柏油路，可黑姑一头乌黑的秀发却有一半多被岁月染成了和棉花一样的颜色。

在地毯上走累了，黑姑就坐下来。她不敢坐沙发，因为房间里实在是太干净了。好在这次是出远门，黑姑二十几年来头一次换上了一身干净的新衣裳，比过年时还高兴。因为即使在大年初一黑姑也得穿着工作服走上街头，扫完马路身上就会沾满了灰尘。如果是那样，黑姑连这总统套房的地毯恐怕都不敢坐。黑姑就这么傻愣愣地坐着，心脏一直怦怦地跳个不停，怎么也无法平静下来。她的心情怎能平静的了呢？直到现在她都觉得自己是在做梦呢，她哪敢相信她住进这种只有在电视里才能见到的像宫殿一样漂亮的房间，能看上一眼就已经很知足了。

那些在眼眶里打转的泪珠子，黑姑终于管不住它们了。哭够了，也累了。坐了一天的火车，再加上进房间之前受到惊吓，黑姑的身心都感到疲惫了，于是她就躺在地毯上，像童年时躺在院子里的棉花堆里，不一会儿就睡着了。梦中，黑姑见到了去世的母亲。母亲问她，闺女最近在干啥呢？黑姑说，在疗养院休养呢。疗养院休养？母亲不懂，反正看到黑姑一脸幸福的表情，母亲看上去就也很幸福。黑姑正想告诉母亲，俺住进了总统套房哩！一阵急促的敲门声突然把黑姑惊醒了。黑姑开门一看是带队领导，问黑姑为什么不去用餐，再不去闭餐的时间就要到了。黑姑这才感觉到肚子着实饿了。

带队领导说，黑姑啊，每天的早、中、晚三餐什么时间用餐可千万别忘记了，既然是来疗休养，就一定要吃好吃饱。如果回去人反倒瘦了，我可没法向市总工会领导交代啊。黑姑点点头，说了句俺懂，让领导费心了，便去了自助餐厅。进了餐厅，俺的个亲娘哎，这么多的饭菜整齐地摆在餐台上，简直比结婚的喜宴还要丰盛，吃什么呢，吃什么呢？黑姑一时没了主意。服务员见黑姑端着个空盘子站在那里发愣，便立刻走了过来，问她有什么需要帮助。黑姑有些难为情地说，饭菜太多了，俺不知道该吃啥。想吃啥就吃啥，服务员带着

　　　　　　　　　　　　　　　　　　湛影

黑姑，依次给她介绍。黑姑点头，服务员就帮她盛一点儿，黑姑不点头，服务员就带着她继续往前走。

差不多了，差不多了，再盛俺就吃不了了。黑姑说。没关系的。服务员说。每顿尝一些，一周的时间，保证您能把我们餐厅的饭菜全都尝个遍。真是个好闺女。黑姑边吃边在心里说，在家时自己的亲闺女对自己也没这么体贴过。服务员以为黑姑喝不惯胡辣汤，赶忙过来给黑姑擦拭眼泪。其实服务员哪里知道，黑姑那是幸福的眼泪啊。

吃过晚餐，黑姑在大厅遇到带队领导刚散步回来，他说北方疗养院的夜色很美，建议黑姑去转转。黑姑说今天太累了，还是明晚再转吧。黑姑记得白天入院时，接站车在院子里七拐八拐才到了总服务台，明显能感觉到疗养院很大。虽然黑姑朝外一望，夜里的疗养院一盏接一盏都是明亮的路灯，可黑姑还是怕迷路找不到房间，到时免不了会给带队领导添麻烦。出门在外，还是不给人添麻烦的好。

回到房间，开了灯，明晃晃的水晶灯照得黑姑有些睁不开眼。俺的个亲娘哎，先不说这么大一盏灯得花多少钱，大灯小灯，里一层外一层连缀在一起，这要是掉下来还不得砸死人？想到这里，黑姑赶紧躲到一边，明知道是自己在吓唬自己。就算这盏灯再大又怎么会掉下来呢？其实黑姑是觉得有些不相信自己的眼睛，活了大半辈子，身子已经被黄土埋半截了，哪见过这么漂亮的灯啊？就算真的被这盏灯砸死，自己这辈子也值了。

黑姑的血糖有些偏高，对于糖尿病患者来说，餐后一小时之内，血糖值会急速飙升，这种时候也往往最容易犯困。往常晚餐后，黑姑都会躺在床上眯一会儿，睡醒了，就开始刷洗锅碗瓢盆。可现在是在外疗休养，还是带薪疗休养，不仅家务活不用做了，就连马路也不用扫了，而且工资还按出勤照发。这种好事，黑姑想这辈子可能也就这一回了。既然是一辈子才只有一回的好事，黑姑当然兴奋得不得了。一兴奋，睡意全无了，黑姑索性就开始参观房间。只许看，什么也不许碰，碰坏了啥咱都赔不起，黑姑在心里对自己说。在黑姑眼里，这房间里的每一件摆设，都无异于价值连城的珠宝，能看一眼就已经很有福了。

在灯光的照耀下，房间里呈现出温暖的色调，所有的家具都是红木材质。虽然黑姑不认识红木，但她知道那都是好家具，就像有钱人身上的穿着，虽然不知道是什么面料，但人穿着看上去浑身都散发着贵气，就一定是昂贵的服饰。一进门是一间宽敞的客厅，靠窗户的位置摆放着一排沙发和一个茶几，沙发的靠背和扶手全是镂空的雕花，看上去十分雅致。茶几上摆放着一套茶具，黑姑在电视剧里见过，按下按钮茶壶就会自动接水、烧水。尤其是那些瓷质的小茶杯，灯光一照闪闪发光，仿佛有钱人佩戴的宝石。进门的左侧是一排木架，每一个小格子里都陈列着瓷瓶、瓷罐等体型硕大的瓷器，与那些瓷质的小茶杯比起来，看上去更加靓丽华贵。木架对面的墙上，挂着一幅大型的油画。黑姑看不懂，但知道那是外国人涂抹的玩意儿。这些常识，说起来都要归功于电视。

挂油画的那面墙旁边有一扇门，进入一条短小的走廊，左边是一间书房，书房里摆着一排书架，上面全都是黑姑没看过的书。从初中毕业就进入工厂，每天都是两班倒，本来文化水平就不高，黑姑哪有时间去看书啊。书房里有一张长条形的桌子，桌上摆放着文房四宝。可惜黑姑不会写字绘画，否则来这里疗休养一回，怎么说也应该留下些墨迹。想到这里，黑姑想笑，尽管旁边没人，但还是觉得有些难为情，没敢把笑容恣意地绽放出来。书房的旁边是一间带独立卫生间的宽敞卧室。卧室正中间摆放着一张大床，黑姑摸了一把床上的被子，比童年时家里种植的最优质的棉花还要柔软。嗯，估计这是总统住的卧室，黑姑心里猜测着。走出卧室，书房的对面还有三个房间，其中一间是小卧室，黑姑想，这可能是给伺候总统的人住的；一间是厨房，不用说也是给总统做饭用的；另一间是卫生间，估计总统不会用它。

再往里走，还有房间。哇，看来这是总统洗澡的地方，偌大的一个池子，内壁居然镶满了玉片，这要是做成项链，能卖多少钱？不知道，黑姑想那一定是个天文数字。走到最后一扇门，居然是个宽敞的大阳台。阳台上有顶棚，可能是怕总统被太阳晒着了吧。阳台上不仅摆放着桌椅，还有一座小型的花园，种植着许多奇花异草，风一吹，一股清香就迎面扑来。黑姑站在阳台边，举目远眺，何止是整个北方疗养院，就连整个北戴河的夜景都尽收眼底。想起晚餐后带队领导说让黑姑去欣赏疗养院夜景的话来，黑姑发现不用下楼，就能大饱眼福。俺的个亲娘哎！看着夜景，黑姑禁不住又感叹起来，俺一个环卫工人，上辈子这是修了多大的福分，这辈子居然能享受到总统的待遇呢！这要是回去和同事们还有街坊邻居一说，谁信呢！不信也很正常，就连自己现在还恍若身在梦里呢。想到这里，黑姑狠劲地掐了自己一把，当她意识到了疼，才终于确定这不是在做梦。

　　关掉其他房间的灯，再次回到客厅，黑姑又坐在了地毯上，开始给闺女打电话。黑姑不会使用智能手机，用的是那种声音贼响的老式手机。她的耳朵有点背，声音小了听不到，因此，她也不能和闺女通视频电话。闺女问她，妈，住的咋样，吃的咋样，还习惯吗？黑姑说，住得好，吃得也好。妈这回出门，享大福了。能享多大的福，看把你美成这样，回来不还得扫马路吗？啥也改变不了，工资也不会多涨一毛。比起黑姑在这里吃住咋样，闺女好像并不太关心，只是满心指望着黑姑回去后能涨点儿工资。也难怪，闺女家日子也过得紧巴，两个孩子一个上初中一个上小学，虽然享受着义务教育的福利，学费不用操心，可吃饭穿衣都得花钱，全靠黑姑每月从微薄的工资里贴补一些。

黑姑心疼电话费，只当是给闺女报了个平安，就匆匆挂掉了电话。挂了电话，做些什么呢？往常在家的时候，黑姑都会看会儿电视，可这总统套房里的电视且不说有一人多高，关键是黑姑不会摆弄，拿着遥控器试着摁了好几个按钮就是不出图像，黑姑也就作罢了。那就睡觉吧，带队领导说明天上午疗养院还要举办入院欢迎会呢，可不能迟到了。脱掉衣服，本来应该洗个澡的，可是两个卫生间都太干净了，于是她就在那间估计总统不会用的卫生间里，像平时在家一样，用毛巾擦洗了一下身子。擦洗完，黑姑换上了一身干净的睡衣，说是睡衣，其实还是一套旧内衣。黑姑先去了大卧室，犹豫了一下出来了；接着又去了小卧室，很快就又出来了。她看了一眼漂亮的沙发，强忍着打消了在那上面睡觉的念头，最后找来一块浴巾铺在地毯上，权当是自己的床了。这个动作她很娴熟，就像扫马路时困了，在地上铺个蛇皮袋就能睡觉。睡觉时黑姑没敢关灯，倒不是公家的电费她不心疼，而是怕半夜起来上厕所时不小心把房间里的摆设碰坏了，她真的赔不起。

一睁眼，整个房间亮堂堂的，黑姑以为睡过头了，看了眼手机，才发现是凌晨四点，亮堂堂的不是阳光而是灯光。想起在家时，因为白天的工作量很大，每晚半夜时分黑姑的老胳膊老腿儿都会把她疼醒了。可这一晚却睡得很安逸，难道这就是疗休养的好处吗？难怪市总工会要组织一线职工到北戴河疗养。光是吸一口这里的空气，身心就会感到无比的惬意。不用闹钟，每天按时早起，这是她二十几年来自觉养成的习惯。如果换作在家，这时候黑姑洗把脸刷刷牙就该扛着扫帚出门了。凌晨五点之前，马路上最安静，车辆和行人都很少，清扫的效率也就最高。

想到这里，黑姑又去了那间估计总统不会用的卫生间洗脸刷牙，然后就轻轻地关上房门下了楼。凌晨时分的疗养院格外安静，除了偶尔传来阵阵海潮涌动的声音，就连鸟儿都还沉浸在安详的睡梦里。黑姑在院子里走着，没有方向，走着走着就走到了大门口。黑姑只是往门卫室旁边不经意地一瞥，居然像发现了宝贝一样发现了一把扫帚。一把扫帚算什么宝贝呢？可问题是，当了二十几年环卫工人，黑姑没有一天离开过扫帚。现在外出疗休养，生活里乍一离开扫帚，倒让黑姑觉得有些不太适应。真是一日不见如隔三秋啊，看到那把扫帚的一瞬间，黑姑的眼睛突然睁得大大的，仿佛在异乡遇到了久违的亲人。于是，黑姑三步并作两步走了过去，拿起那把扫帚就开始扫起了院子。

鸟鸣唤来金灿灿的阳光时，整个疗养院的马路都已经被黑姑清扫得干干净净。找不到扫帚的门卫走过来问黑姑，您是新来的清洁工吗？黑姑说不是，俺是环卫工人。环卫工人不去清扫外边的马路，咋还跑到我们疗养院里来了？门卫被

湛影

黑姑搞得一头雾水。黑姑说俺是一线职工，是来你们疗养院疗休养的。一线职工？门卫一听立刻从黑姑手中夺过了扫帚，您可是我们疗养院的尊贵客人，咋能让您帮我干活呢？尊贵的客人？黑姑不解，赶紧向门卫解释，俺就是一名环卫工人。是的，是的，我明白。我们院领导再三叮嘱，一线职工的工作十分辛苦，一定要让你们吃好住好休息好。您这么做让我们院领导知道了我可是要挨批评的。嘻，这点儿小事还批评个啥！黑姑笑着对门卫说，每天早起扫马路俺已经习惯了，现在出来疗休养冷不丁没事干心里反倒有些空落落的。没事，没事，别放在心上啊，就当俺早起锻炼身体了。

黑姑和门卫正聊着，晨起散步的带队领导突然走了过来，问黑姑发生了什么事。门卫一脸难为情地说，我是疗养院的门卫兼清洁工，平时没有环卫工人起得早，不承想这位客人帮我把活儿都干了，真是不好意思。黑姑你是不是扫马路扫上瘾了，一天不扫马路这瘾就犯了？带队领导一脸严肃地问黑姑。黑姑说是是是，都是俺的错，您可千万别向院领导告状啊，否则门卫会挨批评的。黑姑说着胆怯地看了一眼带队领导。谁知带队领导突然呵呵地笑了起来，黑姑啊，我刚才的话你可别往心里去，我这是和你开玩笑呢。市总工会为什么会组织一线职工外出疗休养，这下你应该明白了吧，因为你们一线职工是这个时代最受人民尊敬的人。看到了吧，带队领导说着朝总服务台门厅上方悬挂的一条横幅一指，上面写着：劳动最光荣、劳动最崇高、劳动最伟大、劳动最美丽！欢迎一线职工前来我院疗休养。

本来常年风吹日晒，黑姑的脸黑黝黝的，让带队领导这么一说，黑姑的脸上突然泛起了红晕，仿佛回到了少女时代。黑姑说，嘻，俺哪有您说的那么好，反正疗养院的马路也是咱中国的马路，不是美国的马路，扫哪里不是扫？没想到，黑姑还有幽默的一面，就连门卫也跟着呵呵大笑起来。笑声过后，带队领导告诉黑姑，赶紧到餐厅去用餐，一会儿疗养院还要举办入院欢迎会呢，千万别迟到了。

吃过早餐，来到会议室，里边坐满了来自全市各行各业的一线职工，黑姑悄悄地坐在了后排。黑姑生来就腼腆，上学时怕老师，上课不敢坐在前排；进了工厂怕领导，开会时也不敢坐在前排。这时带队领导走了过来，拉着黑姑的手让她到前排就座，黑姑赶忙推辞，可带队领导说这是纪律必须要服从。欢迎会开始，疗养院院长一番热情洋溢的欢迎之后，带队领导对黑姑说，你来代表全市的一线职工说几句。黑姑一听脸上瞬间又泛起了红晕，连声说俺不会讲话。带队领导见黑姑着实很为难，也就不再勉强，于是挨个向大家介绍所有一线职工的先进事迹。当介绍到黑姑时，带队领导突然提高了嗓门说，二十几年来她所清扫过的马路，里程加起来比绕赤道一圈还要长，就在今天早上她还把疗养院的马路全部清扫了一遍；她在工作中捡到的钱包、手机、金项链等贵重

湛影

物品的价值，足足超过了一百万元人民币，可她现在还居住在一间不足二十平方米的小房子里。带队领导讲到这里，会议室顿时响起了雷鸣般的掌声。

欢迎会结束后，按照疗休养行程，疗养院开始组织一线职工到免费景点外出参观。这是规定，收费的景点不能去，否则就是违规公费旅游，是政府明令禁止的变了味的疗休养。到哪里参观，黑姑无所谓，比起二十几年来每天面对的马路，这次出来看到什么都觉得格外新鲜。黑姑这是第一次看到大海，第一次到海里游泳，是黑姑做梦都没想过的好事。尽管那只老式手机像素不高，但黑姑还是拍了很多照片。她要拿回家给闺女看，有照片为证，妈这次出来真的享大福了。第一天的参观行程结束后，晚上黑姑兴奋得睡不着觉，就一遍遍翻看手机里的照片。看来看去，才发现照片里没有自己，因为这只老式手机没有自拍功能，这让黑姑感到有些遗憾。没有自己也无所谓，反正俺长得也不好看，老伴儿早早地就患病走了，回了家这些照片也没人看，包括闺女也不会看，她只关心俺回去会不会涨工资呢。那就留着俺扫马路时累了自己看，省得一个人时总感到寂寞。二十几年来，不管夏日炎炎还是天寒地冻，马路边的树木就是黑姑的老伴儿，大地就是黑姑的床。实在累得扫不动了，她就靠着树木休息一会儿。困了，就铺个蛇皮袋躺在马路边的地上眯上一会儿。

一周的疗休养马上就要结束了，想起这一周难忘的时光，黑姑觉得特别幸福而有意义，简直就是在和疗养院的门卫玩捉迷藏。黑姑起得早，门卫怕黑姑帮他扫院子居然起得还要早。黑姑索性头一天晚上就把扫帚藏起来，门卫见到黑姑在乐呵呵地扫院子怎么也理解不了。黑姑就说，不要有心理负担，这可是俺吃饭的家伙，俺和它心里亲着哩。虽然是出来疗休养，但也不能滋生惰性啊，万一回去了俺的扫帚不认识俺了该咋办？黑姑这么一说，逗得门卫脸上立刻乐开了花。

离院前的那天晚上，疗养院组织全院员工和来这里的一线职工举办了一场联欢会。腼腆得在入院欢迎会上都不敢讲话的黑姑，竟然破天荒主动登台唱了首歌，歌名是《没有共产党就没有新中国》。虽然歌词没记全，音调也不准，但在舞台灯光的照耀下，黑姑看上去却一脸的幸福，就像一个天真可爱的孩子，浑身上下都散发着幸福的气息。第二天早上一行人离院时，疗养院全体员工都来为一线职工送行。就在送站车即将出发的那一刻，客房部经理突然对带队领导说，据清晨退房后服务员反映，黑姑入住的总统套房，两间卧室里的床上用品一次也没用过，就连沙发也没坐过。当服务员好奇她每晚都睡在哪里时，却发现客厅的一角铺着一块浴巾，有一处地毯明显凹了下去。瞬间，当所有人的目光齐刷刷聚集到黑姑的脸上时人们看到，黑姑原本黑黝黝的脸庞又泛起了少女般清纯的红晕，宛若一朵刚刚盛开的莲花。

五道爷

我爷二十岁那年，就已经是两个娃娃的爹了。那是1942年，6月底，国民党驻军为了保存实力，连夜弃城逃往山西。只有一个排的日军没费一枪一炮，就轻易占领了我们这座晋察冀边区的县城。

　　7月中旬的一天中午，年仅两岁的我姑正在院子里玩耍，不足百天的我爹正在我奶怀里吃奶。突然，一匹狼跑进了院子里，冲着我奶怀里的我爹就飞奔而来。说时迟，那时快，我奶赶紧抱着我爹跑进屋，用尽全身的力气抵着门不让狼进来。

　　我姑在院子里早已吓得哭成一团，狼没抢到我爹，转身叼起我姑就跑出了院子。当时我爷正好下地回来，与叼着我姑的狼碰了个正着。我爷挥舞着手中的锄头，示意狼赶紧放下我姑。可狼就是不松口，依旧叼着我姑往村外跑。狼在前面跑，我爷在后面追。眼看着就要追上狼了，路边却突然出现了两个当兵的，持枪拦住了我爷的去路。

　　我爷上气不接下气地说，俺家闺女被狼叼走了，求长官行行好，俺得赶紧追狼去。可当兵的根本就不理我爷，不让

　　　　　　　　　　　　　　　　　　　　　　　　湛影

我爷走。我爷一时急眼了，挥起手中的锄头就要往前硬闯。当兵的被我爷惹怒了，举起枪就朝天开了一枪。

枪一响，我爷立时就站那儿不敢动了。从当兵的叽里哇啦的呵斥声中，我爷这才猛然意识到，可能遇上日本鬼子了。县城不是前不久刚被占领吗？村里距离县城那么远，且两地之间多为山路，日本鬼子怎么这么快就跑到村里来了呢？我爷纳闷，可纳闷有什么用，瞅瞅当兵的身上的军服，一眼就能断定不是国民党兵。再加上他们的语言，我爷一句也听不懂。我爷心想，坏了，真他娘的遇上日本鬼子了。

向前不能跑，向后不能退，我爷与两个日本兵就那么僵持着。确切地说，我爷是被两个比狼还没人性的畜生看管着，急得脸上的泪珠子和汗珠子混杂在一起，就像同时在往地上哗啦啦地撒豆子。两个日本兵继续叽里哇啦，说着我爷听不懂的话，根本就不在乎我爷是个啥心情。差不多过了一袋烟工夫，两个日本兵才把我爷给放了。

被放的我爷循着血迹拼了命往前跑，大约跑了一里地左右，在村南的一处乱坟岗上，看到了我姑的碎衣服和骨头。那让人撕心裂肺的场面，真是惨不忍睹。我爷在乱坟岗挖了个坑，把我姑的碎衣服和骨头一埋，就算给我姑草草入殓了。走在回家的路上，没了闺女的我爷，那种五内俱焚、难以名状的痛苦侵蚀着他，真是叫天天不应，叫地地不灵。乱坟岗距离村里其实并不远，可我爷一直走到月上中天才终于回到了家。

因为事发突然，来不及插上门闩，我奶自从跑进屋里后，就一直用身体抵着屋门，直到院子里没动静了，才一屁股瘫坐在地上，依旧用身体抵着屋门，生怕狼再冲进来。这个挨千刀的当家的，怎么到现在还不回来？我奶在嘴里骂着我爷，却不知道我爷在心里也骂着我奶。这个挨千刀的臭娘们儿，怎么没把闺女看好呢！

我爷敲门，屋里没反应。谁？半晌我奶才怯生生地问。我。我爷一回答，两人几乎同时哭出了声。我爷和我奶一哭，在我奶怀里正熟睡的我爹也跟着哭了起来。哭声惊动了远处的邻居们，有几个胆大的男人闻讯跑了过来。因为有人说在村外看到了日本鬼子，吓得村民们白天都没敢出门。加上各家各户住得很零散，基本都是独门独院，所以我姑被狼叼走的事，村民们并不知情。

这帮畜生，比狼还没人性。我爷说。若不是被两个日本兵挡住去路，原本俺是能救下闺女的。俺可怜的闺女，就那么被狼活活给吃掉了。我爷说着，又哭了起来。

你个熊娘们儿咋不出去追狼呢？我爷边哭边数落我奶。我奶说，狼当时是奔着儿子来的，没抢到儿子才叼走了闺女。咱这地界儿狼多，你又不是不晓得。万一去救闺女，再蹿出一条狼叼走儿子该咋办？俺只能保护一个啊。

一个女人家，吓都被吓坏了，能把儿子保护好，就已经念阿弥陀佛了，别再责怪她了。邻居们在旁边劝我爷。我爷心里其实也窝囊，他嘴上怪我奶熊没去追狼。其实心里想，自己遇到了日本鬼子不也畏惧那两条长枪吗？若是当时和他们拼个你死我活，说不定……说不定自己现在正和闺女一起，在五道爷那儿等着我奶给报户口呢。

五道爷是谁？是村北五道庙里供奉的神像，掌管着阴间的户籍。村里只要谁家有人去世，亲人们都得到五道庙去祭拜五道爷，好让去世的人到了阴间能有户口。否则，只能作为孤魂野鬼在村里四处游荡，永远不能投胎转世。

趁日本鬼子在甲长（日伪时期对晋察冀边区村长的特定称呼）家吃饭没出来，赶紧给孩子到五道爷那儿报个到吧。邻居们一提醒，我爷这才醒过神来。赶忙把我爹交给邻居照看，带了些供品连夜和我奶去了村北的五道庙祭拜五道爷。

第二天天刚放亮，甲长的儿子就边敲锣边扯着嗓子喊：太君来慰问大家了，大家都出来欢迎一下！害死老子的闺女还让老子出去欢迎，我爷一听气得脑门上立时就爆出了青筋，拿起菜刀就要出去拼命。我奶一把拦住了我爷，当家的，闺女已经没了，你再没了，俺们孤儿寡母可咋活啊？看着我奶怀中还不足百天的我爹，我爷拿着菜刀的手最终还是松了下来。

我爷堂堂七尺男儿，其实并非是没有血性的贪生怕死之辈。如果他昨天和日本兵拼命，肯定会成为枪下之鬼，就没机会去救我姑了。现在呢，我姑已经死了，作为父亲，他觉得苟活在世上愧对闺女啊。原本，我爷已经下定了复仇的决心。若不是我奶及时劝说，二十岁的我爷那年应该就已经成为烈士了。

我爷站在人群中央，一眼就认出了昨天那两个日本兵。这是他娘的什么世道！我爷在心里愤愤不平。两个日本兵举着枪往那儿一站，全村百十多口人就都成了沉默的"羔羊"，谁也不敢吭声，谁也不敢反抗，甚至连个屁都不敢放。甲长似乎很有远见，早年送儿子去日本留过学，如今"英雄"终于有了用武之地。日本兵叽里哇啦说一句，甲长的儿子就大声翻译一句，大致的意思是：从今天起，村子归太君们管辖了，村民们都要做良民，不能做让太君们不高兴的事。尤其是不能和地下党游击队有来往，否则死啦死啦的。甲长的儿子说完，把手掌横到自己的脖子上比画了一下。

人群散了后，我爷痛苦地在家窝了一整天，也没心思再下地干活，满脑子都是被狼叼走的我姑。终于等到天色擦黑，我爷往后腰别了把斧子就要出门，对我奶说晚上可能不回来了。我奶当时正准备生火做饭，扔下柴火就追了过来。一不小心摔倒在我爷身后，赶忙抓住我爷的裤脚说，当家的，不是说好了吗，你再没了，俺们孤儿寡母可咋活啊？我爷说，放开，俺懂，俺不是去找日本鬼子拼命，是去村外砍一根木头棒子，把吃俺闺女的狼先给解决了，否则俺实在咽不下这

湛影

口气啊！

我奶听我爷这么一说，立刻松开了手，让我爷等一下。她回屋拿了两张大饼、一葫芦水，让我爷带上，嘱咐我爷一定要小心，继而眼中冒着火星子，咬牙切齿地说，打死那些该杀的恶狼，省得再祸害乡亲们。

到了村口，月亮已经升起来了。月光下，有一片长势茂盛的荆条林。我爷挑了一棵长得有铁锹把粗的荆条树，从根部砍断，再砍掉枝丫，去皮，削光溜，一根木棒就做好了。为什么我爷专挑荆条树做木棒呢？荆条树有韧性、结实、不易折。每到秋天，村民们就会拿着镰刀来割荆条，回家编成箩筐，或盛放物品，或拿到县城的集市上去卖。

我爷啃了几口大饼，喝了点儿水，开始往村南的乱坟冈走。那里不仅埋着我姑，也是我姑被狼吃掉的地方。我爷琢磨，乱坟冈可能是狼经常出没的地方。有一年村里有几位乡亲患了怪病，又是呕吐，又是发烧，症状都一样，且很快都死去了。甲长怀疑是传染病，连墓穴都来不及挖，就组织村民们把尸体都扔到了村南的乱坟冈上。据说，第二天有人在远处干农活时，亲眼看到有几匹狼在乱坟冈上啃尸体。

到了乱坟冈附近，周遭死一般沉寂。偶尔传来一两声猫头鹰叫，瘆得我爷瞬间就起了一身鸡皮疙瘩，连头发都一根根竖起来了。若不是为了给我姑报仇，我爷是断然不敢夜里独自来这里的。平时白天干农活路过乱坟冈时，身上都觉得冷飕飕的，好像有一条蛇突然钻进了裤管里。

月光很白，照得乱坟冈亮堂堂的。有一丝风吹草动，都能看得一清二楚。我爷蹲在一处半人多高的杂草丛里，约莫潜伏了一个小时，也不见乱坟冈上有什么动静。这么等下去可不是办法，万一自己睡着了，报仇不成，反倒可能被狼给吃了。我爷猫着腰悄悄找了一些石块儿，又回到那处杂草丛里，开始往乱坟冈上丢石块儿。每丢完一块儿，就赶紧蹲下，观察乱坟冈上有什么反应。

很快，一匹狼就从一处塌陷的墓穴里跑了出来，跑了没几步，立刻趴在了地上，警觉地向四周张望。狼张望了一会儿，又返回墓穴，在墓穴口继续朝外张望。不一会儿，狼整个身子就缩回了墓穴里。这狗日的，原来平时都藏在墓穴里，难怪去年有一位村民在地里干活被狼咬伤后，甲长组织村民们集体捕狼，找了半个多月连根狼毛都没见着。大家都以为狼已经跑到其他地方去了，就没再找。哪晓得，原来那只恶狼就日夜潜伏在村民们的身边啊。

找到了狼，我爷异常兴奋，浑身的血液在血管里喷涌。不急，现在还不是报仇的时候，等狼睡熟了，再动手也不迟。我爷开始啃大饼、喝水，吃饱喝足了才有精神。终于等到月上中天，我爷估摸着时间差不多了，就握紧木棒猫着腰，悄悄地往那处塌陷的墓穴边走。到了墓穴边，我爷小心地往下看，那匹狼居然睁着眼，像两颗绿宝石在黑暗的墓穴里闪闪发光。

突然，狼一跃就朝我爷扑来。我爷挥起手中的木棒使劲一抡，狼立刻就倒在了墓穴边，浑身抽搐着，狼头上全是血。然而，仅几秒钟过后，狼就挣扎着爬了起来。还未等狼再次向我爷发起冲锋，我爷又是一记重棒，朝狼头狠狠地砸下去，狼就再也起不来了。想起我姑带血的碎衣服和骨头，我爷照着狼头又是一顿猛砸，直到狼头脑浆四溅，这才罢手，被怒气压抑的胸口终于舒坦多了。

我爷来到我姑的坟前，开始放声痛哭。边哭边说，闺女啊，爹终于给你报仇了。爹和你娘都对不起你，没把你看好，你在那边就使劲地怨恨爹娘吧。哭着哭着，说着说着，天就快亮了。临走时，我爷说，闺女啊，爹记错了，爹刚给你报了一半的仇，还有两个比狼更残暴的畜生，等爹把他们的头全都砸烂了，再来给你谢罪。

我爷趁日头出来前跑回家时，提心吊胆一夜没睡的我奶，一看到我爷就哭了起来。我爷说，俺把那匹恶狼打死了，说着就抱着我奶也哭了起来。我奶说，当家的，狼死了，就当闺女的仇已经报了，就当这是闺女的命，别去招惹日本鬼子，行不行？行。我爷嘴上答应我奶，心里却在流血，痛苦的伤口再次被撕裂了。由于一夜未睡，我爷困得一觉就睡到了天黑。

天黑以后，有附近的邻居悄悄来串门。一进门就问我爷，听说白天有人下地时路过乱坟冈，看到有一匹狼被打死了，你说会不会是地下党游击队干的？地下党游击队，咱这地界哪来的地下党游击队？日本鬼子没占领县城之前，不是一直被国民党统治着吗？我爷纳闷。就是啊，大家都觉得奇怪。可我听说那天你遇到日本鬼子时，当时他们正在追捕一个游击队员，所以才拦住了你的去路，可能是想问你有没有看到游击队员。但是你听不懂对方说什么，这才耽误了你救你闺女。邻居告诉我爷。

可那两个畜生分明看到俺闺女被狼叼着，就算听不懂中国话也不能拦着俺不让走啊。一说起那两个日本兵，我爷的气就不打一处来。邻居说，昨天看到那日本兵的凶样，确实比狼还可怕。不管咋样，狼已经被打死了，你家闺女的仇总算有人给报了，你们两口子就想开些吧。我爷正想说狼是被他打死的，我奶立刻给我爷使了个眼色，我爷就没有说出来。

邻居走后，我爷问我奶，狼是俺打死的，为啥不让俺说？我奶说，日本鬼子一来，整个村里都人心惶惶的，大家都怕和游击队扯上关系丢了命。今天一整天村里到处都在传游击队员打死了狼，还说是用枪打死的。你要说是你打死的，甲长肯定会审问你，是不是游击队员帮忙打死的，到那时你有一百张嘴也说不清楚啊，没有人会相信你用木棒能打死狼。

我爷一想，我奶说的有道理。早年村里有猎户，据说遇到狼时，手里拿着猎枪腿肚子还不停地哆嗦呢。后来有人用猎枪打死了收税的县政府官员，猎枪就全部被收缴了。如果不是自己的闺女被狼给吃了，满脑子都是报仇的念头，自己见到狼也害怕啊！真要被带到甲长家去审问，估计五道爷也不会相信有人用木棒能打死狼。

一想到五道爷，我爷赶忙说，俺得给闺女再烧炷香去，求五道爷给俺闺女在阴间把户口报上，下辈子投胎去个好人家。我奶说，不是已经烧过香了吗？大晚上的，别再遇到日本鬼子。我爷说，那天匆匆烧了炷香，俺这心里不踏实，也没和五道爷好好说句给闺女祈福的话。我奶说，小心点儿。出了院门，我爷四处张望，轻轻迈着步子，像个小偷，朝村北的五道庙走去。

进了五道庙，我爷扑通一下跪在神像前，点燃一炷香，就开始给我姑虔诚地祷告：五道爷啊，看在俺家闺女年纪这么小就不幸去世的份上，求您给她把户口报上吧，下辈子投胎去个有钱的好人家，像甲长家的闺女一样，走到哪里都有人保护着，不用担心被狼叼走，也不用担心被日本鬼子欺负。

我爷正在神像前念叨着，忽然听到外面乱哄哄的，有人哭着朝五道庙跑来。不用说，肯定是哪家有老人去世了。我爷隔着庙里破了洞的窗户，借着月色往外一看，不好，是甲长和他儿子。难道是抓我来了？我爷吓得赶紧躲在了神像后边。谁知神像后边居然藏着一个人。我爷惊愕地张大了嘴巴，那人立刻用手枪对准了我爷的脑门，另一只手竖起食指放到自己嘴边，示意我爷不要出声。

甲长一进来就跪在地上念叨：五道爷啊，求您老人家行行好，给俺闺女把户口报上吧！可怜俺闺女才十六岁啊，被日本鬼子糟蹋后不甘屈辱就上吊自尽了。是俺罪孽深重啊，替日本鬼子做事，反倒害了俺家闺女。这些挨千刀的日本鬼子，咋不被狼给吃了啊，不对，应该被地下党游击队给打死啊！

爹，小声点儿，这话传到太君耳朵里，咱爷俩都是要掉脑袋的，甲长的儿子在一旁说。这村里就你一个人能听懂日本话，只要你不说，日本鬼子咋能知道俺在咒他们？你个兔崽子，看着你妹妹被日本鬼子糟蹋，你咋能袖手旁观呢？甲长在生气地骂儿子。爹，太君手里有枪啊，俺要是去救妹子，没准儿您现在也在给俺报户口呢！快起来吧，太君已经连夜回县城了，咱还得给俺妹子料理后事呢，甲长的儿子劝甲长。你个狗东西，左一个太君，右一个太君，你干脆去给太君当儿子得了！甲长还在骂，儿子不再吭声。甲长只好说，赶紧的，把锣敲起来，让村民们都来帮忙料理俺闺女的后事。甲长说完，就和儿子匆匆离开了五道庙。

我爷这时心已经提到了嗓子眼儿上。就在刚才，身边被人用枪指着，神像前是甲长和他儿子，哪边他都惹不起啊。

本来是想找五道爷给闺女念叨几句好话，没承想性命快不保了。不就是挨个枪子儿吗？还不如那天让日本鬼子来个痛快的，否则就不会看到闺女被狼吃掉的惨状了。这种生不如死的感觉，让我爷更痛心。谁知用枪指着我爷的那个人，在甲长和他的儿子走后迅速把枪放了下来，然后悄声对我爷说，老乡，别怕，我是游击队员，不会伤害你。你闺女被狼吃掉的事，那天晚上我躲在神像后就已经听你们两口子说了。放心，我会帮你杀了那两个日本鬼子，为你闺女报仇。

游击队员这么一说，我爷顿时就不紧张了。他知道游击队员都是穷苦人出身，是为穷人打天下的。这日本鬼子真他娘的禽兽不如。我爷对游击队员说，刚才你也听到了，他们连甲长的闺女都敢糟蹋，甲长和他儿子给日本鬼子做事固然可恨，可甲长的闺女很无辜啊。一说到甲长的闺女，我爷立刻又想起了自己的闺女，赶忙问游击队员，那两个日本鬼子不是已经回县城了吗？这仇还能报吗？能。游击队员说。他们不熟悉这一带的夜路，应该没走多远，天亮前我肯定能追上。老乡，不瞒你说，这两天我躲在五道庙里，除了吃了那天晚上你带来的一点儿供品，现在肚子里啥都没有。别说想跑，走着都没力气。你能不能帮我弄点儿吃的，再弄上一壶水。我爷说，你等着，俺去去就来。

甲长的闺女去世了，村里乱成一团，我爷也不用再像做贼似的，索性一口气跑回了家。一进家门，我爷就对我奶说，快，把家里的大饼都给俺包起来，再灌上一葫芦水。我奶立刻紧张地问，当家的，这大半夜的，你又要干啥去，难道要去追那两个日本鬼子？甲长家的事俺已经听说了，不是说好了不惹日本鬼子了吗？我爷说，不是俺去，是有人要替咱给闺女报仇，咱总得给人家弄口吃喝吧。谁有这么大的胆子敢去杀日本鬼子？我奶不信。你就别问了，我爷说，再晚了就追不上了。

我爷不把话说清楚，我奶自然拦着他不让出门。我爷把嘴贴到我奶耳边小声说，是地下党游击队，就是咱家闺女被狼叼走的那天，那两个日本鬼子当时正在追捕的游击队员。那个游击队员一直藏在五道庙里，正好被俺遇上了。他知道咱家闺女被狼吃掉的事，也知道是那两个日本鬼子阻拦俺才让俺没救成闺女。他手里有枪，能替咱报仇。可他现在饿得没力气走路，俺得赶紧把这吃喝给他送过去啊。

我奶一听，脸色立刻变得苍白起来。啥，游击队员？甲长的儿子不是说了吗，谁和地下党游击队有来往，谁就会被杀头啊！当家的，咱这仇不报了行不行？万一仇没报成，游击队员被抓住了把你供出来，或是你给游击队员送吃喝被村里人看到了告诉甲长，你就会没命了啊。不行，俺不让你去。事到如今，我爷也不再隐瞒我奶了。孩子他娘，你听好了，俺在闺女坟前立过誓，一定要把那两个日本鬼子的脑袋给砸烂了，否则俺也不会苟活一天。现在，俺不仅要去给游击队

　　　　　　　　　　　　　　　　　湛影

员送吃喝，还要和他一起去给闺女报仇。

我奶吓得脸色更苍白了，扑通一下跪在地上，求我爷不要去。我爷说，俺心意已决，不要拦俺。如果明儿个天黑时分俺还没回来，就说明俺可能死在日本鬼子手里了，你就带着儿子连夜逃走，能逃多远就逃多远，否则肯定会受牵连。当家的，你说得轻巧，县城已经被日本人占领了，俺和儿子能往哪儿逃啊？我奶哭着求我爷，希望他不要冲动去和日本鬼子拼命。俺顾不了那么多了，说完我爷就跑了出去。

我爷去五道庙找到游击队员，两人趁乱迅速离开了村子。路上，游击队员边吃喝边走。吃饱了喝足了，也有精神了，追赶日本鬼子的速度就越来越快了。终于，在天亮之前，两个日本鬼子每人的长枪上挂着一只鸡，在月色下摇摇晃晃地出现在了我爷和游击队员的视野之内。可是那里距离县城已经很近了，一旦开枪肯定会惊动了守城的日本鬼子。怎么办？游击队员和我爷商量。我爷说，俺悄悄跟过去，先用木棒把两个日本鬼子的长枪打掉。他们的枪上都挂着鸡，短时间内没有开枪的机会，然后俺们一人解决一个。你没有木棒，就用石块砸吧。我爷说着就从地上捡起一个石块递到游击队员手中。游击队员说，就这么办，不过，千万不能失手，成败就看你这两棒子了。

两个日本鬼子可能做梦也没想到，在太君管制下的地盘上，居然有人敢从背后偷袭他们。也就在一眨眼的工夫中，我爷挥起木棒左右一抡，两支长枪就全都掉在了地上。接着，我爷照着一个日本鬼子的脑袋就是一棒。游击队员也乘势将手中的石块砸向另一个日本鬼子的脑袋。这边，我爷照着已经倒地的那个日本鬼子的脑袋一顿猛砸，直到脑浆四溅。那边，游击队员骑在另一个日本鬼子身上挥拳猛揍，日本鬼子疼得叽里哇啦大叫。我爷转身一看，你个狗日的，临死了还在说着老子听不懂的兽语，就是这听不懂的兽语才耽误了老子去救闺女。躲开，我爷说。游击队员一起身，我爷的棒子顺势就砸了下去，很快那个日本鬼子就脑浆迸裂了。

游击队员说，快，挖坑，把这两个畜生埋了。埋完了，我爷要回村，游击队员说，天快亮了，你满身是血，还咋回村，回去不得被甲长给绑了？我爷问，那咋办？游击队员说，先到庄稼地里躲起来，天黑了再回去。不行，我爷说，俺和孩子他娘约好了，天黑了俺不回去，她就得带着儿子逃命。俺要是天黑了再出发，回到家就已经是明儿个大早了。游击队员突然眉头一皱，依我看你这家是回不去了。这两个日本鬼子失踪的消息很快就会传到县城，你闺女因为被日本鬼子阻拦被狼吃掉的消息村里人都已经知道了，所以甲长很快就会怀疑上你。干脆你跟我走吧，我看你这身手不错，是一块当游击队员的好料，定能有一番大作为。

不行，我爷说，俺要是参加了游击队，就再也见不到老婆孩子了。再说了，日本人现在占领了县城，万一俺参加游击队的消息被人知道了，他们母子到哪儿都是个死。你咋这么糊涂呢？游击队员说。你一回去，全家都得死，你不回去，兴许一家三口还都能保住性命。我也是有老婆孩子的，要想把日本鬼子赶出中国，总得有人牺牲吧，否则咱全中国的人都得被杀光。游击队员这么一说，我爷瞬间就醍醐灌顶了。说的也是，两个日本鬼子就能占领一个村子，如果没人敢反抗，照这么下去，早晚也是个死。好吧，俺跟你走。

自从我爷走后，我奶就一直提心吊胆没敢合眼。眼看着第二天天黑了我爷还没回来，我奶正准备收拾包裹抱着我爹逃走，不料门外突然锣声响起。甲长的儿子边敲锣边扯着嗓子大喊：昨晚两位太君在咱这地界失踪了，现在县城的太君要挨家挨户搜查，谁家把太君藏了就主动交出来，否则死啦死啦地。我奶一看，逃不了了，只好待着听天由命了。

很快院子里就传来了脚步声，甲长的儿子推开门，进屋东瞅瞅西看看，问我奶大晚上的你家男人干啥去了？我奶说，打狼去了，俺闺女被狼吃了，村里人都知道。甲长的儿子说，前几天不是有匹狼被游击队员打死了吗？难道你家男人认识那位游击队员？我奶说，啥游击队员？您可别吓俺，前两天俺男人去看了，不知被谁打死的那匹狼不是吃掉俺家闺女的那匹狼，吃掉俺家闺女的那匹狼个儿头比被人打死的那匹狼要大。

真的假的？甲长的儿子有些怀疑。咱这地界有那么多狼吗？咋没有呢？我奶强装镇定地回答。前几年村里有人得怪病死去，不是有人亲眼看到乱坟冈上有好几匹狼在啃尸体吗？再说了，这狼也是要生崽子的，这几年不定生了多少匹狼呢！哎呀，那两位太君不会是半夜遇到狼了吧？不许胡说，小心让门外的太君听到了死啦死啦的！甲长的儿子赶忙吓唬我奶。我奶吓得一哆嗦，我爹也在炕上吓得哭了起来，甲长的儿子就只好离开了。

第二天临近中午，有人在乱坟冈上看到了日本鬼子带血的破碎军服，还有两条长枪。加上前几天我姑刚被狼吃掉，县城来的日本鬼子就真以为失踪的两个日本鬼子被狼吃掉了，于是很快就离开了村子。其实那是我爷干的，他希望能用这个障眼法保全我奶和我爹，不让人生疑。按理说，既然我爷耍了这么聪明的一个手段，应该就直接回家，但他却偏偏跟着游击队员走了。他这一走，活不见人，死不见尸。

还是我奶更聪明，她一听说村里传出日本鬼子被狼吃掉的消息，就知道我爷报仇成功了，也知道我爷不敢回村了。村里人谁傻啊，我爷要是回来，肯定会有人怀疑：人家太君手里有枪，都被狼给吃掉了，你有多大的本事能脖子上架着脑袋回来？我爷要是不回来，肯定还会有人怀疑：八成真是游击队员帮助我爷用枪打死了那匹吃掉我姑的狼，我爷为了报恩，就去参加游击队了。于是，我奶找到我爷打死狼时穿的那身带血的衣服，撕剪碎了，天一擦黑就硬着头皮去了乱坟冈，扔下碎衣服撒腿就往村里跑，她怕遇到狼啊。

第三天又是临近中午，有胆大的村民说，干农活回来时路过乱坟冈，发现了带血的碎衣服，拿回来问我奶是不是我爷的。我奶一看，立刻哭得昏天黑地，当家的，你和闺女都被狼吃了，以后可让俺们孤儿寡母咋活啊！有好心的邻居过来劝慰我奶，太君有枪都被狼给吃了，何况咱手无寸铁的老百姓呢，还是想开些，赶紧去五道爷那儿给你家男人报个户口吧！

日本鬼子投降后，本来我爷想回村找我奶和我爹，谁知县城又被国民党兵占领了。那时我爷已经当上了游击支队的支队长，国民党兵悬赏要抓他，他就没敢回去。因为在我爷参加游击队的那几年，他那一根木棒不仅打死了很多日本鬼子，还打死了不少伪军和汉奸。人们都在争相传说，我爷就是阳间的五道爷，掌管着阳间的生死簿，谁要是敢侵犯中国、卖国求荣、与老百姓为敌，我爷就会在生死簿上叉掉他的名字。好在我爷从参加游击队起就已经改名了，否则我奶和我爹不死在日本鬼子的枪下，也得死在国民党兵的手里。

1948年11月，我们县城终于解放了。我爷一回村，村里人都好奇，我爷不是被狼吃了吗？咋还当上解放军了？哪知我奶得意地说，俺去五道爷那儿给俺家男人报户口，哪知五道爷阴沉着脸对俺说，你家男人活得好好的，添什么乱，赶紧回去。于是，这户口就没报成，阎王爷那儿也就没收留俺家男人。真的假的？村民们一个个瞪大了眼珠子，五道爷真是那么说的吗？我奶说，当然了，不信你们问五道爷去。村民们的眼珠子瞪得更大了。

湛影

1982 年的孽缘

如你所知，我是个哑巴。但你所不知的是，五岁以前，我会说话。那就先说说我五岁那年的故事吧。

　　1982年7月的一天，是我小叔结婚的日子。按照我们当地的习俗，当天晚上亲朋好友要来闹洞房。傍晚时分，闹洞房的仪式还没开始，我们几个等不及的堂兄弟，就学着大人们的样子偷偷喝酒。堂兄弟几个当中，我年龄最小，尤其我还是第一次喝酒。在堂兄们的怂恿下，我干了一小碗后就不省人事了。

　　待我半夜被尿憋醒，闹洞房的人早已散去。我想喊娘快拿尿盆，却发现情形不对，我不是睡在自己家里，而是小叔家的柴房里。那晚天上月亮很圆，嫦娥好像还没睡觉，正偷偷注视着小叔家院子里的动静。我蹑手蹑脚走到一处墙旮旯里，为了降低声音，把一泡尿全都浇在了墙上，尿水顺着墙壁流向墙角。

　　尿完了，却又口渴了，我就去小叔和小婶住的房屋里找水。谢天谢地，堂屋没插门闩。待我找到水缸，拿起水瓢，正要舀水，突然发现隔着堂屋与里屋的一扇小玻璃窗户，炕上居然有三个人。我立刻诧异地睁大了眼睛，借着明晃晃的月光一看，一个人正趴在小婶的身上，脑袋扎进了小婶白花花的胸脯，看不到脸，另一个人躺在一边正呼呼酣睡，分明就是小叔。那时，我虽然还不懂男女之事，但我在潜意识里本能地知道，小叔的婚房里不该出现另外一个男人啊。

水也不敢喝了，我轻轻放下水瓢，准备闪出堂屋，不料一出门被门槛绊了一跤，趴在地上就来了个狗吃屎。还没等我爬起来，小婶就跑了出来，像拎小鸡一样把我拎到了柴房里。不过就在那个过程中，我注意到一个人翻墙跳了出去，还是没看清脸，但那个身影却很熟悉。

柴房里虽然很黑，但从门缝里射进的一束月光，告诉我小婶是赤身裸体。我不敢抬头，倒不是因为小婶没穿衣服，而是因为自己像个小偷，正在等待主人的发落。小婶问我，看到什么了？我紧张地说，什么也没看到。那情形，若是换成我娘责罚我，我肯定会号啕大哭起来，但那一刻我不敢哭，泪水使劲在眼眶里憋着。我怕哭声会惊醒小叔，搞不好还会引来邻居围观，那样我就闯大祸了。小婶又问，真的什么也没看到？我拼命地点头，索性给小婶跪下了，不敢出声。小婶说，记住，敢去外面瞎说，看我不撕烂你的嘴。我继续点头。小婶又说，在柴房里乖乖待着，我不叫你，不许出来。我一抬头，正要继续点头，一片月光哗地涌了进来，接着我看到一个雪白的屁股快速扭动着闪了出去，柴房门随即被上了锁。

终于熬到天亮，我听到小叔出来倒尿盆的声音。这时院子里的大门咯吱一声响，只听小叔问，大清早的，上哪儿去了？回答的是小婶，有东西忘带过来了，回了趟娘家。其实天亮前我听到了院门的门闩响，原来是小婶出去了。小叔又问，啥值钱的宝贝，至于大清早就跑回娘家一趟？小婶说，别问了，女人用的东西，快点洗漱，该给爹娘去行磕头礼了。我们那儿新人成家的第二天，新媳妇要和丈夫在清早给公公婆婆行磕头礼，这是规矩。

小叔和小婶一走，院门外立刻咔嚓上了锁，我以为小婶把我忘了，正发愁怎么出去，很快院门就开了，接着有急促的脚步声走向柴房。小婶走了进来，又像拎小鸡一样把我拎到了她和小叔住的堂屋里。很快，小婶从里屋端出一碗黑乎乎的汤水，对我说，这是红糖水，快把它喝了。我认识红糖水，那年月，那东西，只有过年或染上风寒，娘才肯给我泡一碗。我闻到了中药的味道，那种黑乎乎的汤水我见过，别说闻了，看着就让我恶心。我不喝。小婶急得脑门上冒出了汗，索性把我逼到墙角，一手掐着我的脖子，一手往我嘴里灌汤水。

喝完汤水，我直感到喉咙火辣辣的，任凭小婶不住地威胁我，敢把这些事告诉别人，就找机会掐死你，丢到荒野里喂狼吃，我一句话也说不出来，只好流着泪拼命地点头。那一刻我从心里恨爹娘，为什么我都丢了整整一个晚上，他们却没人来找我？小婶刚一说让我走吧，我就迅即像挣脱了猎人手掌的兔子，急匆匆往家跑。路上，我陆续遇到几位堂兄，他们都扯着嗓子大声喊我，小叔和小婶的磕头礼就要开始了，再不去就迟到了。我却装作没听见，继续撒腿往家跑。我一肚子委屈，边跑边想，我咋不想去啊？谁都知道磕头礼一结束，孩子们就可以分食糖果，我也馋啊，可我哪敢再看到小婶那双凶神恶煞的眼睛？

那个上午好漫长，我虽饥肠辘辘却只好蜷缩在炕头。爹娘直到中午才从爷爷奶奶家回来，一进门娘就急切地问我，我的小祖宗哎，昨晚你究竟跑哪儿去了？害得我和你爹急等了一夜。我一听爹娘根本没有找我，心里就觉得更委屈了，假如他们能及时找到我，我也就不会被小婶欺负了。娘一个劲地问我，我一个劲地哭，娘问我为什么不说话，难道你哑巴了？我张开嘴啊啊地叫，用右手的食指指着嗓子，示意娘我已经不会说话了。

娘和爹都不解，好端端一个孩子，昨天还像八哥似的能说会道，今天咋就突然变成哑巴了？娘双手抓着我的肩膀使劲地摇晃我，问我昨晚到底去哪儿了？到底发生了什么事？我的肩膀被娘抓疼了，确切地说是从心里恨娘了，明知我已经不会说话，为什么还要逼问我？虽然我听力没出问题，可我当时还没上学，既不识字也不会写字。我想即使我当时会写字，我也不敢写啊，毕竟我才五岁，我害怕被小婶掐死，更怕被狼吃了，我坚信小婶绝对是个说到能做到的人。

从此，我的身上就多了一个哑巴的标签，不仅左邻右舍嘲讽我，就连堂兄们也嘲讽我，没人再和我玩。我只能每天一个人躲在自家院子里，和鸡鸭猪羊为伴。娘看着我咿咿呀呀不会说话，经常默默地以泪洗面。差不多过了一个多月，娘实在受不了了，就和爹商量，想带我到市里的大医院去看病。那时乡里和县里的医疗技术都很落后，医生都说看不了。爹一听无奈地叹了口气说，到市里看病，说得容易，咱家哪有那么多钱啊？我看还是认命吧，或许这孩子命里就该有这一劫。

娘不信命，就只好背着爹去和小婶借钱。娘知道小婶刚结婚，手里攒着不少礼金，况且她还没孩子，日常花销也少。谁料娘不仅没借到钱，从小婶家回来后，竟然也不会说话了。村里的赤脚医生刘光说娘是急火攻心，也有可能患有后天变哑的某种遗传疾病，只不过比孩子晚发作罢了。也就是说，按照那个庸医刘光的推断，我之所以会变成哑巴，很有可能是娘遗传给我的。

一个哑巴都没钱到市里看病，现在家里出现了两个哑巴，娘也就只好认命了。其实我知道是小婶害的娘，可我却没办法也不敢告诉爹，而是从心里更惧怕小婶了。如你所知，小婶是个心肠极其狠毒的女人，可娘不知是天真还是愚昧，居然对小婶无半点恨意，反而从心里极度自责，认为是自己给这个家庭带来了厄运。自己有遗传病也就罢了，没想到还连累了自己的孩子。当然，这些话并不是娘亲口说出来的，而是年幼的我从她内疚的泪水中读出来的。

不久，娘抑郁了，开始变得疯疯癫癫。村里的孩子们，经常嘲讽我们母子。他们说我是哑巴我还能忍，说娘是疯婆子我就不能忍了。结果可想而知，我经常被一群孩子打得头破血流。娘抱着我哭，我却咬着牙不哭。在我心里，恨的不是这些打我的孩子，而是把我们母子变成哑巴的小婶。偶尔，小婶也会到我家来串门，装出一副活菩萨的样子，先是向爹问问我娘的病情，继而再摸摸我的脑门，每次我都紧张得要命，手心里全是汗。每次小婶送来吃的，都被我悄悄扔掉了，为此爹没少打我，一边打还一边骂，真是狗咬吕洞宾，不识好人心，可惜了你小婶的一片好心。

小婶的儿子秀军出生以后，小婶就很少到我家来了。有一次我娘突然去抱秀军，吓得秀军哇哇大哭，为此还找人叫了三天魂。秀军会走路以后，在街上一看到我娘，转身就往家跑，我娘就在后边追。小婶往我娘跟前一站，我娘就不再追了。小婶可能做了坏事心虚，怕我娘祸害她的孩子，可我却觉得我娘是喜欢秀军。秀军上了小学以后，就不再怕我娘了，遇到我娘还会主动打招呼。秀军和我上同一个学校，都在村小学。说起来，学校一开始不愿意收我，校长说我应该去上特教学校。我爹说，特教学校市里才有，庄户人家哪供得起？况且我儿子又不是天生哑巴，他有听力，就能听懂老师讲课。乡里乡亲的，校长也就不好再说什么。

秀军上一年级，我上六年级。我从秋天苦等到冬天，想趁冬天放学时天黑得早，好从背后袭击秀军，出一下心头积攒了多年的恶气。有几次放学后我故意尾随着秀军，可每次当我要下手，我娘总是不知从哪儿冒了出来，拉着我的手就往家走。终于有一次，娘患重感冒下不了炕，我暗自庆幸她不会再破坏我的计划了。可正当我要下手时，不知谁家的狗突然跑过来要咬秀军。我一看，下意识地抢起书包就去打狗。狗跑了，秀军战战兢兢地说，哥哥，谢谢你来保护我。从此，我就心软了，想报复秀军的恶念彻底消除。秀军呢，怕狗咬，每天放学都等着我，我也会每天偷偷把他送到家门口。

我上了初中以后，每逢小婶去乡里赶集，秀军就会跑到我家问我题。每次我都会在纸上耐心地帮他解答，有时也会在纸上与他交流。我娘呢，一看到秀军病就像好了一半，总是把家里最好吃的拿给他吃。我爹在兄弟中排行老四，秀军自然就管我爹叫四大伯，管我娘叫四大娘。有一次，秀军在纸上写下，哥哥和四大娘为什么都不会说话？那一刻我才发现，秀军真是个聪明的孩子，他知道我和娘都有听力，却怕我娘听到这句话伤心，因此就故意在纸上问我。那时我已经彻底懂事了，就在纸上回答，遗传病。秀军又在纸上写下，我爹不喜欢我。我也只好在纸上写下，怎么可能呢？

怎么不可能？我怕秀军伤心，不好如实回答他。关于小叔的那桩婚事，其实村里人一直有议论。有人说一朵鲜花插在了牛粪上，还有人说秀军不是小叔的孩子。如你所知，小叔身体有残疾。他结婚前在砖厂烧窑时，窑塌了，他整个人被埋在了砖窑里。小叔被救出来后，右腿骨折，伤好后走路一瘸一拐，再也干不了重体力活。小叔的脑子也不太好使，据说是那次事故留下的后遗症，清醒的时候能说会道，犯病的时候就胡言乱语。我的三个大伯家里都田地多，小叔家田地里的农活，基本都落在了我爹身上。干完活我爹就会在小婶家喝酒，经常喝到后半夜才醉醺醺地回来。我从心里一直为爹担心，生怕哪天小婶也给爹喝上一碗黑乎乎的汤水，爹也就不会说话了。

我的担心持续了很多年，直到秀军考上中专读了警校，我担心的事迟迟没有发生，村里却传出了我爹和小婶的闲话，说我爹和小婶好上了。事情的起因是村里的赤脚医生刘光一次醉酒后，在村中央遇到了小叔，当时小叔正一个人自言自语。刘光一看小叔脑子又不好使了，就逗小叔说，你个绿王八，快回去看看吧，没准儿你媳妇这会儿正被你四哥搂着睡觉呢。谁知小叔一受刺激脑子突然就好使了，抓着刘光的衣领就大声质问，你说什么？再说一遍！刘光一看惹了祸，立刻酒醒了，推开小叔就跑。

小叔一瘸一拐地回到家，看到我爹正在院子里和小婶一起盘坐着码放玉米棒子，两人有说有笑，完全没有注意小叔已经回来。尤其是小婶手里正拿着一根玉米棒子，轻轻地用手摘着上面的玉米须，摘完了还不住地用手摩挲，边摩挲边对我爹说，四哥你看，这根玉米棒子又粗又壮，长得多好？我爹点头，是长得好，这些玉米棒子要都长成这样，今年你家就发财了。小叔一看顿时就火了，你个骚娘们儿，跟谁好不行，怎么偏要和自家的哥哥好呢？说着，小叔抓起一根玉米棒子就朝小婶砸来。我爹眼快，用手一挡，手背立刻就红肿了起来。

小婶噌地站了起来，扑上去就和小叔厮打在一起。我爹劝架，劝不了，只好把爷爷叫来了。晚上，爷爷召开家族会议，我在外边偷听。爷爷对我爹说，不要脸的东西，兔子还不吃窝边草呢，咋能给自己的亲弟弟戴绿帽子？我爹说，没结婚前我就喜欢弟妹，谁让你和娘不成全我们？爷爷说，她娘家要彩礼，就像狮子大开口，倘若成全了你，欠下一屁股饥荒，就你弟弟这条件，有钱都不好找媳妇，你想让他一辈子打光棍啊？未等我爹还嘴，小叔就抢着回答，受这窝囊气，孩子也不是我的种，还不如打光棍呢。小婶一听，立马怒了，质问小叔，那你说，秀军是谁的种？小叔说，是谁的你知道，还有脸来问我？这时我娘突然冲了进去，拉着我爹就往外走，家族会议还没结束，也没讨论出个处理结果，就被我娘搅和

湛影

散了。

我在外边听得头皮直发凉，难道秀军是我的亲弟弟？难道我娘根本就没疯？难道我娘早就知道我爹和小婶有奸情？所以才一直装疯卖傻，也不让我伤害秀军？那时我已经初中毕业多年，县高中坚决不录取我，我就只好在家和爹务农。用爹的话说，读到初中就可以了，一个哑巴还上什么高中？万一考上大学拿什么供你？想起我爹曾说过的话，再想起他和小婶的丑闻，哦，我终于明白了，原来我五岁时的那个晚上，看到的那个从小叔家翻墙跳出去的熟悉身影竟是我爹。难怪我丢了整整一个晚上，爹娘都不去找我，原来爹已经知道了被小婶锁在柴房里的人是我。而他翻墙回家之后，很有可能对娘说了谎话，说我没准儿在哪个伯伯家睡了。那时为了和堂兄们玩，我经常会睡在伯伯们家里。

我想骂爹，你真不是人，为了你和小婶的奸情不被泄露，就忍心看着小婶伤害你的孩子和媳妇吗？我想骂小婶，并且大声告诉她，我已经不再怕你了，真想一把掐死你，就因为你当年给我灌下了那碗黑乎乎的汤水，害得我本来学习成绩很好，却连高中都没有读成。尤其是我现在都二十几岁了，已经到了成家的年龄，可家里却一年到头连个媒婆都没有。我还想问问可怜的娘，明知道爹不喜欢你，却为何要那样作践自己，忍痛默认了爹和小婶的奸情？

可我是个哑巴啊，纵然我心中有一万个疑问，肚子里有比长江和黄河还要汹涌澎湃的怨气，我却骂不出来，也问不出来啊，娘也没有办法回答我。回到家，看着娘在炕头独自流泪，爹在一旁喝着闷酒，我想冲着爹大叫，又怕吓到了娘。我知道，娘的心里其实比我还要委屈。

秀军中专毕业后被分配到了县公安局刑警队，关于我爹和他娘的事也早有耳闻。每次秀军休假一回来，总会第一个先来找我，还是像以前一样，在纸上和我交流，直到我们手臂都写得酸痛了，他才肯回家。有一次还没到休假的时间，秀军却急匆匆回来了，一见到我，就在纸上写下：哥哥，我很难过。我在纸上问他，遇到什么烦心事了？秀军写下：我做了两份DNA检测，结果是，第一我确实不是我爹的孩子，第二你也不是我的亲哥哥。这怎么可能？我字迹潦草地问。是真的，秀军索性不写字了，而是大声哭着回答，我不是我爹的孩子我并不难过，可我多么希望你是我的亲哥哥啊！

难道是我错怪我爹了？我怎么想当年那个从小叔家翻墙跳出去的熟悉身影也是我爹啊。是我没错。常年和两个哑巴生活在一起，我爹仿佛练成了过人的读心术，他一定是听到了秀军的哭喊后，以乾坤大挪移的速度出现在了我和秀军的面前回答。我爹说，儿子，那晚你看到的那个人的确是我，爹对不起你，是爹害了你，也害了你娘，爹有罪啊。接着，我爹又对秀军说，你那个DNA检测到底准不准？这么多年虽然四大伯在人前没有勇气承认，可在心里我一直把你当成是

湛影

自己的孩子啊。秀军说，四大伯，那是科学，错不了。

错不了？那你亲爹是谁？当年你娘苦苦求我，说你爹脑子受过伤，怕你生出来脑子也不好使，就偷偷告诉我新婚当晚会把你爹灌醉，让我半夜潜入洞房。你娘的新婚之夜是和我一起度过的，你怎么可能不是我的孩子？我爹不信，他倒像个警察，秀军像个犯人，他在审问秀军。秀军说，我哪知道亲爹是谁？若不是我从小哥哥就对我好，你以为我希望你是我亲爹吗？秀军说完要走，可我爹拉着不让。秀军，你不能走，你是警察，这个案子你必须得破，是谁比我先睡了你娘？害得我儿子和媳妇都变成了哑巴。

我娘听到了我爹要让秀军破案，顿时啊啊大叫着跑了出去。一会儿，小婶来了，进门就问，这是咋了？我爹说，咋了？我要让你儿子破案，他到底是谁的种？把我一家害成这样。小婶一听立刻脸色大变，哭着央求秀军：儿子，这案子你不能破啊，一旦破了，娘在这世上就没脸活了。秀军说，娘，亏你也能说出这种话，你要是知道要脸，怎么会欺骗我爹，伤害哥哥和四大娘，做出这种天理不容的事？就算我不是警察，我也要把这件事彻底查清楚，还要让你受到应有的惩罚。

秀军，娘有罪，娘说，娘全都和你说。小婶说着先是朝我和我娘跪下了，就像当年在她家柴房里，我给她跪下一样。接着小婶转过身，看着秀军说，有一次娘患感冒到村里的赤脚医生刘光家买药，刘光不知给娘喝了一碗什么汤药，娘就不省人事了。等娘醒来，已经被刘光糟蹋了。那时娘还是个没出嫁的姑娘啊，回去告诉你姥爷姥姥，他们怕娘嫁不出去，就只好忍了，所以才没要多少彩礼就匆匆嫁给了有残疾的你爹。当时娘也不知道已经怀上了你，娘从心里不喜欢你爹，一直喜欢你四大伯却没嫁成。娘是真的怕你生出来脑子不好使，所以才偷偷和你四大伯入了洞房。谁知娘和你四大伯的事被你哥哥发现了，娘怕你哥哥说出去，就只好去找刘光要了能把人变成哑巴的药，害了你哥哥。若不是你四大娘要带你哥哥去市里看病，娘也不会把你四大娘也变成哑巴。儿子，娘罪孽深重，你把娘抓走吧。

秀军义愤填膺地说，我先去把那个王八蛋刘光抓起来。这时，我娘突然又哭又笑，又变得疯疯癫癫起来。

赤色的黎明

1

半夜三更，哪来的枪声？太平镇看来不太平了。

枪声过后，一阵婴儿清脆的啼哭声，瞬间又打破了夜空的宁静。

慧明住持走出禅房，发现这哭声就来自寺院的门廊。阿弥陀佛，真是罪过，谁家的女人这么狠心，竟把一个还不足月的婴儿丢弃在寺院门口。

2

第二天一大早，整个太平镇的人都被一群凶神恶煞的持枪军人驱逐到了镇中央的广场，庙里的和尚当然也不例外。

慧明住持站在前排，目光凝重，神情淡定。旁边一个中年男人，身体一直不停地哆嗦，尿液顺着裤腿流到地上，发出一种腥臊的味道。

广场中央，一个女人被绑在一根石柱上，一身灰粗布军服，头戴红五星军帽，年龄也就二十出头。那个女人脸色极其苍白，嘴角沾满了血渍，身上破裂的军服裸露着一道道正

湛影

在滴血的伤口。

她的头颅微微下低，尽管努力想把头抬起，但她看起来实在是没什么力气了。如果不是被绑在石柱上，恐怕她连站都站不稳。

石柱是广场上的祭祀柱。这片广场，虽然每天人来人往，但实则是镇上的大地主霍家的私有领地。每逢霍家举行隆重的祭祀仪式，百姓们就会被禁止在广场上穿行，只能远远观看，不能违反禁令，否则，轻则会被一顿毒打，重则还会失去性命。

说起霍家的祭祀仪式，太平镇的百姓们哪个不晓。鸡鸭猪羊被拴在祭祀柱上，现场屠宰取血供奉神灵，这是一道必不可少的程序。因此，这片广场其实就是个杀生场，按理说，百姓们应该见怪不怪了。

可今天却不同，祭祀柱上绑的不是鸡鸭猪羊，而是一个活生生的人，尤其还是一个年轻的女军人。虽然百姓们不知道女军人为什么会被抓，但接下来会发生什么事，每个人都心知肚明。军服不同，派系就不同，水遇到火，又怎能相容？这些年军阀连年混战，霍家动不动就更换靠山，倚仗军阀撑腰而欺行霸市，欺压百姓，可以说是赚尽了不义之财，做尽了缺德之事。

这时，大地主霍老爷一脸谄媚，陪着一位国民党军官走向广场中央，当着全镇百姓们的面，像一条鬣狗一样在人群前狂吠。他说这位长官大人是专门来抓"共匪"的，接着用手一指被绑在石柱上的女军人，说她是一名流窜到太平镇的红军，长官大人不辞辛苦，追了三天三夜才于昨晚将其抓获。

可现在的问题是，霍老爷突然提高了嗓门，这名"共匪"逃窜时带着一个婴儿，而昨晚抓到她时婴儿却不见了。她的丈夫可是"共匪"的一名高级将领，所以那个婴儿必须活要见人死要见尸。谁家如果藏匿了，就赶紧交给长官，长官会重重有赏，否则一旦被搜查出来，就会遭受灭门之灾，大家可要听清楚了。

霍老爷讲完话，又谄媚地看了一眼身旁的军官。军官点点头，意思是讲得很好。霍老爷见人群鸦雀无声，于是又扯高嗓门喊道，我数十个数，谁要是能主动把婴儿交出来，长官大人说了，念大家不知情会既往不咎，但现在既然大家都知道那个婴儿的身世了，如果还顽冥不化与长官大人作对，那就准备好吃枪子儿吧。

一、二、三……霍老爷每数一个数，空气就会变得更加凝重。

当霍老爷数到十，人群里依然没人站出来。军官突然发怒了，从腰间拔出手枪，朝着天空就连开了三枪，吓得孩子们哭作一团。

不交是吧！军官终于憋不住话了，谁若是被查到，这个女"共匪"就是他的下场！军官一抬手，几名军人立刻举起

　　　　　　　　　　　　　　　湛影

枪管对准了女红军。女红军竭力抬起头，脸上没有一丝惧色，眼神里反而散发出一束奇怪的光芒。那束光芒与慧明住持的目光相撞，慧明住持禁不住打了个冷战。但这一幕发生的很快，快如闪电，军官和霍老爷根本没注意到。紧接着，随着噼里啪啦一阵枪响，祭祀柱瞬间就被鲜血染红了。

就在刚才，太平镇的天空还艳阳高照，一场不期而至的大雨来势汹汹，很快就将人群冲散了。

整个太平镇被地毯式密集搜查了三天，也没搜到婴儿的影子。

待军队撤离后，霍老爷才令家丁将女红军的尸体扔到了荒郊野外。

半夜时分，慧明住持带着一个小和尚找到女红军的尸体匆匆掩埋了，没有堆坟头，也不敢立墓碑，只放置了一块大石头做了个记号。

3

在兵荒马乱的年代，别说寺院里香客寥寥，就是僧侣也人丁稀少。

寺院里只有慧明住持和小和尚两个人。小和尚是慧明住持不久前才收留的一个小乞丐。那天五岁的小乞丐讨饭来到寺院，慧明住持见他可怜，尤其是听他说和逃荒的父母走散了，怕他被人贩子拐走，就把他留在了寺院。

小和尚还小，对成人的世界还什么都不懂，但小和尚很聪明。譬如，那晚半夜时分，当慧明住持将婴儿抱进禅房，小和尚就机灵地从床上爬起来，说婴儿绝不是被妈妈故意丢弃的，就像他也绝不是被父母故意弄丢的。

慧明住持修行了几十年，对这乱世纷繁复杂的世相，早已有了深刻的参悟，因此许多事情也能未卜先知。当晚慧明住持就把婴儿藏在了寺院的地下密室里。第二天一大早，果然就有霍家的家丁带着军人来搜查寺院，搜查未果，就把慧明住持和小和尚驱逐到了镇中央的广场。

女红军牺牲后，寺院又被翻了个底朝天。幸好地下密室的入口十分隐蔽，就在佛像的底座下。一般人即使不信佛，也不会去轻易触碰佛像，因此婴儿才躲过了一劫。

搜查的军人走后，慧明住持心疼地抚摸着小和尚的脸，看着他脸上被打的血红的手指头印，问他疼不疼。小和尚眼中噙着泪，口中却细声嫩气地说了一句不疼。

慧明住持把小和尚搂在怀里，感觉这个孩子似乎命中注定与佛有缘。他才五岁啊，一个五岁的孩子心里就装满了成人都难有的大慈悲，看来这寺院后继有人了。

小和尚依偎在慧明住持的怀里，或许是因为那个婴儿触景生情，小和尚想起了失散的父母，终于忍不住哭出声来。佛祖会惩罚他们的，慧明住持对小和尚说，他们作恶，不会有好报，而你是在扬善，将来一定会有福报。慧明住持这么

　　　　　　　　　　　　　　　　　　　湛影

一说，小和尚立时就停止了哭泣，双手合十，虔诚地念了一声阿弥陀佛。

慧明住持这才想起，婴儿总待在地下密室里，且不说空气污浊，尤其是光线还不好，对婴儿的健康很不利。

小和尚机警地插上院门，慧明住持把婴儿抱到了院子里。因为阳光太充足，慧明住持先是用手捂着婴儿的眼睛，慢慢地手指分离，许久才把手轻轻移开。

婴儿很听话，自从进了寺院，不哭也不闹，仿佛知道自己命运多舛，想在这乱世中存活下来。因为没有奶水，就只好喂婴儿米汤。婴儿的小嘴吧唧着吃得很香，喝完米汤就恬静地睡着了。

出家人的慈悲之怀，此刻俨然变成了母爱温暖的胸怀，这么小的生命，为什么早早地就要承受这人世间的险恶？阿弥陀佛，善哉，善哉！

婴儿是个女孩，和她的母亲一样美，白皙的脸蛋儿，粉红的嘴唇，越看越让人喜爱。

小和尚看着熟睡的婴儿，一双童真的眼睛看上去若有所思。想父母，还是感觉到自己与婴儿有相同的遭际？或许他都想过。

小和尚问慧明住持，为什么不去和别人借一些奶水，他说自己就吃过别人的奶水。

慧明住持伸出食指，立到嘴边轻轻地说了声嘘，然后五指并拢，放到脖子那儿划了一下，继而又立起手掌，念了一声阿弥陀佛，小和尚就不说话了。

就在此时，有人突然拍打院门。

慧明住持藏好婴儿，赶忙让小和尚打开院门。

霍老爷走进大殿的时候，慧明住持正在诵经。霍老爷点燃一炷香，插进香炉里，三鞠躬后，跪在慧明住持身旁，问主持大白天的缘何紧闭院门？慧明住持答曰，近来匪患猖獗，恐贼人闯入寺院，玷污了佛家的清静。

也对，近来匪患的确猖獗，"共匪"女红军流窜到太平镇就是佐证，佛家净土，是要规避，霍老爷也跟着感叹。唯有在寺院，霍老爷才目无凶相，披着虔诚的佛教徒外衣，装的像个大善人。

然而恶人终究是恶人，纵然外表伪装得再善良，每每霍老爷到寺院焚香拜佛，从其口不遮心地祈祷自己财源广进，寿命能超过千年的王八，就足以暴露其内心的肤浅卑劣。

送霍老爷出院门时，霍老爷双手合十，对慧明住持连说抱歉，说家丁们不懂事，前几日冒犯了佛家领地，还望慧明住持能够原谅。

慧明住持回复，阿弥陀佛，为了太平镇的平安，这是霍老爷的分内之事，贫僧又怎能怪罪呢，佛祖也会理解的。

霍老爷一听，脸上立刻露出了诡笑，说那就有劳慧明住持常在佛前为我祈祷了。

4

霍老爷是寺院里最尊贵的香客，慧明住持不敢也不能得罪。兵荒马乱，香客寥寥，全太平镇的人都知道，寺院里的香火钱主要是由霍家来供奉。

人间遍地都是疾苦，佛祖要拯救的苍生多到数不清，仅凭每日虔诚地烧香念佛，慧明住持和小和尚又怎能填饱肚子呢？

看着霍老爷乘着八人抬的凉椅越走越远，慧明住持感觉这天空就像突然着了火，日头毒辣得就像霍老爷那双凶神恶煞的眼睛。

暮色低垂，寺院幽静，一缕笔直的炊烟从寺院的上空升起，仿佛瞬间就拉近了天与地的距离。

有家丁向霍老爷密报，近来寺院里炊烟旺盛，像是添了人丁，但密切监视却又无陌生人出入。

其实霍老爷也感到纳闷，刚才到寺院焚香拜佛，明显感觉空气比先前要变得凝重，但此中缘由却百思不得其解。虽仔细观察寺院的动静，却又未发现有任何异常，或许是疑心所扰吧。其实何止是寺院，近来在这太平镇看任何一个地方，仿佛都有"共匪"女红军婴儿的影子。

军官走时告诫霍老爷，太平镇看似一潭死水，实则暗流汹涌。一个活生生的婴儿就这么凭空消失了，绝对不能轻视这种现象。将来此地一旦被赤色所染，定会掀起一股大风大浪，因此务必要静观其变，暗中打听婴儿的下落，不要让赤色的种子在太平镇生根发芽，否则将来霍家就没好日子过了。

军官走了，却给霍老爷留下了一块心病。他听说过红军，但总觉得红军离太平镇很远，不会惊扰了他这个"土皇帝"的美梦。说实话，霍家不怕军人，反倒是能借着军人的势力沾不少光，不仅百姓们不敢造反，就连土匪也不敢冒犯。总之，只要肯花钱，职位再大的军官霍家也能摆平。

可现在的问题是，听说这红军不同于其他的军队，他们不是地主的靠山，而是地主的掘墓人。这怎么了得，好在这次就来了一个红军，且还幸运地被处决了。如果是一大批红军呢，现在被抛尸荒郊野外的，可能就是自己了。想着想着，霍老爷就浑身惊悚，起了一身鸡皮疙瘩，头发都一根根竖起来了。

一定要找到那个婴儿，不要给将来留下祸患，否则太平镇从此就不会太平了。既然那个婴儿的父亲是红军的高级将领，那他就一定会派人来寻找，霍老爷吩咐家丁。

家丁问，要不要再搜查一遍寺院？霍老爷眼珠子一瞪，没有证据绝不要轻举妄动，好歹我也是个佛教的信徒。霍老爷嘴上这么说，其实他心里明白得很，佛祖能帮他赚钱吗？佛祖能给他当靠山吗？在他心里，那些军阀官僚才是真正的

"佛祖"。至于他为什么要披上一件伪善的外衣，用信奉佛教来美化他那副丑恶的嘴脸，或许是知道自己在阳间作恶太多，死后会被打入十八层地狱吧。

5

天好的时候，慧明住持就会插上院门，抱着婴儿出来晒晒太阳，呼吸一下新鲜的空气。更多的时候，婴儿只能待在黑暗的地下密室里。尽管慧明住持很担心她的健康，但总得先保住她的性命吧。保住婴儿的性命，其实也是为了保住自己和小和尚的性命，谁让出家人慈悲为怀，当初救了那个婴儿呢？

但慧明住持并不后悔，如果连僧人都见死不救，这佛教在人间还有什么存在的意义呢？

慧明住持经常教化小和尚，如果是对的事，即使冒死也要去做。做了对的事，就算失去性命，也是一种修行，死后自然会功德圆满，进入理想的极乐世界。

那小妹妹的母亲现在进入极乐世界了吗？小和尚眨着一双天真的眼睛问。

是的，因为小妹妹的母亲做的是对的事。她们红军，是为穷人打天下的，她们要推翻一个旧世界，建立一个新世界，就要流血、牺牲。如果她们不先进入极乐世界，穷人就很难进入新世界。从这一点讲，红军其实和我们出家人一样，也是在做善事。

慧明住持正和小和尚说着话，听到有人在叩响门环。

把婴儿藏好后，小和尚打开院门。来者操一腔浓重的南方口音，不是太平镇本地人。小和尚念了声阿弥陀佛，告诉客人今天烧香的时辰已过，施主还是请回吧。可客人执意要进来，小和尚拦不住，于是赶紧告诉慧明住持。

客人一见慧明住持，四下瞅了瞅没有旁人，立刻双膝跪地。他问慧明住持是否收留了一个婴儿，那是他的首长的孩子。一到太平镇他就在一家客栈里听说首长的妻子已经遇害了，而首长的孩子可能被太平镇的人藏起来了。他在镇上已经暗查了半个多月，思前想后，认为在这么严峻的政治形势下，敢把婴儿藏起来的地方恐怕只有寺院了。因为出家人是心肠善良的活菩萨，不可能见死不救的。

阿弥陀佛，善哉，善哉！慧明住持告诉客人，你看这巴掌大的寺院，飞出一只鸟去也会在太平镇刮起一股龙卷风，贫僧怎有如此大的胆量，敢收留红军的孩子呢？

的确，这座寺院并不大，除了一间供奉佛像的大殿，就是慧明住持和小和尚生活起居的禅房，另外还有一间生火做饭的灶房，除此之外，再没有什么多余的设施了。

慧明住持带着客人把大殿、禅房、灶房依次察看了一遍，然后叹着气说，施主已经看到了，小小的寺院，实在没有地方可以藏匿一个活生生的婴儿，再说了，霍老爷已经通告全

湛影

镇，私自藏匿红军的孩子可是重罪，就是给贫僧十个胆子也不敢啊。

慧明住持提到霍老爷时，故意提高了嗓门，并且瞅了一眼在寺院门口盯梢的霍家家丁，一是为了向霍家表忠心，二是为了提醒客人，他已经被霍家给盯上了。

客人猛一回头，看到有人正守在寺院门口，于是三步并作两步，爬上院墙就跳了出去。

追喊声瞬间从墙外传来，小和尚吓得赶紧去关院门。

霍家没来问罪，负责监视寺院的家丁不久也撤了。看来是家丁禀报了霍老爷，寺院的嫌疑暂时被排除了。

慧明住持重重地松了一口气，思虑着该如何既安全又健康地养育这个婴儿，却又实在想不出什么好办法。想把婴儿送出去，但太平镇遍地都是霍家的眼线，24小时都有家丁在巡逻。尤其是，这次追杀红军的军队到了太平镇后，霍老爷不知给军官送了多少金银财宝，军官居然给了霍家几十条枪，美其名曰是帮助维护太平镇的社会治安，实则是帮助霍家建立了一支私人武装。即使把婴儿抱出寺院，却连镇子都走不出去啊。

好在，当初修建寺庙的僧侣很有先见之明，为了躲避战乱，就同时建造了这间地下密室。

听上一任住持说，明朝时密室里还曾经藏过一位被追杀的王爷呢。王爷临走前说倘若自己有一天做了皇帝，一定会扩建寺庙。后来那位王爷真的做了皇帝，但扩建寺庙的承诺却始终没有兑现。

还好没有兑现，慧明住持暗喜，寺院一旦扩建，僧侣必定会增多，关于寺院里有密室的秘密也就不能成为秘密了。

<h1 style="text-align:center">6</h1>

一晃十几年过去了，寺院里再没有人来打听红军孩子的下落，太平镇的人也似乎都把那件事淡忘了。

而此时的太平镇，已经成了国统区。虽然霍老爷被封了个保安司令，但他做"土皇帝"的日子再没有以前那么优哉游哉了。因为他时常会被派到太平镇周边去清剿游击队，每天都在提心吊胆地过日子，这让霍老爷感到很不安。

霍老爷之所以会感到不安，是因为这些年没少帮助军阀杀害红军、八路军和游击队战士，可谓已经恶贯满盈。

小和尚已经长到了二十岁，长成了一个英俊的青年。他的法名叫志远，是慧明住持赐给他的。

而慧明住持这时已经老得胡子和眉毛都全白了，似乎圆寂的日子已经不远了。

有一天慧明住持将志远叫到身边，告诉他该是还俗的时候了。志远一听，顿时跪地，问慧明住持是不是自己做错了什么事，师父居然要把他赶出寺院。

慧明住持面带笑容，说出家人修炼佛法是为了拯救苍生，现在看来，光靠修炼佛法是拯救不了苍生的，因为苍生太苦了。有一件比修炼佛法还重要的事，趁着年轻应该去做。

聪慧的志远闻听师父这么一说，就问是不是像红婴的母亲所做的对的事。

红婴就是女红军的女儿，顾名思义就是红军的孩子，这是慧明住持给她取的名字。

慧明住持点点头。作为一名热血青年，看来志远的心中早就有了这种远大的志向，所以当年慧明住持预见到小和尚长大了会有一番作为，才赐给他志远这个法名。

不过，在还俗之后你要先做另外一件事，那就是先娶个媳妇。慧明住持此言刚出，志远就从脸红到了脖梗子。

娶媳妇？师父您这是在取笑我吗？我可没有这个意思，我要一辈子守着这座寺院。

一座破烂的寺院，连被救过的金口玉言的皇帝都不屑一顾，守着它，就能建立新世界吗？为了穷人能走进新世界，就要像红军、八路军和游击队一样，总要有人先走进极乐世界。

可是志远并不明白，去做对的事与娶媳妇又有什么关系呢？

慧明住持微微一笑，天机不可泄漏，到时你自然会明白。

志远还俗的那天，霍老爷亲自来见证了还俗仪式，并且当场答应慧明住持，会号令全镇的媒婆子，为志远找一个俊俏的媳妇。

志远说要先回南方老家寻亲，再娶一个家乡的媳妇带回来一起孝顺慧明住持。

慧明住持点点头，既然已经还了俗，俗世中的事就由不得师父干涉了。

和尚给徒弟娶媳妇，还真是一件天大的稀奇事。不仅太平镇的百姓们，就连霍老爷也偷偷乐得合不拢嘴，看来这世道真是要变了。和尚不好好在寺院里念经，居然要急着还俗去娶媳妇了。

志远刚返回太平镇界区，就被站岗的国民党士兵拦住了。问他轿子里抬的是什么人，志远说是新娶的媳妇。

国民党士兵掀开轿帘，正要示意让新媳妇下轿接受检查，一位认识志远的霍家家丁走了过来。他在士兵的耳边一嘀咕，士兵就立刻捧腹大笑，并且边笑边说，和尚娶媳妇，真是有意思，走吧，走吧，春宵一刻值千金哪，别耽误了和尚的好事。他这一番话说得志远从脸又红到了脖梗子。

志远娶回媳妇的消息在霍家家丁的散播下，很快就在太平镇传开了。前来围观的百姓们都说，难怪这小子要回南方老家去娶媳妇，还别说这南方的姑娘长的就是水灵。就连霍老爷闻讯赶到寺院，也对志远的新媳妇赞不绝口。

霍老爷回到家，满脑子都是志远的新媳妇漂亮的面孔，并且口中自言自语，一个穷酸的和尚，哪有资格享受这么大的福分。

7

半夜时分，哪来的枪声？太平镇这下真的不太平了。

黎明的时候，人们看到，整个太平镇的天空，都被赤色染红了。

街头上开始传得沸沸扬扬，说昨晚霍老爷带着家丁到寺院抢亲，却不料被游击队员劫持了。埋伏在镇外的游击队大部队和寺院里的游击队员里应外合，在霍老爷的乖乖配合下，没费几枪就把整个太平镇占领了。

有人说，志远不是回老家娶媳妇去了吗？怎么还把一位女游击队员明目张胆地抬进太平镇了？

还有人说，除了游击队，谁家的闺女有这么大的胆子，敢到老虎窝里玩儿藏猫猫的游戏？

正在这时候，寺院里突然传来了噼里啪啦的爆竹声，听说是慧明住持正在为志远主持拜堂仪式呢。

寺院里拜堂？真是闻所未闻，比和尚娶媳妇还要稀奇，于是人们纷纷跑去观看。

咦？新媳妇咋还换人了呢？这个姑娘居然比昨天的那个姑娘长得还要水灵。

哦，待慧明住持一解释，人们才知道，今天的新媳妇，就是当年那位女红军的女儿红婴。她自小与志远青梅竹马，一直偷偷地在寺院里长大。而昨天的那个姑娘，是组织上为了营救红婴，专门从南方的一支部队派来的同志。

也就是说，志远根本就没有回南方老家，而是在慧明住持的授意下，直接去了附近的游击队根据地。

咱们工人有力量

10，9，8，7，6，5，4，3……好好的一个班组，随着厂里实行末位淘汰制以来，每月淘汰一人。仅仅半年多光景，原本10个人的班组就只剩下我、刘全和师父三个人了。师父是我们的班组长，也是我们所有组员的师父。我们都是从技术上的生瓜蛋子经他手把手带出的熟练工，所以，每淘汰一人，都像从师父身上割掉一块肉。

　　现在，我们师徒三人坐在我们班组的宿舍里，看着高低床上七个铺盖卷儿已人去床空，就一个个拼命地往肚子里灌酒，安慰自己一颗空落落的心。像这种师徒一起饮酒的场面，以前在这间宿舍里是一种常态。浓烈的酒气和缭绕的烟雾纠缠在一起，伴随着划拳声、打嗝声、放屁声、嬉笑怒骂声，还有跑了音调粗犷有力的歌声，飘到窗外，仿佛能盖过车间里机器的轰鸣声，成为我们北方机械厂一道独特的风景。

　　来，唱两句，师父率先打破了沉闷的气氛。咱们工人有力量，嘿，咱们工人有力量，每天每日工作忙，嘿，每天每日……师父不唱了，我和刘全也就不唱了，确切地说是唱不下去了。原本应该十个人唱的歌，现在只剩下三个人，哪还有力量把它唱完。按照事先定好的规矩，师父起身说，老子憋不住了，也就意味着他被淘汰了。车间李主任真会难为人，给我们出了这么一个损招，让我们师徒三人商量决定，这个月谁被淘汰。厂里只给每个班组保留两个名额，也就是说，我们班组只要再淘汰一人，剩下的两人就暂时没有下岗的后顾之忧了。

其实这个月应该被淘汰的是师父，师母生了病，他请了三天假，生产量就被我和刘全反超了。我们从事的是计件工作，一个月一人能生产多少零件，谁也做不了假。零件都在那儿摆着呢，只要识数，谁多谁少一数便知。可李主任明摆着是想留住师父，不按套路出牌，把厂里的制度像废弃的下脚料丢在了一边，说师父请假那三天不能计算生产量，且这个月也不再按照生产总量来评比，而是通过计算每个人的日平均生产量来决定谁走谁留。李主任是厂里的元老，多年的工作经验早已让他炼成了"火眼金睛"，他只需用眼睛一瞟，日平均生产量谁多谁少，心中就能一清二楚。

刘全，这个月你的日平均生产量最少，收拾东西准备离开吧，李主任代表厂里，向刘全宣布了下岗决定。这样不行，师父说，既然厂里有制度，谁也不能搞例外，否则对已经淘汰的工人们也不公平，应该离开的是我，我主动离开就是了。师父刚要走，刘全就一把抓住师父的手说，师父，您是厂里的顶梁柱，您不能走，您要一走，北方机械厂就真的完了，还是让我走吧。刘全啊，难得你这么明白事理，真是对不住了，我这么做，其实也是为了保住厂子。李主任见刘全关键时刻能顾全大局，舍身也要留住师父，马上一脸歉意地给刘全赔不是。

师父满脸通红怔在那里，走也不是，不走也不是。走，一定对厂子万般不舍；不走，一定又不忍心看着刘全离开。就在师父两难之际，李主任向我使了个眼色，我就赶紧扑过去抱住师父，求他不要走，在心里只能对刘全说一万个"对不起"了。我和刘全同期进厂，十几年来朝夕相处，情同手足，我又怎忍心让他先离开呢？可谁让他的竞争对手是师父啊，师父一旦离开了，别说是厂子可能很快就保不住了，感觉天也很快要崩塌了。我们师徒三人就这么僵持着，只要师父一动，我和刘全就使出吃奶的力气，不让他走出车间。李主任一看这么下去也不是个办法，就劝我们先下班吧，下了班三人爱抓阄爱啥啥啥的，总之让我们明天早上把商量的结果告诉他就是了。

出了车间，刘全看着师父，我去买酒菜。回到宿舍，酒瓶一开，香烟一点，师父说，刘全，老规矩，谁先撒尿谁就自动离开厂子。刘全说，听师父的。我说，也算上我。师父说，没你的事儿，你陪着喝就行了，顺便当个证人。刘全顺着师父的话对我说，今儿个你可不能喝多了啊，得负责把我们其中一个送回家。

以前也是这样，总是师父和师兄弟们放开了喝，喝到半夜，第二天休班的人就非要闹着回家，好像在宿舍睡一宿吃了多大亏似的，在哪儿睡不是睡，无非就是枕边少个女人。可谁让我三十郎当岁还是光棍儿一条呢，每次我还没喝到尽兴，一帮人就集体看着我不让我碰酒了。凭什么总是让老子大半夜送他们回家？时间一长我的心里就不舒服了，尤其是大冬天，他们搂着老婆钻到热被窝里了，老子却孤身一人在大马路上吹冷风。

后来，负责买酒的我一走进厂门口的小卖部，老板娘就会习惯性地先给我打开两瓶啤酒。我咕咚咕咚灌上半肚子，回到宿舍再整上两三瓶，不一会儿，我就醉得不省人事了。时间一长，大伙儿就开始有些生疑了。都说这小子不是酒量很好吗？怎么这么快就醉了啊？于是他们让刘全偷偷监视我，有一天终于在小卖部把我抓了现行。最后，为了求得大家的原谅，一顿赎罪酒一下干掉了我月工资的三分之一，害得我那个月日子过得捉襟见肘。这还不算，不能再醉酒的我被迫又重新开启了半夜送醉酒的人回家的生活模式。

现在，刘全又在用怀疑的口气盯着我问，偷喝了没？我说没有。可他的眼神还是表现出极度的不信任，我就腾地站起来左手拍着胸脯，右手弯曲手指，在桌上挠了几下，大声说真的没有，偷喝我就是王八犊子。师父说，坐下，谁让你总是爱耍小聪明，这下好，知道诚信有多重要了吧？师父和刘全一起激我，我拿起一瓶啤酒一仰脖就干掉了半瓶子，酒瓶子往桌上一墩，啤酒沫飞得到处都是。我以为师父和刘全会一起责怪我，怕你喝多了咋还自个儿先喝上了呢？待我定睛一看，两人都仰着脖往肚子里灌酒呢，嘴皮子已经被酒瓶子堵上了。也就在我吐了两个烟圈儿的工夫，两瓶啤酒就相继墩在了桌上，继而两人低头猛吸香烟。

烟雾缭绕，酒气熏天，不到十分钟，宿舍里就一片狼藉。我买了两提啤酒，每提十瓶，低头一看，地上已经躺了十几个空酒瓶。满地的烟头好像犯了多大的罪，被我们用鞋底子一顿蹂躏，过滤嘴皮和滤芯已全部分离。接下来师父和刘全继续喝酒，我继续吐我的烟圈儿，三人谁也不说话。语言在这种沉闷的气氛里，仿佛变成了一把锐利的刀子，亮出来就扎心。明知道早晚要扎心，那就长痛不如短痛，师父率先打破了沉闷的气氛，让我们跟他一起唱两句，刚唱了两句，他就哭了起来。

就像每次在机床上做示范一样，师父怎么做，我们就怎么做。现在师父哭了，我们也跟着哭，师父哭得肝肠寸断，我们也哭得有模有样，不，我们这次并不是在模仿师父，而是比师父哭得还要优秀。比如师父是边抹眼泪边小声抽泣，我们则是鼻涕和眼泪混杂在一起，杀猪般撕心裂肺地号啕大哭。看来师父的技术并不是样样都出众，起码在哭上就不及他的徒弟。唱也唱了，哭也哭了，擦干眼泪，还得面对现实，师父起身说，老子憋不住了，看来真是岁数大了。

刘全抹了一把鼻涕，抹得满脸都是，一个鼻孔冒着鼻涕泡，鼻涕泡随着他的气息一会儿大一会儿小，可就是不破。若是换在以前，我和师父肯定会笑出声来，现在谁还有心情去笑。只见刘全哽咽地说，师父，您就别装了，我知道您是为我好，可我已经尿裤子了，我输了，师父，还是让我走吧。我朝刘全的裤裆里一瞅，好家伙，不知何时已洇湿了一大片。其实唱歌前我就看到了地上有水滴，还以为是酒瓶里冒出的啤酒沫呢。师父说，刘全啊，师父知道你酒量高，也知道你心眼儿好，更知道你是故意尿湿了裤子，想让师父赢得安心，可赢了徒弟的师父又怎能安心留下呢？何况还是假赢，你们两个都听好了，师父只是暂时离开，短则半年，长则一年，肯定还会回来，所以，你们两个都不要悲伤，就当师父出去度假了，好不好？

不好！我和刘全异口同声地回答师父。刘全说，没有了师父的北方机械厂撑不了多久的，别说一年，半年都是个未知数啊。是啊，师父，我也接着刘全的话说，我们怕等不到师父回来，厂子就已经关门大吉了，还是师父留下吧，要不，明天我们和李主任说说，我和刘全一起离开，只要师父能留下，我们怎么做都行。可师父态度十分坚决，只要是他下定决心要做的事，十头牛也拉不回来。他郑重其事地告诉我和刘全，你们两个都听好了，生活再难也要给我撑下来，谁敢当逃兵看我回来怎么收拾你们。师父说这话时，俨然不像是喝过酒的，更像是一位即将远行的壮士，在与亲人作最后的道别。我和刘全你看看我，我看看你，抓起酒瓶子就狂饮起来，直到一头扎到床上都不省人事。

那年是1995年，第二天就是西方传统的愚人节，那时愚人节在我们国家刚热起来没几年。一觉醒来，已经是上午十点。刘全还在呼呼大睡，我叫醒他，说师父的铺盖卷儿不见了。刘全看了一下宿舍里的日历牌，说师父不会是在愚弄我们吧。我说师父最看不惯我们过洋节了，忘了去年厂子效益还没滑落到谷底的时候，我们在愚人节那天想愚弄师父，说厂子里要给每人发一笔奖金，谁知竟被师父骂了个狗血喷头？师父说，你们这帮兔崽子，厂子里中秋节给你们放假，让你们回家和亲人团圆，你们却聚在一起喝酒，中国的传统节日不过，过他娘的什么洋节。刘全听我这么一说，一拍脑门，泪水瞬间又流了下来，师父哎，您让徒弟情何以堪，您都下岗了，以后的日子还有什么盼头。

到了厂子后李主任一见到我和刘全，一下子眼眶红了。完了，完了，你们的师父一走，这下厂子是真的完了，李主任说着竟蹲到地上呜呜地哭了起来。尽管我们车间里的人都不喜欢李主任，但那一刻我能感受到他为师父下岗惋惜是真心的。我上前把他扶了起来，安慰他说，您别伤心，我们的师父走了说不定并不是一件坏事。啥？小兔崽子，我知道你师父平时对你管教最严，这帮徒弟中数落你的次数最多，可他九点钟刚上火车，你也不能这么快就幸灾乐祸吧。不是，不是，李主任，我不是这个意思，我赶忙向李主任解释。不是啥不是，我耳朵又没聋，刚才你那句话听得真真的呢。其实李主任和我师父的关系平时并不好，我师父在工作上没少顶撞过他，哪知我师父一走，他居然还为师父打抱不平了。

李主任啊，是这样的，昨晚我师父说了，他只是暂时离开，短则半年，长则一年，肯定还会回来，所以，让我们都不要悲伤，就当他出去度假了。本来我是想劝慰李主任，不料他哭得更凶了。难怪这厂子效益搞不好，原来养了一帮蠢材啊，你的脑子是不是进水了，连这种委婉离别的话都听不出来吗？还回来呢，你师父已经下岗了，和这个厂子没有任何关系了，他还回来干啥啊？李主任的教训自然不无道理，但我不这么认为，凭我对师父的了解，他对厂子的感情丝毫不亚于对师娘的感情，师父决不会就这么轻易离开的，我相信师父还会回来。我对李主任说，您忘了1992年12月发生的那件事了吗？当时我们车间生产的一批零件不合格，全部被客户退了回来。厂务会研究决定，如果一个月内不把技术难题攻克了，就要免去您的车间主任职务。可结果呢，我师父悄无声息走了半个月，去东北一家机械厂找技术专家请教，半个月后顶着大雪回来，这才为您保住了车间主任的职务。

你认为你师父这次是去东北那家机械厂学技术去了吗？

那家厂子去年年底就已经倒闭了。李主任还是不信我的话，不信就不信吧，我也没有心情和他理论了。看得出，师父一走，对李主任的打击很大。我和刘全去了师父家，师娘说她也不知道师父去了哪里，临走时师父只说让她在家等信儿。一个月后，师父真的来信了，不过不是寄给师娘的，而是寄给我的。在信中，师父说，他在深圳的一家机械股份有限公司工作，过得很好，让我们放心，顺便帮他转告师娘。另外，师父在信中针对我们车间积压的一批零件提出了许多存在的问题，并且告诉了我们改进问题的方法，让我和刘全赶紧动手，那批零件在深圳销路其实很好。

我把信拿给李主任看，李主任这才相信了我先前说过的话，立刻转忧为喜，让我和刘全尽快改进那批零件，我们的加班费他都给记着，等零件一卖出去，就向厂领导请示为我们发奖金。啥奖金不奖金的，我和刘全都说，能正常发工资我们就已经烧高香了。说来也奇怪，虽然师父不在我们身边，偌大的车间里，只有我和刘全两人在叮叮当当地工作，可我们都感觉师父仿佛就在身边看着我们。哎，小孙，这样操作不对啊。哎，刘全，不能偷懒啊，在这攸关厂子生死存亡的节骨眼儿上，必须得加把劲儿，等这批零件卖出去了，师父请你们喝个痛快！哎，还有那个谁谁谁，你那操作也不对啊，师父我平时是这么教你的吗？一想到这里，我感觉那些下岗的师兄弟们仿佛一个个都没走，我和刘全丝毫感觉不到冷清和寂寞，我们都正在师父的指导下，干得挥汗如雨、热火朝天。

待所有的零件都改进完毕，为了保险起见，李主任决定亲自押货去一趟深圳。等他从深圳一回来，完全就像换了一个人，说出来的那些时髦话，让我和刘全听了直发蒙。不仅我和刘全发蒙，就连厂长听了也发蒙。看看人家深圳那边儿，难怪被称为改革开放的前沿阵地呢！人家那厂子，清一色都是流水线作业，效益好得简直能吓死人。哪像我们，都已经市场经济了，思想还停留在计划经济时代，整天守着一堆废铜烂铁，不被市场淘汰才怪呢！尤其是，人家深圳的工人们个个都是股东，工作起来精神头那叫一个足！等一等，我问李主任，什么流水线，什么股东？流水线嘛，说了你也不懂。李主任就连说话的腔调也变味儿了。

我说李主任您就别卖关子了，您手底下的这帮人，成天在一口锅里吃饭，一个茅坑撒尿，半斤还是八两难道您心中没数？我们要是有那一听就懂的智商，谁还会读技校到工厂做苦工，早就读高中考大学坐办公室喝茶、看报纸去了！您能不能说明白点儿，那个流水线啥的究竟是个什么玩意儿，能让深圳那边儿的厂子效益那么好。嗨，说白了就是从国外引进先进的生产设备，不仅日生产量高，还节省人力成本，你说效益能不好吗？李主任说完，我又问，引进先进的生产设备，还是从国外，说得轻巧，买设备的钱从哪儿来呢？工人集资啊，集了资人人都是股东，挣了钱大家一起分红，这下连股东是啥你也该懂了吧。我说懂了，原来工厂还可以这么经营。李主任说，这叫改制，厂子改成了股份制，可以激发工人的工作积极性，公司效益越好，工人的工资就越高，年底的分红就越多。

很快，我们厂也开始进行改制了。可现在的厂子几乎已经是一座空厂，只剩下十几名工人。厂长又不是诸葛亮，唱不成这出空城计啊。正在厂长为难之际，师父居然带着那些下岗的师兄弟们回来了。他们学会了深圳最先进的生产技术，加上我们改进过的那批零件质量非常好，价格还不贵，在深圳很畅销，已经有客户愿意与我们厂签订订货合同了。现在改制已经万事俱备，只欠集资购买先进设备了。可购买先进设备需要一大笔钱，我们这些穷工人，因为厂子效益一直不太好，谁的手中也没有多少积蓄啊。于是，师父就对厂长建议说，可以先买一些深圳大型机械有限公司淘汰的设备。虽然是旧设备，但比我们厂的设备先进多了，主要是价钱我们负担得起，就当是曲线救厂吧，等我们厂效益好一些了，再更换新设备也不迟。

原来，在师母生病的那三天，平时鲜有时间看电视的师父无意中从电视里看到，南方的一些老牌机械厂，有些厂子以前效益还不如我们厂，自从改成股份制公司后，人人都是股东，工人们干劲十足，集体集资从国外引进先进的生产线，设备和技术一革新，效益那是嗖嗖地涨啊。可我们厂呢，不仅思想落后，设备落后，技术落后，制造的产品还成本高，质量也不精，没了市场，效益不滑坡才怪呢。所以师父才决定南下深圳去取经。没想到，师父到了深圳一家机械股份有限公司工作后，居然发现他的徒弟们都遍布在深圳的多家机械股份有限公司打工。当有一天大家听师父说我们厂也要改制了，于是纷纷响应愿意回来，就连其他车间下岗的工人们也跟着师父一起回来了。

师父曲线救厂的建议很快就在职工代表大会上全票通过了。厂子一改制，设备一运来，北方机械厂宛若又焕发出了刚建厂时风风火火的勃勃生机。1995年12月20日，北方机械股份有限公司正式挂牌成立了。那一天，天上下着鹅毛般的大雪，我们却一个个激情似火，又自豪地唱响了那首熟悉的歌曲：咱们工人有力量，嘿，咱们工人有力量，每天每日工作忙，嘿，每天每日工作忙……

向死而生

从县医院一回来，李老根就瘫坐在炕上，脑海中还浮现着和大夫对话的情景。大夫盯着桌上白炽灯映照的 X 光片，表情凝重地问李老根，咳嗽多久了？李老根说，快半年了。大夫斥责，这么长时间了怎么不早点来检查？你不知道好多大病都是拖出来的吗？李老根说，开始也没当回事，再说手里木匠活儿多，都是急活儿，到期交不了货就得赔人家钱。

　　大夫突然转过身来，先是用右食指扶了下鼻梁上的眼镜，继而盯着李老根又是一顿训斥，挣钱不要命了？痰里有血丝吗？李老根神情紧张地回答，早起咳痰时，偶尔有血丝。有血丝多长时间了？大夫追问。一周多了，这不最近痰里天天有血丝就害怕了吗？大夫，我不会得了什么不好的病吧？

　　把家属叫来，大夫说。我没有家属，李老根回答。大夫用疑惑的眼神看着李老根，分明是表明不信。李老根说，我是孤儿，是我爹捡来的，我爹是光棍儿，酒喝的凶，三十几岁就走了。大夫又说，你婆娘呢？或者孩子进来也行。李老根这时挤出两滴眼泪，我也是光棍儿一条，到现在四十多岁了还未成家，哪来的婆娘和孩子？大夫，我到底得了什么病？

打从一看到痰里的血丝，我就有了不好的预感，您就和我直说吧。

大夫低下头，右食指像鸡啄米般敲着桌子，沉默了片刻，表情庄重地说，按理说这种事不应该直接告诉患者，既然你没有家属，那我只能对你本人如实相告了，初步诊断你疑似患了肺癌，建议你去市医院再做进一步复查。说罢，大夫转过身子，拿过桌上白炽灯映照的 X 光片，和诊断书一起放进一个大塑料袋子。他语气突然温和而低沉地说，走吧，估计去了市医院也是这么个结果，这种病一发现一般都是晚期，想吃些什么就吃些什么，一个人生活那就别太亏了自己。李老根听大夫这么一说，竭力控制着绝望的情绪，语气颤巍巍地问，我还有多长时间？最长也就六个月吧。大夫最后的这句话，就像一记精神上的重锤，砸得李老根两眼直冒金星，险些瘫倒在地。

此时，李老根瘫坐在自家的炕上，浑身的骨头就像散了架。想想自己这大半生，吃了那么多苦，受了那么多委屈，人到中年日子渐好，却突然得了绝症，真是越想越心痛，越想越憋屈。本来，好不容易有媒婆子刚给自己说了一门亲事，对方虽说是个寡妇，但只有一个闺女，嫁过来自己就能当爹，生活上也没有多大负担。这憧憬了二十几年的美好生活就在眼前，县医院一纸诊断书仿佛把阳光下一个七彩的肥皂泡瞬间给吹破了。李老根心里不甘啊，二十几年，舍不得吃，舍不得穿，起早贪黑，拼命干活，好容易有了一点积蓄，也想过过正常人的生活，命运却突然给了他重重一击。

不行，不能就这么窝窝囊囊死了。李老根盘算着，六个月，现在看来，说长不长，说短也不短，还能做好多木匠活儿呢。想到这里，李老根苦笑，大夫让自己想吃些什么就吃些什么，意思是别再让自己太苦了，可谁让咱是个木匠呢？庄户人，一年四季除了下地就是农闲时挤时间做木匠活儿，也从来没吃过啥好的，即便吃得好咱这不争气的肠胃也消受不了，不做木匠活儿还能干啥？李老根思来想去，认为余下的这六个月，只有拼命地多做一些木匠活儿，自己的生命才能活出最后的意义。

想好了，那就尽快行动，一刻也不能耽误，耽误一分钟都是罪过。对了，李老根想起来了，大夫让他到市医院做进一步复查。复查个屁呢，李老根心想，都是机器拍出来的片子，肯定和大夫说的一样，估计去了市医院也是这么个结果，那还去干啥？再花一笔钱不说，又得浪费整整一天时间。一天哪，之前李老根从未觉得，一天的时间有这么金贵。可是现在不同了，李老根的时间要论秒来计算，比如刚刚咳嗽了两嗓子，咳嗽的过程中顺带崩出了一个屁，咳嗽和放屁几乎是同步进行的。李老根觉得这样做事就很值，又节省出了两三秒时间。

余下的人生究竟要怎么过呢？做哪些木匠活儿？能做多

少木匠活儿？李老根开始精打细算。他拿出记账的本子，一笔一画地认真记录。从今天开始，把烟戒了，尽管抽的是劣质的旱烟，但能省出一分是一分。好在自己从来不沾酒，否则，这些年不知要浪费多少钱。一想起酒，李老根就能想起早死的爹。爹生前嗜酒如命，一日三餐顿顿离不了酒。可爹做的一手好木匠活儿，李老根的木匠手艺就是和爹学的。也不知道从哪天起，正做着木匠活儿的爹双手突然开始发抖，待爹喝上两口酒，毛病立刻就止住了，从此，爹的酒就喝得更凶了。

爹走的时候李老根才十四岁，初中还没有读完就辍学了。辍学的李老根凭借八岁起就和爹学的木匠手艺，子承父业，开始为十里八村的乡亲们做木匠活儿。起初，村里人都怀疑李老根的手艺，一个娃娃，嘴上的毛还没长全，能有他爹那个能耐？李老根就说，从小没少吃邻居王奶奶家的饭，那就免费给王奶奶做一把靠椅让大家看，大家觉得行，那就接活，不行，他就远走他乡打工，这辈子都不会回来。话说得这么斩钉截铁，看来这娃娃应该有点本事。村里人热切地等待了三天，王奶奶一坐上李老根亲手为她制作的靠椅，脸上乐得就像开了花的土豆。

不瞒大家说，李老根告诉乡亲们，你们许多家的桌椅板凳，都是我亲手制作的。有时我爹喝醉酒一睡觉，我怕耽误了工期还得赔钱，就替我爹给你们做活。其实我爹之前从没正式教过我，他总说做木匠没出息，还是好好读书有用，将来能过上城里人的好日子。至于怎么量尺，怎么推刨，怎么用锯子，都是我平时偷学的。我爹见我做的木匠活儿有模有样，甚至连我爹自己都分不清，哪件桌椅板凳是出自我的手，就说老天真是有眼，他在那个下雨天把我从路上捡回来，冥冥中可能就是捡回了一个木匠天才。

还别说，这孩子做木匠真是个天才！瞧这把靠椅，扶手光溜溜的，坐着也特别舒服，比他爹的手艺还要好，王奶奶乐呵呵地说。王奶奶是村里有名的老实人，活到一大把年纪从没说过瞎话，既然王奶奶说李老根的手艺好，那就一定是真的好。很快，李老根的爹死后没几天，那些闲置的锯子、斧子、推刨等工具就又吱吱啦啦、叮叮当当地忙活起来了。李老根子承父业了，而且还青出于蓝胜于蓝，这个消息很快就在十里八村传开了。与这个消息一起传开的，还有大李铁的儿子小李铁，比他爹还要铁公鸡，账算得贼细，从他那儿一根毛的便宜都沾不到。

以前就有人管李老根叫小李铁，不过那是逗他玩儿的，谁让他是大李铁的儿子呢，他自然就是小李铁嘛。不过现在不同了，人们一听说这娃娃做事比他爹还要抠门儿，一根三毫米长的小钉子也要照几厘钱算，这不就是个名副其实的小李铁吗？他爹好歹知道货币市场最小的流通面值是分，这小子倒好，居然整出了厘。五厘钱怎么付？有人问李老根。四舍五入，按一分算。李老根郑重其事地回答。那你不就沾了我们五厘钱的便宜吗？有人继续问李老根。四厘钱不要了那我还吃亏了呢，总之，就是这个规矩。李老根说。

大李铁，小李铁，一个更比一个铁；公鸡身上来拔毛，哼，当心小李铁把你挠。很快，也不知是谁编的顺口溜，率先在孩子们口中传开了，接着在全村传开了，继而在十里八村传开了。如果路上有人和抱着一截木头的人打招呼，问他这是干啥去？对方就会咧着嘴回答，找小李铁给孙子做个板凳。瞬间的四目相视，然后就是双方都捧腹大笑。

十四岁的李老根那时毕竟还是个未成年的孩子，一听到有人叫他小李铁，气就不打一处来，于是放出一句狠话，再敢叫一句小李铁，永不给你家做家具。对方一看李老根气得眉毛都竖起来了，也就不再明着叫了。李老根敢说这话，当然是有充足的自信，这十里八村，就他一个木匠，比三条腿的蛤蟆还要稀缺。那年月，尤其是有成年的男孩接二连三要办喜事，哪家不得求着他，先紧着自己家做，不行就多加点钱。多加钱的事李老根做不出来，他爹生前也没教过他。小时候看到爹半夜做木匠活，李老根也曾问过爹，这么干，还不得活活累死？以后谁家活急，就让他家多加钱。你个小兔崽子，做人咋这么不实诚呢？乡里乡亲的，谁家手头也不宽裕，咋能趁火打劫呢？那是干损事，知道不？爹对李老根一顿训斥。知道了，李老根说。知道了就睡觉去，别影响明早上学。爹说着，拿起旁边的酒瓶子就开始往肚子里灌酒。刚才一生气，双手就又开始抖个不停。

爹被人称为大李铁，本身就没啥好名声，木匠手艺再好都盖不住。爹再一酗酒，在村里的名声就更臭了。若不是爹有做木匠活儿这稀缺手艺，估计全村的人都不会和爹来往。李老根至今还记得，做家具时乡亲们对爹的态度一个比一个热情似火，做完家具出了门打照面，表情一个比一个冰冷，仿佛遇到了丧门星，谁和爹说句话家里就会倒霉似的。好在，爹虽然抠门儿，却从不挣昧良心的钱，对方多给一分，爹也会给人家退回去，当然，少给一分爹也不干。爹的那种抠门儿本事，李老根就是这么学来的，但同时也学到了爹的诚信。就凭这一点，李老根对爹还是十分钦佩，没有因爹名声不好而从心里埋怨爹。

李老根边在记账本上记录余下六个月要做的事，边熟练地扒拉着算盘。噼里啪啦，手中的算盘珠子一响，李老根浑身就像打了鸡血。他从小就爱听爹扒拉算盘珠子的声音，他记得只要爹手中的算盘珠子一响，就意味着家里很快要进钱了。钱钱钱，爹挣的钱全都买酒喝了，临走没给李老根留下一分钱积蓄。为了自立，李老根接过爹用过的算盘，开始重新设计自己的人生，比如到二十岁时攒到多少钱，娶上一个漂亮的媳妇；二十二岁时生上一个儿子，得给儿子攒出奶粉钱；二十六岁时再生上一个闺女，得给闺女准备一笔钱买漂亮的衣服。算着算着，小李铁的名声就响彻十里八村了。和他爹一样，响彻了也就臭了，一年四季没有媒婆子登门。时间一出溜李老根就四十多岁了，至今还是和木匠手艺一样，子承父业，光棍一条。

三万六千八百二十九元的积蓄，除了村里那几个承包砖厂、倒腾鸡蛋的暴发户，李老根觉得自己的存款在村里起码应该排在前几名吧。有钱有啥用？照样娶不到媳妇。存钱有啥用？死了都没人继承。前不久，邻村的那个刘寡妇他还真是看上了，不仅模样长得俊俏，十六岁的闺女也很可爱。一想起原本不费周折很快就能当爹，李老根突然哭了起来。老天这是和我开啥玩笑呢？我爹那么年轻就被你带走了，干吗还要这么急着带走我？人间就多我这一口人吗？好歹也让我和刘寡妇生个儿子，把我的存款继承了，把我家的木匠手艺传下去。

轰隆！天上突然响起了一声惊雷，紧接着有人敲门。开门一看，是村里的媒婆子张姨。张姨进门就没好气，好好的晴天，一到你家就开始打雷，真是晦气！难怪这院子里出了两条光棍，看来是风水不好，等刘寡妇嫁过来，还是买上一处宅基地换个地方住吧。不，李老根说，我在这儿住得很好。死脑筋，张姨说，人来世上一回图个啥？像你爹，临死连个女人都没碰过，哪算是个完整的男人？刘寡妇的男人要是不出车祸，估计你和你那短命的爹一样，阎王爷见了你们都得骂你们没出息。对了，言归正传，我今天来就是刘寡妇让带话，商量让你盖新房的事儿，新房盖不好绝不过门儿。

李老根想都没想，嘴里就直接蹦出一句，不过就不过。张姨一听立刻用右食指照着李老根的脑门儿用力戳了一下，接着边咂嘴边略带酸气地说，啧啧啧，你看你，还真是大李铁的儿子小李铁啊？你们爷俩又没啥血缘关系，抠门儿咋就这么像呢？别以为张姨不知道，你手里的存款，我估摸着至少有这个数。说着，张姨神秘兮兮地伸出了三根手指。见李老根没答话，那就是默认了。张姨继续打开话匣子，盖一处新房，都用不了一万，女方欢喜，你捡了个天仙，剩下两万，留着将来养儿子，多好！咋就这么死心眼儿呢？你的钱留着准备带进棺材里啊？

一说到棺材，李老根立刻条件反射地啊了一声，把张姨吓了一跳。咋的，小李铁，都说花钱如割肉，可抠门儿也得分啥事儿，谁家的姑娘能白给你？况且寡妇也是从姑娘过来的，虽说带着个十六岁的闺女，等于让你白捡个闺女啊，奶粉钱、尿布钱全省了，现在闺女辍学了，读书钱也省了。进门就叫你爹，吃不了你几年饭，过几年一出嫁还能给你挣一笔彩礼钱。我看这老天爷真是不长眼，这么大的彩球咋就砸到你头上了呢？知道吗，别看你打了二十几年光棍，这叫有晚福。

晚福？李老根终于撑不住了，他拿出县医院的诊断书，张姨，你看看，老天爷有这么对待人的吗？先是砸给人家一个彩球，接着又要把人用雷给活劈了。轰隆！李老根说着窗外又是一声惊雷，着实把张姨也吓了一跳。啧啧啧，你呀，和你那短命的爹一样，真是命苦！我看你这院子的风水，就没有长寿的吉兆。我要是早看出来，早就劝你搬出去了，现在倒好，好日子终于要来了，这医院却把你判了死刑，这玩意儿准不准啊？张姨举着诊断书问。李老根叹着气说，这是机器测出来的，有啥不准的，科学还不相信吗？

这可咋好？张姨从炕上跳下来，咋给刘寡妇交代呢？男人刚死没多久，再找一个，还没过门儿就又要死了。这刘寡妇不会是个扫帚星吧？克死了丈夫又要克你，啊呀，老根，姨真是对不住你，姨这张破嘴虽然不值钱，可说了那么多门亲事也没有把人说死的啊！张姨说着就往自己脸上扇巴掌，李老根赶忙把张姨的手摁住了。张姨，这不怪您，是我李老根的命不好，我看您就这样回复刘寡妇，就说我小李铁贼抠门儿，不仅不同意盖新房，彩礼钱也一个子儿不出，看她还愿不愿意嫁过来。狗屁！张姨立时怒目圆睁，你真想白捡啊？不是，张姨，李老根解释，我就想让刘寡妇对我死心，我觉得她是真看上我了，我不想让她为我伤心，您也别告诉她我得了肺癌的事。难为你了，张姨长长地松了口气，没想到你的心思这么细腻，体贴起女人来比扒拉算盘珠子还要心细，只能说你们没缘分吧。

向死而生

送走张姨，半天的时间很快就过去了。李老根把算盘扔到一边，索性也不记录了。算计个啥？算来算去都算不过天。记录个啥？万一要做的事做不完咋办？还得带着更大的遗憾进棺材。

对了，这门亲事虽没成，但怎么也得感谢一下张姨。记得爹在世时张姨总说，年轻时出嫁婆婆家连个像样的梳妆台也没有，就羡慕爹给十里八村的新媳妇制作的梳妆台，那就满足张姨这个愿望。杨三小时候和自己玩过几年尿泥，怎么说也算是发小，听说最近他儿子要结婚，没钱做家具，正发愁呢，那就给他家做一套组合柜。邻居王奶奶的闺女日子过得一直很紧巴，听说家里连一件像样的家具都没有，那就给她做一个大衣柜。牛大伯农忙时没少帮着自己家干农活，爹连一顿酒都没请他喝过，听说他家祖孙三代现在挤在一起住，两盘炕都不够睡，还得用凳子搭个破门板临时支张床。按照老辈人的说法，那么做其实很晦气，通常只有死人才睡门板，可住不下又该如何呢？一家人都是蹲在地上每人举着一只碗吃饭。那就给他家做一张床，再做一套饭桌和板凳。村里的赤脚医生曾经想让李老根做个药柜，由于价钱谈不妥，就没做成。赤脚医生说，有本事你就别生病，生病了我死劲儿和你收钱。就冲赤脚医生那句狠话，这么多年李老根努力不生病。没承想现在生了病，却是赤脚医生治不好的病。不管怎么说，赤脚医生在村里口碑还不错，遇上谁家生活困难还少

湛影

收医药费，不像自己，真是只铁公鸡一毛不拔，那就给他做个药柜吧。不行，得做两个，让他多行善，多积德，活长一些，多给村里做好事。还有呢，就是村小学的课桌和椅子太破旧了。校长早先也和李老根说过，想更新一下教学设施，但上边的专款到现在还没有批下来，那就做一些课桌和椅子吧。可是做多少呢？六个月的时间，就算不吃饭、不睡觉，六个班级的课桌和椅子，顶多也就做一半。唉，管他呢，尽自己最大的努力，能做多少就做多少。

　　既然定下了生命中最后的愿望，那就事不宜迟，马上开工。家里还存着一些木料，够给赤脚医生做两个药柜。选料，量尺，切割，打磨，每一道工序都不容懈怠。李老根也顾不上自己是个患绝症的人了，一心只想着在生命的最后一段时间，能给村里人做点善事，弥补一下在精神上对乡亲们的亏欠。他希望自己死后，万一乡亲们再谈论起他，不再带有嘲讽的口气，不再叫他小李铁，而是李老根。

　　忙活了半宿，也没休息多长时间。第二天一大早，李老根就去了镇里的木材市场买料。买了多少呢？就连木材市场的人也很奇怪，这个小李铁，这回购买这么大一笔钱的木料，居然不再死命砍价了，好像是急着要给自己制作一口棺材去投胎。木料运回来时，村里人都一个个瞪大了眼睛，小李铁这是要干啥？不会把镇里木材市场的木料全都买下了吧？李老根没有心思回答大家的疑问，确切地说是没有时间，毕竟要做的活太多了，光是村小学的课桌和椅子，就急得他火烧眉毛。他当然想让六个班级的孩子们全都用上崭新的课桌和椅子。

一个月过去了，两个月过去了，三个月过去了。人们都在骂李老根，说他不知从哪接了一桩大活，为了挣大钱，把乡亲们的活都给拒绝了。杨三站在李老根家院门口大骂，呸！什么发小，好容易借够了钱，儿子急着要结婚，想做一套组合柜，这小李铁吭都不吭一声！赤脚医生看病正好路过，也跟着附和道，家里的药都没处放了，遇上着急的病人连药都找不着，让他做个药柜比金柜子还贵。邻居王奶奶的闺女的丈夫终于松了口，同意给她做个大衣柜，不承想小李铁连王奶奶的面子也不给。牛大伯说一天到晚举着碗吃饭，家里就像养了一群乞丐，好歹没少帮李老根家干农活，想做一套饭桌和板凳，小李铁居然说等着吧，等到驴年还是马月？村小学校长本想告诉李老根上边的专款批下来了，谁知李老根却说这钱他不挣了。张姨听到大家的议论，虽然搞不清李老根在干什么，但一定有他不愿启齿的原因，于是就对大家说，散了吧，散了吧，李老根生下来就是一块挣钱的料，既然放着钱不挣，肯定有什么原因，大家就理解一下吧。

杨三一听，理解个屁，说了一门亲事，就攀上亲戚了？也不叫李老根小李铁了？小李铁不会是答应要给你白做一个梳妆台吧？那不是你梦寐以求的愿望吗？张姨见难以和众人理论，还要去给刘寡妇回话，就只好走开了。

待村小学六个班级的课桌和椅子全都做完了，距离李老根检查出患有肺癌的时间已经过去整整一年了。这一年里，李老根废寝忘食，早就忘了自己是个患了绝症的病人，也忘了当初县医院的大夫说自己的生命期限只有六个月了。

虽然是一套迟来的组合柜，儿子也已经结婚了，孙子都已经满月了，但杨三还是感到十分惊喜，逢人就说发小就是发小，以后大家不许再叫李老根小李铁了，这不白给我儿子做了一套组合柜吗？赤脚医生红着脸，摸着两个崭新的药柜，一个劲向李老根赔不是，说是错怪他了。邻居王奶奶的闺女看着崭新的大衣柜，激动得一晚上没睡着觉，半夜起来抚摸了十几回。牛大伯看着孙子睡上了新床，一家人有了饭桌和板凳吃饭，感慨地流下两行热泪，说这才是人过的日子，亏得李老根心肠这么好。村小学校长说马上让会计和李老根结账，李老根说，不必了，还是和上边说一下，把那笔专款给孩子们更新一下其他的教学设施吧。张姨抚摸着梳妆台，鼻涕一把泪一把，刘寡妇啊刘寡妇，你的命咋就这么苦呢？这要是李老根不闹病，后半辈子跟着他该享多大的清福！李老根也是，命咋这么苦，这要是娶了刘寡妇，还不得给他生十个八个大胖小子。

对了，张姨突然想起来了，李老根不是说自己的寿命只有六个月吗？这都过去一年了，我看他还好好的，不会是当初误诊了吧？是误诊了，李老根说。他刚从县医院回来，那位大夫向他赔了半天不是。没病就好，没病就好，张姨说，我赶紧告诉刘寡妇去。李老根说，我这媳妇娶不成了，不要告诉刘寡妇了。等李老根一抬头，张姨早就没影了。这时杨三走了进来，老根啊，能不能给我小孙子做一把木头枪？我想等小孙子过百天时送他个礼物。李老根说，手枪还是步枪？步枪用料多，价格要贵一些。啥，咱俩是发小你还要钱？杨三说完扭头就气呼呼地走了，还没走出院门，嘴里就开始念叨：大李铁，小李铁，一个更比一个铁；公鸡身上来拔毛，哼，当心小李铁把你挠。

　　杨三走后，李老根看着清冷的灶台，家里已经没有一粒米了。这一年，他把自己所有的积蓄，全都用来买木料了。

金牌工人

1

一大早，雷一鸣就当着全车间人的面儿让车间刘主任有些下不来台。刘主任找雷一鸣焊一个狗笼子，雷一鸣说，爱找谁焊找谁焊，我没那闲工夫！

刘主任说，找你焊是我看得起你，你咋这么不识抬举？别以为你在厂里出了点儿名就觉得了不起，想溜须我的人多着呢！

老子天生就不会溜须，只知道谁也别想从老子手里占公家的便宜！雷一鸣说话本来就嗓门儿大，现在嗓门儿变得更大。雷一鸣这么一喊，工人们的目光齐刷刷地聚焦过来。

什么？你还有脸和我说不能占公家便宜？我问你，你成天不务正业鼓捣你那破发明，那些原材料都是哪儿来的？刘主任也提高了嗓门儿，厉声质问雷一鸣。

不务正业？老子搞发明都是下班时间在家里搞，怎么能叫不务正业？还有，那些原材料都是老子自己花钱买来的，发票都留着呢。刘主任说，张口老子闭口老子，整天脏话不离嘴，真他娘的没文化、没素质！我这是秀才遇到兵，有理说不清了，老子不和你一般见识。刘主任一转身，气呼呼地离开了车间。

工人们三五成群地窃窃私语。有人说，真他娘的过瘾，一物降一物，这个刘扒皮就得雷老虎来治。"雷老虎"是工人们给雷一鸣起的绰号，因为他脾气大，天不怕，地不怕，就连厂长都不怕。也有人说，雷一鸣这么多年当不了车间主任，就坏在他那臭脾气上。还有人说，幸亏他雷一鸣当不了车间主任，他要是当了官，我们就没活头了。

在北方机械厂的第一车间里，工人们对雷一鸣的评价褒贬不一。雷一鸣做事向来我行我素，认死理儿，脾气暴躁，看不惯的人和事张口就说，火气上来就骂。如果不是因为他焊接技术一流，恐怕已经被开除八百回了。

在北方机械厂四个车间几百号人中，没有一个不知道雷一鸣的。想当年，刚刚二十出头，雷一鸣就在全省工人技能大比武中为北方机械厂捧回了一座金灿灿的冠军奖杯，那可是北方机械厂最大的荣耀啊！

刘主任下班回来，刚走到家属院门口，远远地就听到"叮叮当当"的声音，不用问也知道是雷一鸣又在下房里搞他那破发明。刘主任走到下房门口，没好气地对雷一鸣说，雷一鸣，一码归一码，我可不是因为早晨的事对你打击报复。家属院不少人都向厂里反映说你扰民，大半夜的还在鼓捣你的发明。这件事我一直没对你说，厂长也没少批评我，希望你能注意一下。

雷一鸣没有抬头，只说了一句我知道了，然后就继续搞他的发明。刘主任说我就不明白了，你都鼓捣了好几年了，我也没看明白你手里的这个四不像究竟是个啥。你有这个闲工夫，给我焊个狗笼子又累不死你，况且我也不让你白干。

雷一鸣说滚远点儿，要是伤了你我可赔不起。现在是下班时间，你无权管我，我想干啥关你屁事。再说了，说我扰民，家属院允许养狗吗？你家的那条恶狗都把人咬伤了，你不以为耻，反而在这儿教训我，你有什么资格？我要是给你焊狗笼子，那叫助纣为虐，你懂吗？要是你想剥狗皮吃狗肉我倒可以帮你。

尽管刘主任已气得青筋暴跳，可理都被雷一鸣给占了，他只好强忍着怒火没有爆发。况且，这个雷老虎也不是好惹的，搞不好嚷嚷起来，他这个车间主任又要在外人面前丢人现眼。

一回到家，刘主任的老婆就急着问狗笼子的事儿怎么样了。刘主任说别提了，不识抬举的雷老虎一点儿面子都不给。他老婆眼睛一乜斜，亏你还是个车间主任呢，这点儿小事儿都办不了，他不是不识抬举吗，找机会治治他，让他知道马王爷有几只眼。

老婆这么一提醒，刘主任突然想起来了，前几天听厂长说，厂里可能要推荐几名金牌工人，是省总工会下的指标，每个车间只有一个推荐名额。原本刘主任第一个就想到了雷一鸣，不管怎么说，雷一鸣技术一流，金牌工人这顶帽子戴在雷一鸣头上还是能服众的。

现在刘主任开始动摇了，想想这么多年，只要厂里有好事，雷一鸣从来没有缺席过。什么车间技术能手啊，全厂技术标兵啊，市级拔尖人才啊，雷一鸣家里的奖状都快贴满一面墙了。可那个雷老虎，连句感恩的话都没说过。

第二天，厂里开会正式向各个车间传达了向省总工会推荐金牌工人的文件精神。散了会，刘主任独自坐在办公室里抽烟，想着怎么样才能挫挫雷老虎的锐气。

车间里，大家聚在一起热烈地议论着。厂里要推荐金牌工人，咱们车间嘛，肯定又是雷哥了。雷哥你这次能不能行行好，把这个名额让出来，让兄弟们对前途也能看到一点儿光亮，另一位工友开玩笑说。

好啊，看你们一个个猴急的，我可以不和你们争，但如果车间推荐我，我绝对当仁不让。那就好，那就好，工人们都乐开了花。

大家静一静，我传达一下厂里的文件。刘主任说到这里，故意清了清嗓子，用不屑的眼光看了雷一鸣一眼。还没等他张口，有人就说主任您别卖关子了，我们都知道了，推荐金牌工人这件事，雷一鸣可是主动退出了啊。什么？刘主任没听清楚，让那个工人再说一遍。工人说完，刘主任说不行，荣誉面前人人平等，谁都无权退出。厂里对这件事十分重视，要求各个车间一定要公开、公正、公平地推荐，决不能搞暗箱操作。大家准备下周一焊接技术大比武吧，到时厂领导会亲自观战并现场打分，谁拿了第一名就推荐谁。

原本工人们的热情很高涨，听刘主任这么一说，大家的热情立刻就冷却下来。每个人的心里都清楚，就算雷一鸣闭着眼睛焊接，出来的活儿也比别人漂亮。这不是秃子头上的虱子明摆着吗，还没比武结果就已经见分晓了。

有人不明白了，雷一鸣从来不把刘主任放在眼里，甚至还当着全车间人的面让刘主任难堪，这刘主任的脑子是不是进水了，怎么一有好事还会第一个想着雷一鸣呢？

其实刘主任何尝不想把这个名额给别人？一是工人们太不争气，没有一个人在焊接技术上能与雷一鸣匹敌，二是厂长在散会后对刘主任说了句话，你们车间的金牌工人应该非雷一鸣莫属了，好在每个车间都有一个推荐名额，如果整个北方机械厂只有一个名额，恐怕也只有雷一鸣有被推荐的资格。

厂长的话刘主任不能不听，雷一鸣的确是北方机械厂一张响当当的王牌。刘主任既想制服了雷一鸣，还不想让厂长有意见，他心里矛盾啊。说心里话，这次的美事他绝对不想便宜了雷一鸣。

雷一鸣一下班就钻进自家的下房。下房并不大，为了尽量不扰民，他只能窝在这片狭小的天地里追逐他的发明梦想。有工友扒着门缝嬉皮笑脸地说，雷哥你用不着拉屎攥拳头暗地里使劲，即使你不这么辛苦，咱车间的金牌工人也是你了。雷一鸣说你懂啥，我才不是偷着用功呢，我鼓捣这玩意儿不是一天两天了，你又不是不知道。

雷哥你到底在鼓捣啥啊？你那个四不像都鼓捣了好几年了，也没见你弄出个什么名堂。我看你是用了障眼法，就是每天在偷着用功。唉，我们可比不了你啊，每天上班就够累的了，哪有精神再偷着用功？我要成天像你这样，早就累出病来了。

是啊，这么多年他把休息时间都用来鼓捣这个在别人眼里所谓的四不像。很多时候他也想放弃，可是想想整日躺在床上受苦的老父亲，他就逼着自己从一条连自己都看不清的路上满怀信心地走下去。

工友们不像历次比武前那么消极了，仿佛集体看到了某种光亮。就连平日里那些懒散的工友，也变得积极起来。

大家积极争取荣誉不是坏事，起码大家工作的积极性被激发出来了。雷一鸣觉得省总工会做了一件好事。

比武那天，刘主任宣布焊接题目，是每个人在规定的时间内焊一个狗笼子。雷一鸣一屁股坐在地上，看着工友们热火朝天地忙碌，心想这刘主任真是用心良苦，这不是名正言顺地让自己给他焊一个狗笼子吗？

厂长催促雷一鸣赶紧动手，剩下的时间已经不多了。雷一鸣坐在地上两眼发直、一动不动。焊接比武结束了，雷一鸣得了个"大鸭蛋"，第一名被别人夺走了。按理说他应该惭愧，但他心里却很坦然，甚至是异常的平静。

刘主任本以为即便雷一鸣拿到了第一名，自己也可以得到一个梦寐以求的狗笼子。当刘主任看着厂长愤愤地离开，再一看那个第一名焊出的狗笼子与他想象中完美的狗笼子相去甚远时，他就知道厂长为什么会那么生气了。

雷一鸣住院的消息传到刘主任耳朵里时，他的第一反应是以为雷一鸣气得病倒了。到了医院才知道是积劳成疾，仿佛是在一夜之间，雷一鸣瘦得只剩下一堆皮包骨了。昔日那个威风凛凛的雷老虎，如今躺在病床上，就像一只掉光了牙的笼中困兽，正静静地等待着死亡的来临。

在雷一鸣的追悼会上，厂长沉痛地对大家说，北方机械厂失去了一位最优秀的金牌工人。雷一鸣同志在生前经过近十年的研究，终于发明出了一项重要成果。因为他的老父亲长年瘫痪在床，他又没有时间照顾父亲，就一心想发明一张电动床，患者可以通过机械按钮自动翻身，避免因长期卧床身上起褥疮。雷一鸣生前把这项发明成果无偿地捐给了厂里，只有一个条件，给自己的老父亲和厂里所有瘫痪在床的职工父母每人赠送一张电动床。

刘主任一口气跑到雷一鸣家，雷一鸣的父亲刚拉了一床。

湛影

刘主任先是换了床单和被罩，又端来热水给老人擦洗身子，那情形，仿佛雷一鸣并没有离去。

2

雷一鸣去世没多久，北方机械厂的生产就处于停滞状态了，原因是有人带头闹事。带头闹事的人是方华。在北方机械厂，没人不认识方华，她可是美貌与能力样样出众、大名鼎鼎的厂花啊。偌大的一座工厂，这些年之所以效益不断攀升，仿佛就是这朵花支撑着呢。

这话听起来似乎有些过头，但事实确是如此，就连厂长也不得不承认，销售科科长方华在业务上确实有两把刷子，挥舞起来虎虎生风。

按理说，方华是个中层干部，怎么会带头闹事呢？实际上，方华此举无非就是替她家老实巴交的男人刘千出头，而且有一帮人支持她。出什么头呢？本来雷一鸣已经去世了，不应该再拿死人来说事儿，可这事儿偏偏就与雷一鸣有关，不说还真不行。

这不，方华往职工运动场上一站，柳叶眉一扬，樱桃小嘴一噘，一张俊俏的瓜子儿脸生气起来也是那么迷人。尤其是那一米七六高挑的水蛇腰身材，站在人群里就是鹤立鸡群，再加上方华平日里就能说会道，这会儿一张口更像机关枪一样。

同志们呐，兄弟姐妹们呐，大家都来评评理，金牌工人，省总工会给的这么大一个荣誉，厂里不把指标给活人，偏偏要给死人！这是哪门子歪理，让咱这些玩儿命工作的同志寒不寒心呐？

人群中不断有人在附和，或者说是响应。

方华越说越激动，她的演说似乎已经进入了高潮，同志们呐，兄弟姐妹们呐，评上金牌工人，不仅工资涨一级，每年还能享受一次带薪外出休养。这些待遇，可都是活人应该享受的啊！

不远处，厂长对第一车间刘主任说，都说男怕入错行，女怕嫁错郎，这方华啊，虽然是个女人，却入错行了。原本觉得她应该去当模特，现在看来应该去当演员。你看看，她不仅讲起话来声情并茂，关键是每一句话都能说到人的心里去。如果我不是厂长，没准儿现在也站在人群里，成了她的追随者了。

厂长您可真会开玩笑，刘主任说，这是您大度，不和她一般见识。不过，话又说回来了，厂里出了这么大的事儿，生产也停滞了，您怎么一点儿也不着急上火，反而在这里悠闲地看热闹，还不住地表扬方华，难道……刘主任突然意识到自己说话没把门儿的了，于是赶紧岔开了话题，说哎呀不好，雷一鸣的父亲大便的时间到了，我得赶紧去看看。

自从雷一鸣去世后，刘主任就成了雷一鸣的替身。过去的二十几年，雷一鸣各种奖状和荣誉收获了一大堆，刘主任作为直接领导，脸上自然也有光。

尤其是雷一鸣在去世前曾给刘主任上了人生的重要一课，也是让刘主任一辈子都难忘的一课。想当初，刘主任让雷一鸣给他焊一个狗笼子，雷一鸣到死都没满足他的愿望。雷一鸣在临终前由衷地对他说，今天我给你焊一个狗笼子，明天可能狗笼子就变成了你的牢笼，作为一名领导干部，希望你能好自为之。正是这一席话，让刘主任突然醒悟过来，也理解了雷一鸣的良苦用心，宁可得罪领导，也不让领导去犯错误。

从此，刘主任就扛起了雷一鸣留下的重担，肩负起了雷一鸣未尽的孝道。雷一鸣的母亲走得早，膝下就雷一鸣一个独子，且雷一鸣一直未婚。也就是说，瘫痪在床的雷一鸣的父亲身边已经没有亲人了，痛失爱子的老人家一个人的生活该多苦啊！

刘主任来得很及时，接完大便，老人家说，我这是有罪还是有福啊？丢了个儿子又捡了个儿子，你也是一鸣的领导，怎能让你做这种事？刘主任一看老人家眼里噙着泪花，赶忙说您老可别有负担，领导咋了，领导也是爹娘生养的，孝敬老人是天理。再说了，别看一鸣是我的属下，他觉悟却比我高多了。如果没有他的告诫，我这会儿没准儿正吃牢饭呢。

老人家一听，泪水哗的就流了出来。到底是领导，会说话，不像一鸣性子直，脾气大，一生气就爱说脏话。其实老人家哪里知道，刘主任说的这些话可不是纯粹为了哄他开心，而是掏心窝子的话，只可惜雷一鸣听不到了。听不到就听不到吧，刘主任只想让自己的良心舒坦些。一想起自己曾经借着权力贪公家的小便宜，他的脸就红了，仿佛雷一鸣正在瞪着眼狠狠地看着他。

一回到家属院门口，刘主任就遇到了方华。如果是从前，性格大大咧咧的方华会主动和他打招呼，亲切地喊他一声刘哥。可是现在，刘主任在方华眼前就像一团空气。方华之所以会这样，刘主任心里很清楚，不就是昨晚的厂务会上没帮她说话吗？

昨晚的厂务会，会议的议题是围绕给去世的雷一鸣向省总工会推荐金牌工人而展开讨论。也难怪方华会持反对意见，因为按照预定的计划，在全厂技术大比武中，车间的第一名获得推荐资格。而方华的男人刘千刚好是第一车间的工人，因为雷一鸣不愿给刘主任焊狗笼子而弃赛，刘千就拿了第一名。

可现在呢，厂里居然要推荐雷一鸣为金牌工人，刘千自然就没有被推荐的资格了。方华不仅在会上持反对意见，而且还发泄了半天委屈，先说自己的男人平时工作多么卖力，只知道干活不知道给领导溜须，所以这么多年辛辛苦苦累死累活才会连个死人都比不上。接着，方华又把自己为了厂里一年到头劳苦奔波的辛酸道了个遍，见没人搭腔，包括平时关系不错的刘主任在关键时刻也不替自己说话，便一甩门愤然离开了会议室。

第二天一大早，厂务会的会议纪要刚下发到各车间，立刻就像炸了锅，厂里怎能这么朝令夕改呢？本来定好了第一车间的金牌工人是推荐刘千，现在却出现了死人和活人抢名额的荒唐事。一时间，四个车间的工人们都放下了手中的工作，把个销售科围得水泄不通。

方华一看这阵势，索性一不做二不休，把大家都带到了职工运动场上，明着是替自己的男人鸣不平，实际是在向厂方示威。这么大的厂子，这么多人需要发工资，一分一秒都不能停工啊。眼睛一闭一睁一秒就过去了，流失的都是钱啊！

刘主任一想到这里，哪还有心思回家啊，赶紧回到了厂里。到了厂里一看，好家伙，与之前方华带头在职工运动场上闹事的场面简直就是天壤之别。四个车间的生产井然有序，工人们各司其职，好像什么事也没发生过。这是咋回事啊？刘主任怎么想也想不明白，想不明白那就问呗。

这一问刘主任的眼泪就流了出来，这个雷一鸣，该咋说他好，这么好的人咋走得这么早啊！原来，就在刘主任去看望雷一鸣父亲的时候，厂长去了职工运动场。厂长往那儿一站，方华立刻就不吱声了，她以为自己的示威成功了，厂长这是举着白旗来了。没想到，厂长一席话，说得在场职工潸然泪下。

厂长说，同志们呐，厂里为什么要推荐雷一鸣为金牌工人，大家是只知其一不知其二，今天借着这个机会，那我就和大家说说心里话。大家先看看这是什么？厂长边说边举起一个证书，这是一本国家专利证书，什么专利呢？电动床专利。专利权归谁呢？归我们北方机械厂，也就是说，归我们全厂的每一个人。它的发明者是雷一鸣，那个刚刚去世、尸骨未寒就被大家指指点点、说三道四的雷一鸣。

说到这里，厂长擦拭了一下眼泪，继续对大家说，雷一鸣为什么会走得这么早，其实是被这项发明活活累死的。大家每天一下班都是老婆孩子热炕头，享受幸福的家庭生活，雷一鸣却把自己的休息时间全都用在了这项发明上。寒来暑往，二十几年呐，他的发明终于成功了，可是命却没了。到头来，他把专利权无偿地捐赠给了厂里，我们都成了受益者啊，我们有什么资格对他指指点点、说三道四呢？

厂长哽咽地说，雷一鸣在把专利权捐赠给厂里时，提出了一个条件，那就是给他瘫痪在床的父亲还有其他瘫痪在床的职工父母每人赠送一张电动床。因为他知道，许多职工和他一样，工作一忙，根本就没有时间照顾年迈生病的父母。而这张电动床之所以会获得国家专利，正是因为它破解了长年瘫痪在床的病人生褥疮的难题。老人通过自己操作电动按钮，可以自由起坐，也可以自由翻身，这是全国乃至全世界瘫痪病人的福音啊！

厂长告诉大家，有了这项发明专利，北方机械厂不出三年就会发生天翻地覆的变化。第一年盈利后更新厂房和设备，扩大再生产；第二年盖一栋崭新的家属楼，为大家改善住房条件；到了第三年，工资和福利翻番，所有职工全部过上小康生活。不仅如此，以后有人想学习深造，厂里会负担全部的学费，子女考上大学、职工家属患大病，厂里也会给予一定的资助。

厂长说到这里，人群立刻就沸腾了，比方华演讲时场面还要火爆。厂长继续说，以后方华和她销售科的同志们再也不用全国各地到处辛苦地跑业务了。她们每天只需坐在办公室里接接电话，订单就会飞来。为此，厂里决定给销售科再安装两部电话。这些年方华为了厂里没少吃苦受累，她的爱人刘千也是兢兢业业，这些厂领导都记在心里。这次厂里推荐雷一鸣为金牌工人，绝不是否定刘千的工作业绩，而是北方机械厂需要大力弘扬雷一鸣精神。厂里希望以雷一鸣作为金牌工人的典型，激励全厂的职工中涌现出更多的金牌工人，为北方机械厂未来的辉煌建功立业。

这时，刘千走到厂长面前说，如果那次全厂技术大比武雷一鸣不弃赛，这个金牌工人的荣誉本来就应该是雷一鸣的，我现在向大家郑重承诺，推荐雷一鸣为金牌工人我心服口服。

厂长，我们的指标不要了，刘千其实很优秀，还是把我们的名额给了他吧。其他三个车间获得全厂大比武第一名的工人纷纷走到厂长面前说道，这立刻让厂长感到为难了，确切地说，是为自己的工人有这么高的觉悟而感动了。

厂长说，大家还要在这里站着吗？我们的第一批电动床如果不能按期交货，是要赔三倍违约金的哦。厂长的话音一落，方华红着脸走到厂长面前说，厂长我错了，请求厂里把我的职务免了吧。厂长说，你和雷一鸣一样，都是咱厂里的宝啊，以后你的担子会越来越重，厂里正准备给销售科增加人手呢。

不久，省总工会召开表彰会，表彰全省的金牌工人，因北方机械厂推荐的名单又发生了变化，还有厂长亲笔给省总工会领导写了一封信，北方机械厂共有五人获得了"金牌工人"称号。第一车间的金牌工人还是刘千，而雷一鸣的事迹因为感动了省总工会领导，被追授为"荣誉金牌工人"。厂长亲自上台替雷一鸣领回了大红的荣誉证书和金灿灿的奖杯，回厂后放到了厂史陈列室永久保存。

另外，因两名副厂长到龄退休，刘主任和方华被提拔为副厂长，刘主任主抓生产，方华主抓销售，工人们干劲比以前更足了。

娶亲

前不久，表哥打来电话，说他有一天晚上梦到我大舅了。我大舅是他大伯，表哥是我二舅的儿子。表哥在电话里边哭边说，大伯真可怜，活着时打了一辈子光棍，一个人孤苦伶仃，如今都去世十年了，在阴间依旧是孑然一身，灵魂每晚都在村里流浪，满脸都是伤心的泪水，问我能不能给他找个老伴儿。

　　我问表哥，你梦到我大舅时他真的是哭着和你说话吗？他真的对你说让给他找个老伴儿吗？表哥在电话里的哭声更大了。是真的，兄弟，亡灵说的话，哥还会瞎编吗？哥要骗你就是王八犊子，这话真的是你大舅说的。他在梦中还提到你了，说你总也不去看他。一说到你，他哭得更凶了，我就醒了。我一醒来，就赶紧给你打电话。那梦里的情景，就跟过电影似的，怎么那么逼真呢？好像你大舅根本就没有死，还像以前你在外地读书时，天天念叨着问你啥时候回来。

　　大舅，大舅。表哥的话每一句都像钢针扎进我的心窝，我的心痛啊。作为一个自私的外甥，想起十年来我从未回老家给他烧过一次纸钱，无限的羞愧与自责，就像世俗中一口口飞奔而来的唾沫，全都噼里啪啦地吐到了我的脸上，让我无颜面对大舅生前那一束束温暖而关爱的目光。

大舅偏爱我，这是亲戚中人所共知的事。原因是，从我小时候他就教我习文认字，说我长大了肯定比其他兄弟姐妹们有出息，而我，最终也考上大学没有辜负他。然而让我最遗憾的是，我还没有大学毕业，还没来得及挣钱孝敬他，他就不幸去世了。

说起大舅的死，与其说是一种遗憾，莫不如说是我们整个家族的耻辱。寒冷的冬天里，他一个人患病躺在炕上，实在是活不活了，就一把火把自己烧死了。现在我还清晰地记得，大四那年寒假回来，我去看大舅时发现他正发着高烧，于是赶紧把村医找来。村医问我你娘没和你说吗，你大舅已经是肺癌晚期了，简单的打针吃药已经于事无补，还是让你娘早点帮他准备后事吧。

我摇摇头，不相信村医说的话是真的，赶紧回家去问娘。娘说，你放寒假前刚诊断出来，没告诉你是怕你开学后影响学习。我哭着说你们明知道大舅病得这么严重，为什么不给他医治啊？娘叹了一口气，两行泪哗一下就流了下来。光那一笔诊断费，咱家、你大姨家、你二舅家就每家摊了一千多元钱。都是庄户人家，哪有那么多钱给你大舅治病啊？何况，且不说那是个天文数字，医院的大夫说就算花了钱人也未必救得活啊。明知道到头来可能会人财两空，这种傻事还干它做甚?

傻事?干它做甚?那是你们的大哥啊,我的个亲娘哎,大姨和二舅也是这么想的吗?我不解地问娘,娘点点头。我又对娘说,是,我知道家里穷,不仅咱家穷,亲戚家也都穷。因为穷,上大学我是贫困生,学费借遍了亲戚家,每晚我还得去打工挣生活费。从这一点讲,的确谁家也拿不出钱了,可我们也不能眼睁睁地看着大舅等死啊。

卖房子吧,我对娘说。卖了房子我和你爹住哪儿,这三间破土坯房又能值几个钱?我娘不同意。那就把大舅住的房子也卖了,我说。你大舅膝下无子,他住的房子将来是要留给你表哥娶媳妇用的。也就是说,那是你二舅家的财产,卖不卖得你二舅说了算。我和你大姨女出外嫁的,没有权利分割娘家的财产,也就没有权利让你二舅卖房子。

这是哪门子规矩,谁定的?娘说,农村几千年的习俗就是这么延续下来的。既然大舅的房子将来是表哥的,那二舅应该主动张罗给大舅治病啊。娘哭着说,你还不了解你二舅?那个全村出了名的吝啬鬼,把房子卖了给你大舅治病,将来你表哥娶了媳妇住大马路上啊?

我要去找二舅理论,娘一把拽住了我。她不用想也知道二舅会说什么,想给你大舅治病是吗?先把你家借的给你交大学学费的钱还上。娘说,先不说咱家没能力还钱,还了钱你二舅也不会给你大舅治病,只会存起来给你表哥娶媳妇。

毕竟，表哥已经到了娶媳妇的年龄，在农村已算是大龄青年。没房子也就没有媒婆上门提亲，二舅两口子成天急得团团转，怕表哥将来和大舅一样也成了光棍。

我不甘心，想起大舅在炕上病恹恹的样子就心痛得要命，于是偷偷地去找二舅。二舅正喝着劣质的白酒，瞪着一双血红的眼睛说，找我干啥，卖了房子有个屁用？要知道，你大舅得的不是咱庄户人该得的病。只能怪他命不好，既然早死晚死都得死，还不如早死了早解脱，省得活受罪。我说二舅你咋能这么说话呢，大舅这辈子挣的钱都贴补给你家了，你还有没有一点做人的良心？

良心？屁。就算我有良心可我没有钱啊，良心能卖钱吗？医院买吗？要是买，我用这条老命去换你大舅的命。你去打听打听哪家医院买良心，打听好了告诉我一声。二舅你这明显是无理取闹，我的话还没说完，就被表哥拉到了院子里。黑漆漆的冬夜，冷风呼呼地刮着，连气带冻得我浑身上下打着哆嗦。我问表哥，就算不给大舅治病，你们总得去看看他吧，怎能让我娘和大姨轮着送饭呢？

不是我不去，是你二舅不让去，每天把我看得死死的，表哥叹着气说。二舅这不是明摆着盼着大舅早点死吗，早死了好早点给你腾房子娶媳妇对不对？表哥劝我，这事你就别管了，开学前有时间就多陪陪你大舅吧。没查出病那阵子，大伯成天念叨着问我你啥时候回来，好像他已经知道自己的时日不多了，怕临死前见不到你。

虽然大舅偏爱我，但对表哥这个侄子也不薄啊，毕竟表哥是他财产的唯一继承人。在我们农村老家，按照风俗习惯，就算大舅再喜欢我，也决不能把财产留给我这个外姓的外甥。这是规矩，也是秩序，谁也不能打破。谁打破了，谁就是全村人公认的罪人。其实大舅曾经有过这样的想法，就是在我拿到大学录取通知书时，想把房子卖了给我凑学费。我娘没同意，她说穷苦的日子可以忍受，得罪了二舅就等于得罪了全村人，那样的话就没法活了，一出门就会被全村人的唾沫星子给淹死。

临开学的前一天晚上，我又去看大舅。我拉着大舅枯瘦的手心疼地对他说，大舅，你一定要好好活着，读完最后一个学期我就大学毕业了，但我不会去考研。虽然系领导说我可能会被保研，但保研我也不会继续上学。我现在一门心思就盼着能早点走出学校去挣钱，挣了钱就给你治病。像你这么善良的人，应该长命百岁啊，大舅，大舅。

别哭，我的大外甥，人都会死，没什么大不了的。大舅唯一遗憾的，就是见不到你娶媳妇了。记住，将来挣了钱要对你娘好，你娘受了那么大委屈，都是我害的。我这个做哥哥的浑啊，一边是亲弟弟，一边是亲妹妹，手心手背都是肉，当年咋能为了给你二舅娶媳妇逼迫你娘嫁给你爹呢？

我娘和我爹没感情，这件事全村人都知道，至于为什么

　　　　　　　　　　　　　　　湛影

没感情，我是十岁时才知道的。有一天我在大舅家写作业，把刚获得的三好学生奖状拿给他看。大舅一看到奖状突然就哭了，他说这是什么孽缘啊，用我妹子一辈子的幸福，换来了一个这么优秀的娃娃。我不解，问大舅为什么哭。大舅说，你姥爷家成分不好，没人嫁给我，我就成了光棍。你二舅一条腿瘸，彩礼钱少了没人肯嫁给他。但家族总不能断了香火吧，我就以长兄如父的威严，逼迫你娘嫁给了你爹。你娘不愿意，寻死觅活的，怀着孕时还想退婚，直到有了你才算打消了退婚的念头。

难怪我娘一跟我爹吵架，就会把我大舅牵扯进来，三句话不离恨我大舅这个主题，原来是大舅为了二舅的婚姻给我娘找了一桩不满意的婚姻。难怪大舅这么偏爱我，或许是觉得对不起我娘吧，小的时候我曾这么想过。不排除大舅对我的爱里有对我娘内疚的成分，可待我长大一些后发现大舅的确是从心里喜欢我。我姥爷之前是地主，大舅小时候读过几年私塾，肚子里有些墨水，所以他很喜欢爱读书的孩子。在我们几家亲戚家的孩子中，就我喜欢读书，大舅也就自然喜欢我了。

大舅说明天你就要开学了，帮我多准备些柴火吧，屋里多放些玉米秸，再给我枕头边放一盒火柴，冷了我就自己烧火取暖。农村冬天取暖主要依靠土炕，可大舅现在这样子根本就下不了地，自己如何烧炕啊？大舅说，不用担心，你表哥会来帮我烧炕。我表哥？二舅都不让他出门，话刚说出口，我自知失言了，大舅听了该多伤心啊。大舅可能看出了我的心思，忙说还有你娘和你大姨呢，她们谁来送饭的时候都会顺便帮我烧炕。放心吧，我的大外甥，回到学校要安心学习。

我怎么能安心呢？那时家里也没有电话，整整一个学期我给家里写了好几封信，娘也始终没有告诉我大舅去世的消息。直到我毕业后回到家里，才知道我回学校不久大舅就去世了。而最不能让我接受的是，大舅是把我给他放在炕沿一角的玉米秸，一根一根拽到了炕上，然后自己用火柴点着，亲手把自己活生生地给火葬了。

我陷入极度的自责，我总觉得是自己把大舅害死的。如果我不给他准备那么多玉米秸，他也不会做出那种让人无法接受的傻事啊。娘说，你大舅是觉着活得太痛苦了，不想再给亲人们添麻烦，所以才会那么做。尽管我们都无法接受，但你大舅已经走了，去坟头和他说说话吧。

孤独的坟头，多像是大舅生前一颗孤零零的心。吝啬的亲人们，连块墓碑也没舍得给大舅立。我跪在大舅的坟前，抓起一把土撒在他的坟头，埋怨地对他说，大舅，你怎么这么残忍？你这么个死法，简直把我的心都给撕碎了，你外甥没有能力给你挣钱治病，你外甥有罪啊！

作为罪人，确切地说是出于对亲戚们的怨恨，离家之后

　　　　　　　　　　　　　　　　　　湛影

整整十年，我没有回过一次老家。这些年，尽管娘一直在电话中让我有时间常回家看看，但我一直不能说服自己，不能给自己找到一个可以回去的理由。然而，表哥突然打来电话，向我哭诉梦到了大舅的灵魂每晚都在村里流浪，这让我的心就像一支离弦之箭，恨不得立刻就飞回老家。

我回到老家时，亲戚家其他的兄弟姐妹们也都来了。年迈的二舅瘸着一条腿，一边吃力地来回踱步，一边主持家族会议。大家已经都知道了，你们的大伯或者大舅在阴间生活得并不好，让给他娶个老伴儿。光靠我儿子一个人哪有这个经济实力？要知道，现在娶阴亲比娶个活人价钱还要高，所以，大家都分摊一些，早点把这件事促成了，大家都早点安心，省得他挨个再给你们托梦。

大姨家的大女儿说，这怎么行，大舅的财产你们家得了，娶阴亲这件事也该由你们家来拿钱。你个傻妮子，都两个孩子的妈了，咋还这么不通大理呢？简直说的就是屁话，我家若是有钱还用把你们都一个个请来？大姨家的小儿子说，就算拿钱，也得你家拿大头，我们少摊一些就是了。瘸着腿在地上颠簸来颠簸去的二舅突然停下脚步，乜斜了他一眼说，你个小王八犊子，跟你姐一样不懂事。我家拿大头，多大是个大头啊，大你个大头鬼啊，等着今晚你大舅在梦里折磨你吧。

大姨家的小儿子一听脸色刷的就变白了。他从小就胆小，二舅知道他的软肋，才会故意拿大舅来吓唬他。二舅家的小女儿指着我说，大伯从小就稀罕他，应该让他来拿大头。表妹没文化，我不和她一般见识，我说我拿就我拿，拿多少，你说说。表妹说，不知道，爹说吧。行，二舅一听脸上立刻乐开了花，看来你大舅没白疼你，还是我大外甥明事理，有文化真可怕啊，唾沫星子掉在地上都像石头能砸出坑，我看这样，你就拿三万吧。

三万？我弟弟一听急了，让我哥一个人拿三万，总共需要多少钱呢？不会让我哥一个人全拿了吧？看看，看看，都说一母生九子，个个不一样，老话说的真是没错，难怪你哥能在城市里吃香的喝辣的，你却只能在田地里修理地球，我的话还没说完呢！总共需要五万，你们其余五人每人四千。不行，我弟弟还是不同意。嫌你哥拿的多你们五个就得多摊，二舅放出了狠话。其他兄弟姐妹们听二舅这么一说，纷纷表示答应了，按照会议原则，少数服从多数，我弟弟也就没再说话。

大家陆陆续续交完钱，二舅就开始托人四处给大舅物色老伴儿了。娶阴亲不像娶活人，所谓的老伴儿，未必要年龄相仿。娶的其实就是女人的一把骨灰，只要与女方家属谈好价钱，这门亲事就算成了。如果不是大舅给表哥托梦，如果不是表哥告诉我大舅在活着时没娶到媳妇，死了也可以找个老伴儿，这件事也就不会拖这么久，我肯定会带头张罗操持

　　　　　　　　　　　　　湛影

这件事。这并不是我讲究封建迷信，而是为了让自己心安。即便大舅哪一天会出现在我的梦中，我也决不希望他在阴间的生活像在生前一样凄惨。

很快，二舅紧急召开第二次会议，议题是，大舅的老伴儿已经找到了，但对方家属提出要价六万。我弟弟说，我哥已经拿了三万了，不能让他再拿了，我们五个每人再加两千吧。表妹不干，大姨家的大女儿和小儿子不干，表哥也不干。既然都不干，那就拖着吧，二舅说，你们先去忙各自的生活，等遇到合适的对象再召集你们回来。

大姨家的大女儿和小儿子都在外地打工，加上我也在外地工作，哪能召之即来挥之即去。且不说来回的路费花销很大，关键还要被扣工钱、工资。大姨家的大女儿说，她和她弟弟，加上我弟弟，每人多拿一千，让我一个人再拿七千，说我有钱，应该多出。我哥的钱也不是大风刮来的，都是辛辛苦苦挣的，我弟弟不同意。算了，我对弟弟说，早点办完这件事，省得让大舅在阴间受苦，咱们也安心。

亲事谈妥了，二舅让表哥用摩托车驮着他把钱也给女方家属送去了，顺便定了黄道吉日，就只等着娶亲了。虽然是娶阴亲，但排场比活人娶亲一点也不逊色。二舅这个全村出了名的吝啬鬼，或许是念在大舅生前对他不薄，总算是有生以来第一次大方了一回，承诺雇吹鼓手、吃喝等其他的花销由他来买单。按照习俗，表哥作为大舅财产的继承人，相当于是过继给大舅的儿子，他和表嫂是不能缺席的。可自从我回到老家，就始终没见到表嫂抛头露面。

你表嫂他娘快不行了，回娘家伺候病人去了，娘家有大事，咱也不能逼迫人家回来吧，二舅对我们说。不对啊，我弟弟问，表嫂他娘前几年不就过世了吗？他爹又，又娶了一个，现在这个也不行了，老东西，命真硬，什么女人进了门都得被他克死，好了，不说你表嫂家的事了，还是专心忙咱家的事吧。二舅下了封口令，不允许我们再提起表嫂。

表哥站在那里，眼神迷离，游魂不定。我走过去悄悄问他，就算是第二个岳母，那也是岳母啊，人家病得这么严重，你咋不去看看呢？我？看？看什么看？第一个岳母对我也不好，她家的事哪有咱家的事重要？是不是和表嫂吵架了？听表哥这么说，我又问他。你二舅刚才不是说不让你再提她家的事了吗？你说，她家的事有你大舅娶阴亲的事重要吗？表哥反问我，把我问住了。我心想，对我来说，当然是大舅的事重要了。哼，真是皇上不急太监急。

等着等着，盼着盼着，大舅娶亲的日子终于到了。按理说，应该提前把大舅的骨灰挖出来，"拜"完天地，再与老伴儿一起合葬。可二舅说什么也不让，说把女方的骨灰直接埋到大舅的坟头里就行了。这叫哪门子娶亲啊，就算不是活人娶亲，规矩也不能随便更改啊。我们兄弟姐妹几个都不同意，二舅沉默了许久，突然一拍脑门说，实话告诉你们吧，昨晚我哥给我托梦了，不让这么兴师动众，这是我哥的意思，你们都明白了吗？

明白了！既然是大舅的意思，那就尊重大舅的心意吧。毕竟大舅给二舅托梦了，我们谁也没有梦到大舅，还能说什么呢？黄道吉日一到，表哥作为迎亲的代表，一大早就西装革履坐着车出门了。临近晌午时分，迎亲的队伍终于回来了。表哥从车里一出来，我们所有的人都惊呆了，感觉就像是在看影视剧，剧情突然出现了大逆转。按理说，表哥应该抱着用红布裹着的骨灰盒出来，可他却抱出了一个头顶着红盖头的新娘。

这是怎么回事？这是怎么回事？我们所有的人都感到不可思议，村里围观的乡亲们也感到不可思议，说好了娶阴亲，怎么会把一个活生生的女人给娶回来了？这时，一瘸一拐的二舅站在院子里，扯着嗓门对大家说，我儿子半年前已经离婚了，孩子判给了儿媳妇。今天是我儿子再次娶亲的大好日子，希望大家能赏个脸，一起恭祝这对新人百年好合吧。

那我大舅的女人呢？我歇斯底里地问二舅。你大舅人都没了，还要女人做什么？我打听过了，像你这个级别的国家干部，如果带头搞封建迷信活动，是要受处分的，有本事你就到法院告我去。二舅的语气很强硬，好像他欺骗了我们还很有理似的。见我愣在那里没反应，明显是被吓唬住了，二舅的语气很快又软了下来。我的大外甥，对不起啊，女方知道你表哥是二婚，彩礼要的实在是太多，没办法我才和你表哥想出了这个主意。念在当年二舅把给你表哥娶媳妇的钱借给你家帮你交学费，你就理解理解二舅的苦衷吧。这钱算是二舅借你的，借你们兄弟姐妹几个的，二舅说话算话，有了钱马上就会还给你们。

大舅，我可怜的大舅啊……

西蒙日记

父亲生前从未说过，他在中国曾有一个女人，而且还有两个孩子。

　　事情的起因源自一个神秘的电话。说它神秘，是因为那个电话是从中国一个叫北戴河的地方打来的。我找出一张1980年1月份民主德国新出版的世界地图，但却始终没有找到北戴河这个名字。"中国"这两个字于我这个有着纯正日耳曼血统的德国女人来说，并不陌生，母亲生前就经常提起过，说父亲年轻时曾去过中国。但他去了中国的什么地方，在那里究竟做过什么，父亲从来都只字不提，我和母亲也就无从知晓。

　　还是要说说那个神秘的电话。因为我们国家与中国建交较早，1980年5月在民主德国首都的东柏林大街上，偶尔能见到长着黄皮肤、黑头发的中国人。一天早上我在上班的路上，阳光格外晴朗，甚至有些刺眼。在我抬起左胳膊用手包去遮挡阳光的一刹那，发现不远处有一个穿着时尚的中国女人正朝我迎面走来。与我擦肩而过时，我注意到她居然穿着一件漂亮的新式旗袍。我自幼就喜欢世界历史，知道旗袍这

————————————　湛影

种服饰产自一个叫中国的古老国度。那个国家有着灿烂的文明，曾经发明了指南针和火药，当然也发明了让我这个德国女人第一眼看到就深深爱上了的旗袍。

作为一名政府职员，东柏林的中国女人的穿着突然发生了这么大的变化，让我猛然想起前不久报纸和广播的接连报道，我们的友邦中国，已经正式向全世界宣布，实行改革开放。所以，这些在东柏林工作或生活的中国人，不仅思想很前卫，穿着也很前卫，正在像那个曾经把丝绸、瓷器和茶叶输送到世界各地的东方古老国度一样，准备在经济上再次与世界接轨。那一刻，我在想，如果在我20岁时父亲能从中国给我带回一件漂亮的旗袍，那该多好。可父亲是在1946年回国后才娶了母亲，并于次年生了我。现在，我已经33岁了，尤其是生完孩子以后，我也不再注意保持身材，像我这种臃肿的水桶腰，怎么会梦想着去穿旗袍呢？

坐到办公桌前，我的脑子里还是那个中国女人。那个女人的脸其实我并没有看清，当时我全部的心思都集中在那件旗袍上了。旗袍，旗袍……当我口中念叨着旗袍，惆怅着该怎么静下心来工作时，桌上的电话突然响了。起初我并不知道那个电话是从中国一个叫北戴河的地方打来的，因为对方是用一口流利的德语在与我讲话。电话那头是个女的，她说，莫尼卡，我是你的姐姐。姐姐？虽然经历了两次世界大战，我们那个原本完整的国家已经在1945年分裂为民主德国和联邦德国两个国家。由于战争导致人口急剧减少，两个国家一直都在鼓励民众多生孩子，但母亲只生了我这一个孩子啊，怎么凭空冒出一个姐姐呢？

莫尼卡，听我说，我是你在中国同父异母的姐姐。我的中文名字叫李海丽，德文名字叫安妮。我还有一个弟弟，也是你的哥哥，李海博，德文名字叫尼克。我和弟弟的德文名字都是我们的父亲西蒙给取的，中文名字是我和弟弟的中国母亲给取的，希望我能像大海一样美丽，弟弟的胸怀能像大海一样博大。对不起，莫尼卡，请原谅我现在才找到你。其实我和弟弟一直在寻找父亲，我们也是刚刚知道父亲已经去世了，中国驻民主德国大使馆的工作人员便告诉了我们你的联系方式。你看你能否亲自来一趟中国，我们手中有一些父亲生前的遗物，我们认为有必要交给你。最重要的，我和弟弟都想见你，对不起，之前我们并不知道你的存在。

天哪，她们不知道我的存在，我也不知道她们的存在啊！待我详细记录好她们在中国的住址和联系方式，电话那头传来了嘟嘟的忙音。电话断了，我的脑海里再次闪现出那个穿旗袍的中国女人，我的姐姐是否也像那个女人那么美呢？李海丽、李海博，安妮、尼克。我在心里默念着我中国姐姐和哥哥的名字。我的父亲西蒙，怪不得在生命的最后一刻连眼睛都没有闭上，好像有什么话想说却如鲠在喉，原来是挂念他远在中国的女人和孩子啊。可他生前为什么一直不联系她们呢？这个问题注定已经找不到答案了。但我确信，父亲生前是深爱我母亲的，或许他不愿带着内疚去天国里见我的母亲，否则上帝可能也不会原谅他。

买好了去中国的机票，经过转机再乘坐火车，我到了那个曾经做梦都向往的古老国度——中国，姐姐和哥哥所居住和生活的地方——北戴河。原来在 1898 年清朝政府下诏"允中外人士杂居"后，那里就成了无数西方人向往的东方夏威夷，是一座历史悠久的国际旅游城市。北戴河有很多疗养院，院内有很多老别墅，都已经被中国政府当作历史文物保护起来了。姐姐和哥哥带我来到了一座工会疗养院，他们告诉我，其中有一栋老别墅，就是我们的父亲和她们的母亲曾经的住所。老别墅里里外外虽然都透着岁月的苍桑感，但当我轻轻抚摸那些墙壁时，仿佛还能触摸到父亲曾经留下的体温。我在父亲用过的一把椅子上坐了下来，看到桌上摆放的那些我看不懂的中国旧书籍，我依稀能感受到父亲曾经读书的样子。父亲爱读书，还是个标准的美男子，到老了都很帅气，想必他年轻时一定更帅气。我想象着年轻时帅气的父亲手执书卷，身边坐着一个穿旗袍的美丽的中国女人，膝下还环绕着两个可爱的孩了，想必父亲在中国度过的那段光阴，一定是他生命中很幸福的时光。

这里是二十世纪八十年代初的中国北戴河。我们走在五月鲜花盛开的街道上，到处都飘散着鲜花的芳香，芳香中夹杂着海水潮湿的味道，清新又很咸涩。清新，就像姐姐穿着的一件时尚旗袍，行走时宛如一束移动的花朵；咸涩，就像我此刻复杂的内心，对父亲充满了深深的怀念与好奇。父亲当年究竟为什么要来中国？他在中国究竟有过怎样的经历？

回到姐姐的住所，她拿出一个陈旧的木匣子，递给我说，莫尼卡，这是父亲离开中国时留下的。之前我和弟弟也不知道有这个东西，我们的母亲一直珍藏着，她去世前才把它和父亲在民主德国的住址交到我们手里。我们没有钥匙，所以从未打开过。当时我们的母亲只是嘱咐一定要把这个木匣子亲自交到父亲手里，可是现在父亲不在了，我和弟弟商量之后，决定把它交给你。哥哥找来螺丝刀，毫不费力就把锁撬开了，正如我所猜测的，里边并没有什么贵重的物品，只有一本德语日记和一张照片。日记是父亲的笔迹，我认得出来。照片是父亲和他的中国女人拍的，父亲穿着西装，英俊潇洒，中国女人穿着旗袍，美丽大方。父亲高鼻梁，颧骨突出，浓眉大眼，额头宽阔。中国女人柳叶眉，樱桃嘴，瓜子脸，脖颈修长。父亲和那个中国女人在一起，连我都觉得要比和我母亲在一起更般配。尽管我的母亲也是个美女，但却缺少中国女人穿着旗袍时那种超凡脱俗的气质与神韵。

夜里，繁星闪烁，月光如水。躺在床上，望着薄如蝉翼的纱帘外明朗的夜空，月光之水仿佛瞬间把我带回了浩瀚的历史长河。我开始读父亲的日记，追忆他在中国度过的

湛影

时光。

　　原来父亲自幼就对中国心驰神往，七岁时偶然被一位到过中国的传教士一口流利的汉语所折服，从此就偷偷地去和那位传教士学习汉语。1921 年，17 岁的父亲不惜旅途劳顿只身来到中国，在天津一家外资矿业公司从事电气工程工作。由于父亲敏而好学，四年之后就成为公司首席电气工程师且拥有了一定的股份。1925 年夏季的一天，公司安排父亲到北戴河度假。父亲在海边遇到了一位穿旗袍的中国女人，当时就被女人娇美的容颜与婀娜的身姿深深倾倒。一攀谈，才知女人也来自天津，女人的父亲还是天津知名的实业大亨。

　　回到天津，父亲一有闲暇就去找那位女人聊天，不久两人就互生爱慕之情。原来那位女人是北京一所女子师范学校的学生，因为参加北京各界民众声援上海"五卅运动"的游行而被警察局逮捕。她的父亲托人花重金才把她保释出来，就再也不许她回去上学了。不上学可以，但待在家里实在闷得慌，她就要求到北戴河度假，到了北戴河就机缘巧合地遇到了我的父亲。在父亲向女人敞开爱慕的心扉时，女人唯一的条件就是要父亲带她私奔。在一个月黑风高的夜晚，父亲托朋友高价雇了一辆其他公司的汽车，两人就来到了北戴河。父亲当时有一些积蓄，女人也从家里带来不少钱财，于是就在北戴河临海的一处地方建造了一栋欧式别墅，也就是我到中国后姐姐和哥哥带我去的那栋坐落在一座工会疗养院里的老别墅，那个中国女人就是姐姐和哥哥的母亲。

从父亲的日记里，我明显能感受到他当时纠结的心情，一是喜于终于与自己心爱的女人喜结连理，虽然没有双方父母的见证与祝福；二是担心女人的父亲不知哪一天就会派人找来把女人带走。于是父亲和女人商量，暂时把别墅出租出去，搬到当地一所国际学校去居住，父亲教德文，女人教汉语。那所国际学校虽然是由一位美国商人出资建造的，但也有一些当地中国资本家的孩子上学，学校同时开设英语、德语、法语、俄语、汉语等多语种教学。在学校教书期间，父亲结识了不少来自西方国家的学生家长，都是1898年北戴河"允中外人士杂居"后前来投资置业的西方资本家。他们当中有的在当地从事房地产开发经营，有的开办马术俱乐部，还有的开办高尔夫球场。与他们接触时间一长熟识了，父亲就也有了投资做生意的想法，便在这些学生家长的公司买了不少股票。女人则在中国学生家长群体结识了一位红色资本家。那位资本家明着是与外国人做生意，实则是为中国革命积攒经费。作为中国共产党早期在北戴河的地下党员之一，他一边支持当地的工人阶级开展工人运动，一边从外国人手里购买军火和盘尼西林等紧缺药品悄悄运送到革命后方。

父亲没有想到其实女人在北京那所女子师范学校读书时，早早地就深受共产主义革命思潮的洗礼，一直渴望加入中国共产党，于是才会在参加北京各界民众声援上海"五卅运动"

的游行时被警察局逮捕。而那位红色资本家，则是在中国共产党创始人之一李大钊在1908年至1924年七次避难于昌黎碣石山韩文公祠时，有幸数次悄悄现场了解到李大钊先生关于共产主义的种子在中国必将落地生根、开花结果的进步思潮，才坚定地加入了中国共产党。按照父亲在日记中的记录，那位红色资本家就是女人的入党介绍人。女人最初的主要任务，是为当地的工人阶级开展工人运动递送情报。

当时父亲并不知道，女人已经暗中加入了中国共产党。在数支股票取得了不错的收益之后，加之女人的父亲也一直没有派人来查找女人的下落，父亲就开办了一家属于自己的贸易公司，并且和女人搬回了那栋别墅居住。若不是1929年9月5日晚山海关铁路工人怒砸国民党伪工会会场，女人被国民党伪工会豢养的专业维持队当场抓捕，父亲根本就不知道女人的真实身份。当女人被父亲托人花重金当作无辜群众解救出来，才向父亲坦白了自己这几年一直在从事地下革命工作。按理说，女人那么做属于违反了组织纪律，但女人的上线也就是那位红色资本家已经于不久前因叛徒出卖被国民党杀害，加上国民党在各大企业纷纷建立了伪工会，严格控制工人运动的发展，整个秦皇岛地区的工人运动已经进入极其艰难的状态。女人的上线已经牺牲，为革命后方购买军火和紧缺药品的任务也就中断了，女人想扛起这个责任，就必须要得到我父亲的支持。

父亲明知道女人从事的是一件拿生命在冒险的事，但因为太爱这个中国女人，几经思想斗争，终于同意了女人的请求。从此，父亲的贸易公司几乎所有的收益，均无偿地暗中捐献给了中国的革命事业。由于父亲是外国资本家，与活跃在北戴河当地的美国房地产大亨、英国马术俱乐部开办人、日本军火商等外国商人均建立了广泛的交际，因此在身份上暗中倒腾军火和药品生意十分方便，也不会引起国民党特务的怀疑。父亲为了保护女人，怕她暴露身份，就让女人在自己公司的工会里发展下线。女人日常的主要工作，则是在她和父亲居住的别墅里，隔三岔五宴请当地的政府要员和中外资本家。在外人看起来，女人和父亲就是一对想方设法、不惜任何手段在追逐利益的商人夫妇，每天都在过着灯红酒绿、奢靡浮华的上流社会生活。

　　自从女人暗中加入中国共产党之后，考虑到自己生死未卜，就一直没敢要孩子。父亲以为女人不能生育，也就一直没有提要孩子的事。1931年九一八事变爆发后，女人突然怀孕了。女人知道接下来内忧外患的革命形势会更加严峻，因此不想要那个孩子。父亲坚决不同意，从他日记里把纸张都划破的笔迹，我能感受到父亲想要孩子的愿望是多么强烈。父亲对女人说，你现在的任务是专心生孩子，你的工作由我来做。女人说，你不是党员，不方便工作。父亲说，你向上级请示，我这几年一直在默默为党工作，够不够入党条件？

　　　　　　　　　　　　　　　　湛影

女人说，你是外国人。父亲说，共产主义还分国界吗？苏联人不也信奉共产主义吗？我要做一名国际共产主义战士，请把我的请求告诉你的上级。

不知道什么原因，或许是怕那本日记某一天会突然落在国民党或日本人手里，父亲在日记里并没有交代他为什么没有被批准加入中国共产党，但女人的上级同意父亲暂时接替女人的工作。1932年，姐姐安妮出生了。最初她没有李海丽这个名字，这是父亲离开中国后女人为姐姐取的名字。女人姓李，姐姐和哥哥后来就都随了女人的姓。姐姐出生后，父亲很高兴姐姐的面容有着和她母亲一样的东方美，她的眼睛和头发有着和父亲一样典型的西方特征。父亲有空就教姐姐德语，所以姐姐既会说一口流利的德语，也认识德文。1937年卢沟桥事变爆发，哥哥尼克出生。父亲提议，带女人和两个孩子回德国。女人不同意，抗战在即，作为共产党员怎能离开？父亲说，正因为如此，留下来才会更加危险。女人说，你不是党员，可以带着孩子走。父亲说，我向上帝发过誓，生死都要和你在一起。女人哭了，父亲哭了，姐姐和哥哥也哭了，只是姐姐和哥哥当时并不知道女人和父亲为什么会哭。如果当时女人同意了父亲的请求，这世上也就不会有我这个民主德国女人和中国姐姐、哥哥之间的故事了。

日军侵华战争全面爆发后，为革命后方运送军火和药品越来越困难。有一段时间，上级被捕牺牲，下级联系不上，帅气的父亲脸上突然布满了皱纹。为了革命，已经是两个孩子母亲的女人再次穿起了几年未穿的旗袍，打扮得花容月貌，开始与父亲频繁出入各大社交场所，主动与日本商人交际往来，以寻求在政治上的庇护。起码让外人看来，1937年的父亲和女人，是众多日本商人尤其是军火商最亲密的生意合作伙伴。

父亲心里委屈，女人知道；女人心里很苦，父亲也知道。革命夫妻，在那个特殊年代，只能忍辱负重，惺惺相惜，以求牺牲无数的小我，换来一个国家的岁月安好。

读着父亲的日记，有很多页明显是被泪水浸湿过的，有些字迹也因此变得模糊不清，我只能通过前后文的记录，对中间那些难以辨认的字迹进行猜测。那时，父亲已离开祖国20年，我不知道面对那个中国女人时柔情似水的父亲，为什么当时对祖国和亲人却那么铁石心肠。当我快读完那本日记时，父亲居然都只字未提祖国和亲人的名字，就更别谈对祖国和亲人的思念了。中国，于父亲来说，仿佛成了他的第二祖国。那个中国女人，仿佛就是他唯一的亲人。哦，我这么说好像有些太过武断了，每当谈起姐姐和哥哥的成长，父亲在日记中也从不吝啬他的笔墨。

从1937年到1945年，父亲和女人的地下工作可能开展得十分艰难，也可能是因为不想留下任何证据，因此在日记里那段时间的记录是空白的。或许没有记录的记录更能说明那段时间女人和父亲为了革命事业可能经受了莫大的屈辱，所以内心对战争充满极度怨恨的父亲根本就无法写下任何一个文字。我甚至在那段空白的时间里，看到了一个男人和一个女人，包括一个被战争蹂躏的国家，愤怒而不屈的血。

整本日记，没有什么大风大浪，只是一个德国男人对自己在中国生活与工作的记录，对一个中国女人和两个孩子温柔备至的爱与呵护。一开始，读到父亲关于对旗袍的记录，我的内心其实是无比亢奋的。但是读到后来，我却突然不喜欢旗袍了，我想这也是父亲回国时为什么没有带回一件旗袍的原因。我想，只有真正读懂了旗袍，才能真正读懂父亲。

直到日记最后一页，父亲说他想回国，原因是我们的国家作为二战后的战败国，已经分裂为民主德国和联邦德国两个国家。一个国家会一分为二，一个家庭自然也会一分为二。在父亲一番声泪俱下的请求之后，女人没有同意随父亲一起回去建设祖国，而是决定和两个孩子坚持到最后。她说抗战已经胜利了，她坚信新中国到来的曙光已经不远了。

父亲可能是在女人和两个孩子毫不知情时突然离开的，因此没有带走那本日记，甚至连那张和女人亲拍摄的密照片也没有带走。我想他可能是要彻底断了对中国女人和两个孩子全部的念想。当时的父亲，一定很痛苦，他把生命中最美好的 25 年光阴，全都无私地献给了中国，献给了中国的革命事业，走的时候，却是那么无声，轻轻地，不带走一片云彩。

回到民主德国以后，父亲凭借他年轻时在中国学到的电气工程技术，在一家企业继续从事老本行，为民主德国在经历了两次世界大战之后创伤的愈合做出自己力所能及的贡献。从我能记事起，父亲从来都不苟言笑，也很少说话，一门心思都专注于工作。偶尔，从报纸或广播里无意中捕捉到一些关于中国的消息，父亲的脸上会瞬间掠过一丝微笑。只是当时我和母亲并不理解，而他也从不做任何解释。读了父亲的日记，我才彻底理解了，比起对祖国的热爱，父亲好像更爱中国，否则也不至于17岁就跑到中国，且一待就是25年。

天亮了，姐姐叫我，问我睡得好吗？我说，姐姐，昨晚我梦到父亲了。在梦中，我看到了他二十几岁时我从未见到过的英俊潇洒的样子，他的身边站着一位穿旗袍的年轻女人，是你和哥哥的母亲，他们看上去十分恩爱。姐姐说，日有所思夜有所梦嘛，一定是因为白天看了那张照片和父亲的日记，你才会做那样的梦。我突然哭着抱紧姐姐说，以后你不要再穿旗袍了。姐姐说，你不是很喜欢旗袍吗？我还准备今天带你去量身定做一件呢。我说，姐姐，你为什么要联系我呢？假如你不给我这本日记，我真的很想穿一次旗袍，可是现在，我的脑海里总是浮现着父亲临终前的样子。他到最后，连眼睛都没有闭上。回国后的几十年，他可能一直都在思念你的

湛影

母亲还有你和哥哥啊。

回国前的那个晚上，我征求姐姐和哥哥的意见，告诉她们我想把《西蒙日记》在民主德国用德语和汉语双语出版，封面就采用父亲和他们穿着旗袍的母亲拍摄的那张照片。我的理由是，无论为了纪念还是缅怀，父亲与他们的母亲所经历过的故事都不该被历史遗忘。姐姐和哥哥点了点头，眼睛同时湿润了。